テメレア戦記3

黒雲の彼方へ

ナオミ・ノヴィク　那波かおり＝訳

下

テメレア戦記3　黒雲の彼方へ　下　目次

第二部

第三部……69

主な登場人物と竜

テメレア

中国産の稀少なセレスチャル種の大型ドラゴン。中国皇帝からナポレオンに贈られた卵を英国艦が奪取し、洋上で卵から孵《かえ》った。厳しい訓練をへて、英国航空隊ドラゴン戦隊所属となる。ローレンスと結んだ〝終生の契《ちぎ》り〟はなにがあっても揺るがない。読書好きで、好奇心と食欲が旺盛、戦闘力も抜群。その咆吼《ほうこう》、〝神の風〟はすさまじい破壊力を持つ。中国名はロン・ティエン・シエン（龍天翔）。

ウィリアム（ウィル）・ローレンス

テメレアを担うキャプテン。英国海軍の軍人としてナポレオン戦争を戦ってきたが、艦長を務めるリライアント号がフランス艦を拿捕《だほ》したことから運命が一転する。テメレアの担い手となり国家への忠誠心から航空隊に転属するが、いつしかテメレアがかけがえのない存在に。規律を重んじる生真面目な性格で、テメレアの自由奔放さをはらはらしながら見守っている。

テメレアと旅する人々

サルカイ……砂漠に詳しい現地案内人
ジョン・グランビー……テメレアの副キャプテン。叩きあげの航空隊育ち
フェリス……ジョン・グランビーの補佐役。空尉
リグズ……テメレア・チームの射撃手の長。空尉
ダン……テメレア・チームの射撃手
ハックリー……テメレア・チームの射撃手
ディグビー……テメレア・チームの若きしっかり者、士官見習い
エミリー・ローランド……テメレア・チームの見習い生、ジェーン・ローランド空佐の娘
ダイアー……テメレア・チームの見習い生
ケインズ……テメレアを担当する竜医
ゴン・スー……中華料理の腕をふるうテメレア・チームのコック
フェローズ……テメレア・チームの武具師、ハーネス匠
プラット……テメレア・チームの武具師
ブライズ……テメレア・チームの武具師

その他の人々

トム・ライリー……アリージャンス号艦長。元ローレンスの腹心の部下
ハサン・ムスタファ・パシャ……オスマン帝国の宰相
アブラーム・メイデン……イスタンブール在住の銀行家
ヤーマス……イスタンブールで行方不明になった元英国大使秘書
ルイ・フェルディナント親王……プロイセン王国軍の前衛部隊司令官
ホーエンローエ……プロイセン王国の侯爵。プロイセン王国軍将軍
デュエルン……プロイセン空軍のキャプテン。エロイカの担い手
バーデンハウル……プロイセン軍の空尉。ローレンスの案内係
カルクロイト……要塞都市ダンツィヒを守るプロイセン軍の将軍

その他のドラゴンたち

リエン……純白の体に緋色《ひいろ》の眼を持つセレスチャル種。最愛の守り人、亡きヨンシン皇子のために復讐に燃える

アルカディ……………パミール高原に棲みつく野生ドラゴンの長《おさ》

エロイカ……………プロイセン空軍所属の重戦闘竜

第二部

9　深夜の決行

　ローレンスの頭のなかは真っ白になり、ただ目を見開くしかなかった。すでにカジリク種の二頭がテメレアをはさむ位置に移動し、宰相《さいしょう》のムスタファが玉座《ぎょくざ》に近寄るように合図していた。ぼうっとしたまま前に進み出て、いつもよりぎこちないが、作法どおりに胸に片手を添えて片足を後ろへ引く礼を行った。皇帝はそれほど表情を変えずにローレンスを見つめた。横幅のある顔の下半分を四角く縁取る茶色の顎《あご》ひげと服のあいだに首が埋もれている。顔つきはどちらかと言えば繊細で、黒い瞳には考えごとにふけるような理知的な光があり、たたずまいには、自然と身についた威厳と落ちつきがそなわっていた。

　前もって考えておいた挨拶《あいさつ》や、練習した言葉遣いはすっかり頭から消えてしまい、ローレンスは面《おもて》をあげて皇帝と目を合わせると、精いっぱい平明なフランス語で言った。「皇帝陛下、わたしの用向きと、貴国とわが英国との卵の譲渡契約については、すでにご存じのことと思います。わが英国は、契約にもとづく義務を果たし、すでにお支払いをすませております。その卵を受け取りにまいりましたので、どうかお引き渡しください」

皇帝はローレンスの愛想のない物言いを、立腹するでもなくたんたんと耳に入れ、なめらかで平明なフランス語を用いておだやかに返した。「そちの国と国王に幸《さいわ》いあれ。わがオスマン帝国と貴国の友好関係がけっして損なわれぬように祈ろうではないか」このあとにも同じような前置きの言葉をいくつか述べたあと、皇帝は、卵の件は宰相たちが今後もひきつづき協議を行うと述べ、改めて謁見《えっけん》の機会を設けること、英国大使の死に関してさらに調査することを約束した。

オスマン帝国皇帝の宮廷で、重臣たちが居並ぶなかにリエンを見つけた動揺覚めやらぬローレンスにとって、皇帝の言葉の端々にまで意識を集中することはむずかしかった。しかし、その裏に隠された真実は難なく汲みとれた。つまり今後もひきつづき、事態は進展せず、英国側の要求は拒《こば》まれ、もとよりオスマン側にはその要求を満たすつもりはない、ということだ。それどころか、このような言外の意味を隠そうとする努力すら、ほとんど払われていなかった。皇帝はなにも拒絶せず、なにも釈明せず、激怒することも狼狽《ろうばい》することもなかった。その目にはうっすらと憐《あわ》れみの色さえ浮かんでいるように見えた。だが態度をやわらげることなく話し終え、ローレンスに発言する機会を与えず、謁見を終わらせた。

そのあいだテメレアの注意は一点に向けられていた。皇帝の絢爛《けんらん》たる衣装や玉座は実にテメレア好みだったが、あれほど会いたがっていた皇帝には目もくれず、ひたすらリエンをにらみつづけていた。ときどき肩をいからせ、ローレンスの背中にぶつかりそうになるまで、片方の前足をじわじわと持ちあげた。いつでもローレンスをつかんで、連れ去れるように備えていたのだ。

カジリク種の二頭がテメレアを鼻先で押して、もと来た道を歩いて戻るように促した。しかしテメレアは、ぶざまな蟹《かに》歩きになっても、リエンから眼を逸《そ》らそうとはしなかった。リエンのほうも、建物の丸みを帯びた角から身じろぎもせずに、蛇のように冷ややかな眼でローレンスとテメレアを見つめていた。ローレンスとテメレアが門から退出してもまだ見つめ、やがて宮殿の周壁がリエンの姿を隠すまでつづいた。

「ベザイドから聞いたよ。リエンはここに三週間も前からいるんだって」テメレアが言った。冠翼《かんよく》が逆立って細かく震えている。リエンを目にした瞬間から、ずっとその状態がつづいていた。ローレンスが離れの建物に入ろうとすると、テメレアは目の届かない場所に行かないでくれと猛烈に抗議した。庭園でもローレンスをしつこく鼻づらで押して、両の前足の上に乗せようとした。そんなわけなので、部下たち全員が庭園に呼び出され、ローレンスから報告を受けることになった。

「われわれの計画を粉砕《ふんさい》するのに充分な時間があったってわけですね」グランビーが険《けわ》しい顔で言った。「リエンがヨンシンと同じ考えを持ってるとしたら、ためらうことなく哀れなヤーマスを地中海に放りこんだでしょう。ヨンシンがあなたの頭をぶん殴らせようと企《くわだ》てたときと同じですよ。英国大使の事故にしたって、大使の乗る馬を怯《おび》えさせるくらい、ドラゴンにはわけないことです」

「今回の件はすべてリエンのしわざで、まだなにか画策しているのかもしれないな」ローレンスは言った。「そして、オスマン側もリエンの計略から利を得ようと大乗り気だった。でなければ、妨害工作は進まなかっただろう」

「どう考えても、オスマン帝国はナポレオン側に寝返ったようですね」フェリス空尉が怒りをくすぶらせ、ローレンスの見解に同意した。「ナポレオンの操り人形になって喜んでいるがいい。いずれ痛い目に遭《あ》わせてやる」

「だがそれより早く、わたしたちのほうがもっと痛い目に遭うかもしれない」ローレンスは言った。

そのとき、空から落ちた大きな影にはっとして、一同の会話が中断した。テメレアだけが遠い雷鳴《らいめい》のようなうなりを発した。リエンが旋回《せんかい》しながら舞いおりてきて、みなの集まっている庭園の開けた場所に優雅に着地した。カジリク種の二頭も、不安げにシュッと威嚇《いかく》した。テメレアがリエンに歯を剝《む》き出し、グルルルとうなりをあげた。

「犬のような声を出して」リエンが流暢《りゅうちょう》なフランス語を操り、テメレアに向かって冷ややかに尊大に言った。「お行儀《ぎょうぎ》の悪さもあいかわらずだ。つぎはわたくしにキャンキャンと吠えるのであろう」

「おまえに無作法《ぶさほう》だと思われたって、ちっともかまわない」テメレアが挑むようにしっぽをバンバンと地面に打ちつけた。周囲の木々や壁、彫像などがいまにも破壊されそうだ。「そっちがやる気なら、いつでも相手になってやる。ローレンスやぼくのクルーに、ぜったいに手出しはさせないぞ」

「どうしてわたくしが、おまえたちと戦わねばならぬ」リエンが言い、その場に腰をおろすと、猫のようにすっと身を立て、しっぽを体にきっちりと巻きつけ、まばたきもせずに一同を見すえた。

テメレアが言葉に詰まりながら言った。「だって――だって――ぼくを憎んでるんじゃないの？　もしローレンスが殺されて、それが全部おまえのせいだったら、ぼくはおまえを憎むぞ」本心をそのまま口にしている。

「そして蛮族《ばんぞく》のごとく、わたくしに飛びかかり、八つ裂きにするつもりか」

テメレアのしっぽがゆっくりと地面に戻った。しっぽの先だけぴくぴくと動かし、面食《めんく》らったようにリエンを見つめている。いま、テメレアのなかでは怒りよりとまどいのほうが勝っているのだ。「いいか、ぼくはおまえなんか怖くない」

「そうね」リエンが平然と言った。「いまのところは」

テメレアがリエンをにらみつけた。リエンはさらに言った。「おまえの死によって、おまえがわたくしから奪ったものの十にひとつでも贖《あがな》えると言うのか。おまえを操る男の命と、わたくしの愛《いと》しい守《も》り人《びと》の命を、このわたくしが同じ秤《はかり》にかけられるとでも思っているのか。おまえを操る男が路傍《ろぼう》の塵《ちり》なら、わが愛しき守り人は穢《けが》れなき翡《ひ》翠《すい》、偉大なる誉《ほま》れ高き皇子《おうじ》――」

「ふふん、よく言うよ！」テメレアは怒りで冠翼をさらに逆立てた。「どこが誉れ高きさ。あいつはローレンスを殺そうとした。そんな誉れ高き皇子があるもんか。ぼくの担い手のローレンスは、ヨンシンだろうがほかの皇子だろうが、その百倍ぐらい大事な人なんだ。それに、いまじゃ、ローレンスだって中国の皇子なんだからな」

「おまえに似合いの皇子だ。勝手に奉《たてまつ》っておくがよい」リエンは鼻で嗤《わら》った。「わたくしは、愛しき守り人のために、復讐を果たす」

「あのさ」テメレアが鼻を鳴らした。「ぼくと戦う気がなくて、ローレンスには手出しするつもりもなくて、いったい、なんでここに来たのさ。もう出てってくれないかな。おまえの言うことなんか、これっぽっちも信用できない」最後はきっぱりと言いきった。

「ここに来たのは」と、リエンが言う。「おまえにわからせてやるため――。おまえはほんのひよっこ、ろくでもないことを教えこまれた、ばかな小僧。わたくしにも憐れみの気持ちがわずかでも残っていたら、おまえのことも憐れんでやったであろう。

おまえは、わたくしのすべてを破壊した。わたくしを一族から、友から、わが故郷から引き剝《は》がした。おまえは、わたくしの愛しいお方が祖国のためにいだきつづけた願いを、ことごとく踏みにじった。わたくしは、愛しいお方の苦労が水泡《すいほう》に帰《き》したことを思い知りながら、この世に生きつづけねばならない。わが守り人の魂が安らぐことはなく、その墓には名前さえも刻めない。

わたくしは、おまえや、おまえを英国に縛りつける男を殺しはしない。その代わり――」リエンが冠翼をぶるっと震わせて広げ、身を乗り出し、息を吹きかけるように首を近づけて言った。「おまえが身を寄せる国も、幸福も――おまえが手にした心楽しませるものすべてが奪われるようにしてやろう。おまえの国が落ちぶれ、すべての同盟国が離れていくように。おまえがわたくしと同じように、ひとりきりで友もなく、みじめに生きていくように。そうして暗く侘《わび》しいこの世の片隅で、好きなだけ長く生きながらえるがよい。そうなって初めて、わたくしの心も満たされるであろう」

リエンの声は低く抑揚《よくよう》がなく、決然とした響きがあった。テメレアは眼を大きく見開き、立ちすくんでいた。冠翼がゆっくりとしぼみ、首の周囲にしなだれた。リエンが話し終えるころには、身を縮めて少し後ずさり、ローレンスを鳥かごのように包んでいた両の前足をいっそう引き寄せた。

リエンが腰をあげ、背筋を伸ばし、翼を半ばまで広げた。「わたくしはフランスに向かう。この国の皇帝に仕えるのも、もう終わりだ。漂泊《ひょうはく》の旅があまたの苦しみを伴おうとも、おまえに決意を伝えたいまは、さらなる苦難にも耐えられるというもの。しばらくは相《あい》まみえることもないだろう。おまえの手にする喜びなど儚《はか》い夢まぼろし。わたくしの存在を胸に刻み、怯えながら暮らすがよい」

リエンが空に舞いあがり、すばやく三度羽ばたいて加速し、たちまち空の小さな点となった。

「しっかりしろ」ローレンスは、突っ立ったまま言葉も出てこないクルー全員を一喝《いっかつ》した。「子どもじゃあるまいし、脅《おど》しにおろおろとすくみあがってどうする。リエンがわたしたちをこの世の誰よりも恨《うら》んでいることなど、もうとっくにわかっていたじゃないいか」

「そうだけど……いまほど、ちゃんとわかってなかったよ」テメレアが小さな声で言い、前足でつくるかごからローレンスを出すのをしぶった。

「愛しいテメレア、リエンのせいで悩んだりしないでくれ」ローレンスは、テメレアのやわらかな鼻づらに片手を添えて言った。「悩んだりしたら、リエンの求めるものを、つまりきみの不幸を引き寄せてしまうことになる。あんな言葉に惑わされるな。なんの現実味もない絵空事だ。リエンの戦闘能力は認めるとしても、リエン一頭だけで戦況を大きく変えられるわけがない。それにどのみちナポレオンは、リエンの協力があろうがなかろうが、全力で英国をつぶしにかかる」

「だけどリエンはすでにたったひとりで、ぼくらを窮地《きゅうち》に追いこんだ」テメレアが憂《ゆう》鬱《うつ》そうに言った。「もうオスマン帝国は、ぼくらがあんなにほしがっていた卵を渡してくれないだろうな。卵のためにここまで苦労してやってきたのに」

「ローレンス」グランビーがだしぬけに言い出した。「あのいまいましいオスマンの悪党どもは五十万ポンドもの金を盗み、たぶんその金を港の要塞化計画の資金にしたんです。英国海軍を愚弄《ぐろう》するために。このまま放っておいちゃだめです。目に物見せてやらなくちゃ。テメレアが本気で一発吼《ほ》えれば、この宮殿を半壊させて、やつらの頭上に落として——」

「リエンのように復讐に取り憑かれ、人を殺したり、宮殿を破壊したりするのはやめよう。そんなことで満足するなんて恥ずべきことだ」ローレンスは言った。反論しようとするグランビーを片手で制し、「やめよう」とさらに言った。「クルーに夕食をとらせて、体を休めさせておくように。日のあるうちに、できるだけ長い時間、睡眠をとらせておくんだ」ローレンスはきわめて冷静に、おだやかに命令した。「今夜、ここを出る。もちろん、竜の卵も持っていく」

「シェヘラザードが言うには、卵はハレムのなかに保管されているんだって」テメレアが、シェヘラザードと話をしてきたあとで言った。「浴場の近くだって。そこなら暖かいからね」

「テメレア、彼らは卵を渡すつもりではないんだろう？」ローレンスはカジリク種の二頭のほうを横目でちらっとうかがいながら、ささやいた。

「どうして卵のことを尋ねるのかは、言わなかったんだ」テメレアが疚《やま》しげな眼で答えた。「褒《ほ》められたことじゃないけど……。ぼくらが卵を大切に扱うなら、シェヘラザードたちも気にしないと思う。それにオスマンのやつらは金貨を奪ったんだから、文句を言う権利なんかないよ。だけど、これ以上詳しいことは尋ねられない。どうしてぼくがそんなことを知りたがるのか、怪しまれるだろうから」

「卵を探してうろうろしてたら、とんでもなく時間がかかるでしょう」グランビーが言った。「ハレムは衛兵だらけにちがいありません。もし女性たちに見つかったら、大騒ぎされますよ。卵を盗み出すのは至難《しなん》の業《わざ》です」

「少人数で行ったほうがいい」ローレンスは声を潜《ひそ》めた。「わたしが志願者を数名連れて――」

「えっ、そんな！　あなたが行くなんて！」グランビーが昂《たかぶ》って叫んだ。「だめです！　今回はぜったいに譲りませんよ、ローレンス。見取り図もないのに、人でいっぱいの迷路みたいな場所にあなたを送り出すなんて、ぜったいにいやです。角を曲がるたびに、何十人もの衛兵に出くわすのが落ちでしょうよ。そういうことはぼくの役目です。キャプテンが切り刻まれているあいだ、ぼくは外でのらくらしてましたなんて、英国に戻って報告するつもりはありませんから。テメレア、きみはまさかローレンスを行かせたりはしないよな。キャプテンが殺されてしまうぞ、確実に」

「ええっ。行った人が殺されるんなら、誰も行かせたりはしないよ！」驚いたテメレアががばっと起きあがった。誰かがその場を離れようものなら力ずくで引き戻してやるという覚悟が見える。

「テメレア、グランビーの言い方が大げさすぎるんだ」ローレンスは言った。「ミスタ・グランビー、きみはこの件を誇張しすぎている。そのうえ越権行為だ」

「いいえ、ちがいます」グランビーが挑むように言った。「これまでぼくはもっと言いたいのを我慢してきたんです。それは、部下に危険な任務を与えて監督しているあなたのつらさが理解できたし、あなたがそういう立場に慣れてないってこともわかってたからです。でも、ローレンス、あなたはキャプテンです。自分の命をもっと大切にする義務があります。あなたが命を落とすかどうかは、あなただけじゃなくて英国航空隊の問題、そして、ぼくの問題でもあるんですから」

「もしよろしければ……」ローレンスがグランビーをさらにたしなめようとしたところに、サルカイが静かに割って入った。「わたしが先に参りましょう。わたしひとりならまず確実に、騒ぎを起こさず、卵の保管場所を見つけられます。それから戻ってきて、ほかの方々をご案内すればいい」

「サルカイ」ローレンスが言った。「きみにそこまでさせるわけにはいかない。英国軍への入隊宣誓を行った者に対しても、本人が志願しないかぎりは、決定命令を下さないだろう」

「ですが、わたしは志願しているのですよ」サルカイが、いつものように唇の端だけでかすかに笑った。「しかも、ここにいらっしゃる誰よりも、生きて戻ってくる可能性が高い」

「行って戻って、また行くとなると、三たびも危険を冒すことになる。そのたびに衛兵に出くわす危険があるんだ」ローレンスは言った。

「なら、やっぱりすごく危険じゃないか」ひと言も聞き洩《も》らすまいと耳をそばだてていたテメレアが、冠翼をぴんと立たせた。「ローレンス、あなたはぜったいに行っちゃいけない。グランビーが言っていることはすごく正しいよ。そういうところには、誰だって行っちゃいけない」

「ああ、もう……くそっ」ローレンスは思わず悪態《あくたい》をついた。

「わたしが行く以外になさそうですね」とサルカイ。

「あなただってだめだよ！」テメレアがきっぱりと反対し、サルカイをたじろがせた。

テメレアはてこでも動かないラバそっくりの顔つきになった。グランビーも腕組みをして、テメレアとそっくりの表情を浮かべている。神を冒瀆《ぼうとく》するような言葉を吐くことを好まないローレンスだが、このときばかりは天を呪いたい気分になった。

もしかしたら、テメレアの理性に訴えかければ、ハレムに侵入を試みるという方針に考えを改めさせることはできるかもしれない。これは、敵と戦うときと同じように、戦果を得るために避けられない危険なのだと説得できれば……。しかしテメレアはきっとそれでも、自分を行かせようとはしないだろう。それでは困る。自分が行けないというのに、部下を命の危険にさらすわけにはいかない。この重大任務に部下だけを送り出すわけにはいかない。心の底から、航空隊の軍規が呪《のろ》わしかった。

こうして話し合いが行き詰まっていたところに、竜医のケインズが登場した。「ずいぶんな大声だな。隠密作戦のつもりなら、あの二頭のカジリク種が英語を解さないように祈るばかりだ。さて、ガーガーわめくのが終わったら、ちょっと来てくれ。ダンが話をしたいそうだ。キャプテン、ダンとハックリーが、ハレム探検のあいだに浴場を見たと言っている」

「はい、キャプテン」間に合わせのベッドで半身だけ起こしたダンが言った。蒼白い顔だが、頰《ほお》だけが発熱のせいで赤くなっている。半ズボンをはき、鞭《むち》で怪我《けが》を負った皮膚の上にシャツをはおっていた。ダンよりも痩《や》せているハックリーは、傷がより深刻で、まだ床に伏していた。「直接見たわけではありませんが、ほぼ確かだと思います。そこから出てくる女性たちの髪の先が濡れていましたから。それに色白の女性たちは――肌が熱気でうっすら赤くなっていました」ダンが恥じ入って目を伏せ、ローレンスとまともに目を合わせないまま、早口になって最後まで話した。「それに建物の外にいくつも煙突があったんです。真っ昼間で気温も高かったのに、すべての煙突から煙があがっていました」

ローレンスはうなずいた。「行き方は覚えているか？　いっしょに行く体力はあるか？」

「充分、行けます、キャプテン」ダンが言った。

「充分、寝てなきゃならん体だろうさ」ケインズがちくりと言った。

ローレンスはためらった。「見取り図は描《か》けるか？」とダンに尋ねる。

「キャプテン」ダンがぐっと唾《つば》を呑《の》みこんで言った。「お願いです、キャプテン。ぼくも行かせてください。正直言って、見取り図は描けそうにありません。実際に見てみないと。何度も角を曲がったものですから」

道案内する者がいるという有利な条件が新たに加わっても、テメレアを説き伏せるのはひと苦労だった。そしてとうとう、ローレンスはグランビーの要求を受け入れ、彼も連れていくことにした。そして、残りのクルーの指揮を、若手のフェリス空尉に託した。「ほら、これなら安心だろう、テメレア？」グランビーが満足げに言いながら、自分のベルトに信号弾をはさみこんだ。「少しでも危険が迫ったら、信号弾を打ちあげる。きみはそれを見たらハレムに急行して、卵の有無にかかわらず、ローレンスを連れて逃げてくれ。きみの手が届くような場所にローレンスがいるように、ぼくが責任を持つから」

ローレンスは、猛烈な憤《いきどお》りを感じた。グランビーの言動は重大な命令不服従にあたる。しかし、テメレアばかりか全クルーがそれに賛同しており、ローレンスの味方につく者は誰もいなかった。航空隊上層部は、グランビーの意見に同意するだろうとは思う。いや、そもそも上層部は、キャプテンみずから乗りこんでいくことを、クルーたち以上に非難するにちがいない。

ローレンスはしぶしぶ、指揮官代行のフェリス第二空尉に向き直った。「ミスタ・フェリス、クルー全員をテメレアに搭乗させて待機《たいき》していてくれ。テメレア、もし信号弾の知らせがなかったとしても、正殿《せいでん》で騒ぎが起こったり、上空にドラゴンの姿が見えたりしたら、ただちに離陸するんだ。夜空なら、きみは姿を隠していられる」

「わかった。でももし信号弾があがらなかったら、ぼくはどこへも行かない。待ってる。ずっと待ってる。だから、信号弾があがらなかったら逃げろなんてあなたが言ったところで、ぜったいに聞かないからね」眼に勇ましい光を宿したテメレアが言った。

ありがたいことに、カジリク種の二頭、ベザイドとシェヘラザードは夕暮れ前に立ち去り、代わりにベザイドたちより小さめの別の中量級ドラゴン二頭が見張りについた。その二頭はテメレアに怖《お》じ気《け》づき、木立《こだち》のなかに引っこんだままで、テメレアを困らせることはなかった。空の月は細く、銀白色の月光がかろうじて足もとを照らす程度だ。

「いいかテメレア、きみならクルー全員を守ってくれると信じている」ローレンスはテメレアにそっと言った。「不測の事態になっても、みんなをよろしく頼むぞ。約束してくれ」

「約束する」テメレアが答えた。「でも、あなたを残して飛んでいったりはしない。だから、気をつけるって約束して。困ったときは、ぼくを呼び出すって。ここに置いていかれるのは、ほんとうにいやなんだよ」最後は情けない口調になった。

「わたしだってきみを置いていきたくないんだ、愛しいテメレア」ローレンスは、テメレアと自分の気持ちを慰《なぐさ》めるために、竜のやわらかな鼻づらを撫《な》でた。「長くはかからないようにするから」

テメレアが低く悲しげな声をあげ、後ろ足立ちになって翼を半分だけ広げると、翼に隠れて監視役のドラゴンたちから見えないように、ハレムに侵入する一団をひとりずつ離れの屋根に慎重に乗せた。ローレンス、グランビー、サルカイ、ダン、マーティンのほかに、ハーネス匠《しょう》のフェローズ。フェローズが管理する予備のハーネス用の革が袋に入って各自に配られており、卵を見つけたら、その革紐で縛って運び出すことになっていた。

さらに見張りとして、空尉候補生に昇進したばかりのディグビーも加わった。サリヤー、ダン、ハックリーを降格処分にしたために、下級士官の数が足りなくなった。そこで堅実な仕事ぶりを評価し、ディグビーを、年齢的にはやや早すぎる感はあったが、士官見習いから空尉候補生に引きあげたのだった。ディグビーを昇格させるのは、ダンたちを降格させたことに比べれば、はるかに気分がよかった。ローレンスは、命がけの作戦に参加する全員に大切にとっておいたラム酒をふるまった。新たな空尉候補生の誕生を祝い、作戦の成功を祈り、最後に英国国王を祝し、静かに乾杯した。

傾斜した屋根は、足場が不安定で、歩いて進むのはむずかしかった。だがどのみち身を隠す必要があったので、両手をついて這《は》いながら、離れと通路の屋根をつたい、ハレムの壁が立ちはだかるところまで行った。ハレムの周壁は屋根よりもさらに高く、その上に人が立てるほど充分な厚みがあった。周壁の上にのぼると、幾多の建造物がおそろしく複雑に入り組んだハレム全体が見えた。

尖塔《せんとう》や高層の建物、バルコニーやドーム型の屋根、中庭とそれを囲む回廊など、すべてが密接して構成されており、全体がひとつの建物のようにも見える。まるで奇想の建築家が思う存分腕をふるった作品のようだ。白と灰色の屋根には、ところどころに天窓や、屋根裏部屋の窓があいていた。だが周壁の上から見るかぎり、屋根にあいた窓にはすべて格子《こうし》がはまっている。

内壁からかなり距離をおいた建物の壁と接するように、大理石でできた大きな遊泳用のプールがあった。灰色の石敷きの歩道が、プールのへりをめぐって、ハレムの建物の入口とおぼしきアーチ門につながっている。ローレンスたちはハレムの周壁のてっぺんから下に向かって綱を垂らし、最初にサルカイがつたいおりた。

明かりのついた窓を横切る人影がないか、暗がりに突然明かりが灯らないか、姿を見られた気配がないかを、全員が緊張してうかがったが、どこからも声はあがらなかった。そこで、ダンの体に綱をかけ、フェローズとグランビーで吊りおろした。上にいるふたりの腰に巻きつけた綱が締まり、手袋をした手のなかでシュッと音をたてた。残る五人もひとりずつ、すみやかに壁をつたいおりた。

一行は縦一列になって、歩道を忍び足で進んだ。あまたの窓明かりが、さざなみのたったプールに黄色く映《うつ》っている。プールを見晴らす一段高くなったテラスに、ランタンが灯っていた。ローレンスたちはアーチ門をくぐって建物の内部に入った。通路は狭かった。壁の低いところに一定間隔で壁龕《へきがん》が並び、そのなかでオイルランプが灯され、足もとを照らしていた。低い天井にも、いまにも消えそうな蠟燭《ろうそく》の薄明かりがあった。いくつもの扉や階段。まるで遠くの話し声のように聞こえる隙間風《すきま》が頬に吹きつけた。

押し黙ったまま、足音をたてないぎりぎりの早足で進んだ。先頭を行くサルカイに、ダンが思い出せるかぎりの道筋を薄闇のなかでひそひそと伝えた。いくつもの小部屋の横を通り過ぎた。香水の残り香《が》が漂っている部屋もあった。息を吸いこんだとき、薔薇《ばら》よりも甘い香りを鼻腔《びくう》がとらえた。だが深く吸いこもうとすると、あたりに漂うもっと強いお香や香辛料の匂いに掻《か》き消されてしまった。ハレムの退屈な時間をまぎらわすための品々が長椅子に投げ出されたり、床に散らばったりしているのが見えた。筆記具の箱、本、楽器、髪飾り、置き忘れられたスカーフ、白粉《おしろい》や刷毛《はけ》などの化粧道具。ある戸口に頭を突っこんだディグビーが低いうめきをあげた。ローレンスたちが剣やピストルに手をかけてディグビーのそばに近づくと、突然そこらじゅうに蒼白いゆがんだ顔が浮かびあがった。そこは使われなくなった古い鏡の置き場で、ひび割れた、あるいは端が欠けた鏡が黄金の枠《わく》をつけたまま壁に立てかけられていた。

ときどきサルカイが一行を立ち止まらせ、手を振って手近な部屋へ入るように合図した。全員が部屋のなかに息を潜めてうずくまり、遠くに聞こえる足音が近づいてきてまた遠のいていくのに耳を澄ました。あるときは数人の女性が、鈴の音《ね》のような笑い声とおしゃべりの声を響かせながら廊下を通り過ぎていった。ローレンスは空気がしだいに湿気を帯び、気温も上がっているのを意識した。周囲を見まわしたサルカイが、ローレンスの視線をとらえてうなずき、手招きする。

ローレンスは、サルカイのそばにそっと移動した。格子細工のついたて越しに、煌々《こうこう》と明かりの灯った、天井の高い大理石の広間が見通せた。「そうです、あそこから女性が出てくるのを見たんです」ダンが広間にある縦に長いアーチ形の入口を指差し、声を潜めて言った。入口周辺の床が水に濡れて光っていた。

サルカイが唇に人差し指を当て、ローレンスたちに暗がりにさがるよう身振りで合図し、ひとりだけ忍び足でその場から離れた。そして永遠に思える、だが実際には数分の時間が流れ、戻ってきたサルカイが小声で言った。「広間から浴場におりる階段を見つけましたが、下に見張りがいます」

その階段下には、制服姿の黒人の宦官《かんがん》四人立っていた。夜も更けているため手持ちぶさたであるらしく、眠そうな顔でしゃべっており、階段にはろくに注意を払っていない。しかし衛兵に見つからず、気配を察知されもせず、そこまで近づいていくのは容易ではないだろう。ローレンスは手持ちの弾薬入れをあけ、六発分の紙薬包を破いて弾丸を取り出し、火薬は床に撒いた。みなで階段をのぼりきったところの両側に隠れ、ローレンスが六個の弾丸を階段に落とした。つやつやした大理石の階段を、黒く光る弾丸が、コンコンコンと音を響かせながら落ちていった。

衛兵たちが警戒するというより、いぶかしむように階段をあがってきて、身をかがめ、ローレンスが床に撒いた黒色火薬に顔を近づけた。ローレンスが命令を発しようとする瞬間、グランビーが飛び出し、ひとりの衛兵をピストルの床尾《しょうび》で殴った。サルカイが短刀を一閃《いっせん》させて、別の衛兵のこめかみにつか頭を叩きつけ、あっという間に気絶させる。ローレンスは三人目の衛兵の喉《のど》に片腕を回し、声を封じつつ、動かなくなるまで絞めあげた。しかし四人目の衛兵、首が太くて胸板の厚い大男が、捕らえようとするディグビーの手をすり抜けて、マーティンに殴り倒される寸前、押し殺したような叫び声をかろうじてあげた。

全員荒い息をつきながら耳を澄ましたが、見張りの声に応《こた》える動きはなく、別の衛兵には気づかれずにすんだようだった。ローレンスたちは、倒した四人の衛兵を、さっきまで自分たちが潜んでいた暗がりにまとめて引きずり、縄をかけ、首のクラヴァットをはずして、猿ぐつわを噛《か》ませた。

「先を急ごう」ローレンスが声をかけ、みなで階段を駆けおりると、ブーツが敷石を蹴《け》る音が急に大きくなり、アーチ形天井のがらんとした広間があらわれた。浴場はその先にあった。大理石などさまざまな石で築かれた巨大空間で、人影はない。温かみのある黄色い石で優美な先細りのアーチに形づくられた天井。大きな石製の湯槽《ゆぶね》がいくつもある。壁には黄金の蛇口《じゃぐち》が並び、あちこちに木製の黒っぽいついたてで仕切られた空間や、着替え用の小部屋があった。蒸気と水滴とでつややかな輝きを放つ石の台座がいくつも並んだ中くらいの部屋もあった。アーチ形通路が何方かに伸びて、壁の高い位置にいくつもうがたれた穴から白い蒸気が噴き出していた。浴場のなかに一か所だけ上に伸びていく石造りの狭い階段があった。その狭いらせん階段をのぼっていくと、鉄製の扉にたどり着いた。扉は触れると熱かった。

みなで扉の前に身を寄せ、体の重みでぐいっと扉を押しあけ、グランビーとサルカイが真っ先に飛びこんだ。そこは焼けつくように暑い、地獄の業火《ごうか》を思わせる炎が燃えさかるかまど部屋だった。何本もの脚で支えられたずんぐりしたかまどと、きらめく銅製の巨大な湯釜が、部屋の空間のほとんどを占めていた。うねうね部屋をめぐるパイプが浴場との壁に向かっていた。燃えさかるかまどの焚《た》き口のそばには薪《まき》の山があった。その隣の火鉢《ひばち》では石炭が燃え、小さな炎が石の入った吊り釜の底を舐《な》めていた。そして、上半身が裸の黒人奴隷がふたり、突っ立ったまま、ローレンスたちを見つめていた。ひとりは柄の長いひしゃくの水を吊り釜の焼けた石に注ぎ、もうひとりは手にした鉄の火掻き棒で石炭を掻いていたところだった。

グランビーがひしゃくを持った奴隷を捕らえて口をふさぎ、そこにマーティンが加勢して床にねじ伏せた。が、もうひとりの奴隷が火掻き棒をいきなり剣のように構え、サルカイに向かって突き出した。必死の形相《ぎょうそう》の奴隷の口がいまにも叫びをあげそうだった。焼けた棒が突き出され、サルカイがぐうっと奇妙な声をあげ、奴隷の腕をつかんで火掻き棒を押しのけた。ローレンスが飛びかかり、手で叫びを封じ、ディグビーが薪で殴り倒した。

「だいじょうぶか？」ローレンスは張りつめた声で尋ねた。サルカイがズボンからあがる小さな炎を上着の裾ではたいて消していた。火はそれで消えたものの、サルカイは右脚に体重をかけないように立ち、引きつった表情で頭を壁に押しつけた。肉の焦《こ》げる臭いがあたりに立ちこめた。

サルカイは唇を引き結んでなにも言わず、ローレンスに心配するなと手振りで示したあと、なにかを指差した。かまどの向こうに、両開きの格子扉があり、鉄に広がった赤錆《あかさび》から水滴が滴り落ちていた。鉄格子の奥には、かまど部屋よりはやや涼しげな小部屋があり、そこに十数個のドラゴンの卵が絹のクッションに埋もれて並んでいるのが見えた。

格子扉はさわれないほど熱かったが、フェローズが革の切れ端を取り出し、ローレンスとグランビーがその革で手を保護しながらかんぬきをはずし、扉を押しあけた。

グランビーが身をかがめてなかに入り、それぞれの卵に近づいて、絹の覆いを取り除き、卵の表面にそっとやさしく触れていった。「ああ、ありましたよ。すばらしい」グランビーが畏敬《いけい》の念のこもった声で言い、覆いをとったばかりの、わずかに緑の斑《はん》点《てん》のある赤みがかった卵を指差した。「ぼくたちが譲り受けるはずだったカジリク種の卵にちがいありません。さわった感じからすると、孵化《ふか》まで八週間もありません。よかった、ぎりぎり間に合って」グランビーがその卵にふたたび覆いをかけ、ローレンスとともに細心の注意を払って絹のクッションから慎重に持ちあげ、かまど部屋に運びこんだ。そこでフェローズとディグビーが革のストラップで卵を縛りはじめた。

「どうです、この卵の数といったら」グランビーがそう言いながら、卵の部屋に引き返し、残りの卵をそっと指先で撫でながら調べはじめた。「こんなにたくさんの卵に、航空隊はいくら積むでしょうね。おっと、英国が譲渡されることになっていたあとふたつの卵がこちらにあります。こちらがアラマン種の卵。オスマン軍にいる小柄な戦闘竜です」グランビーがいちばん小さな卵を指差した。色は薄いレモンイエロー、おとなの胸幅の半分ほどしかない。「それから、これ。アハル＝テケ種、中量級ドラゴンです」クリーム色の卵は赤とオレンジのまだらで、大きさはアラマン種の卵の二倍近くある。

みなで協力し、三個の卵に革のストラップをかけた。革紐に指を滑らせながらも、絹の覆いの上からきっちりと卵を縛りあげた。汗が噴き出し、上着の背中に黒い大きな汗染みが広がっていく。音を洩らさぬように扉を閉めているので、小さな窓があるとはいえ、かまど部屋そのものが一同を焼きあげるかまどのようになっていた。

そのとき唐突に、蒸気穴から声が聞こえた。全員がストラップに手をかけたまま、作業を中断した。声がさらに大きくなり、はっきりと聞こえた。女性の声だった。

「もっと蒸気を出せと言っています」サルカイが小声で通訳した。マーティンがさっとひしゃくをつかみ、水槽から水をすくって、焼けた石に注いだ。蒸気穴に吸いこまれなかった蒸気があたりに拡散し、何杯か水をかけると、もうもうたる湯気でなにも見えなくなった。

「強行突破するしかない。階段をおりたら、いちばん近いアーチ道を通って、とにかく外を目指せ」ローレンスは全員をそばに集めて小声で言い、ちゃんと聞こえたかどうかを、顔を見まわして確かめた。

「わたしは戦闘の役に立たないので、カジリク種の卵を持ちます」ハーネス匠のフェローズが持ってきた残りの革紐を、床に置いて言った。「その卵をわたしの背中にくくりつけてください。ミスタ・ダン、わたしを掩護《えんご》してもらえますか」

「よろしく頼む」ローレンスは言い、マーティンにアハル＝テケ種の卵を、ディグビーに小ぶりのアラマン種の卵を運ぶように命じた。ローレンスとグランビーは剣を抜き、サルカイは負傷した右脚を革で縛りあげ、短刀を構えた。十五分ほども息苦しい湿った空気のなかにいて濡れそぼってしまったので、もはやピストルは使えそうにない。

「仲間から離れるな」ローレンスはそう言うと、ありったけの水を焼けた石と石炭に浴びせ、かまど部屋の扉を蹴りあけた。

水蒸気がシューッと音をたてて巨大な白い渦《うず》となり、階段を駆けおりていくローレンスたちを包みこんだ。だが出口まであと半分というところで、蒸気が吹き払われ、一同の姿をあらわにした。と同時に、ローレンスは自分が絶世の美女と向かい合っていることに気づき、息を呑んだ。女性は一糸まとわぬ姿で、水差しを手にしていた。

まるでミルクを入れた紅茶のような色をした肌。濡れてつやつやした長い黒髪だけが、わずかに体を覆っていた。褐色に縁取《ふちど》られた、青みの強い、まるで海のような色合いの緑の大きな瞳に困惑の色を浮かべ、女性はローレンスをじっと見つめた。そして、つぎの瞬間、耳をつんざくような悲鳴をあげた。悲鳴はたちまちほかの女性にも伝染した。いつのまに入ってきたのか、女性は全部で十数人もいた。ひとりひとりの容姿はまったく異なるが、並々ならぬ美しさという点で共通していた。助けを求める声まで妙《たえ》なる調べのようだが、数が数だけにけたたましく響き渡った。

「ああ、まずい」ローレンスは、恥じ入りながら、美女の両肩をつかんで進路から押しのけ、出口に向かって駆け出した。全員がそのあとを追った。浴場の反対側の出口から衛兵が数人駆けこんできた。さらに、新たなふたりの衛兵が、ローレンスとグランビーの前に立ちふさがった。

護衛ふたりは侵入者との鉢合《はちあ》わせに驚いて、すぐには剣を振るわなかったので、ローレンスは目の前の衛兵の手から剣を叩き落とし、蹴り飛ばした。剣は床の上を滑っていった。ローレンスとグランビーはふたりの衛兵をぐいぐい押してアーチ道に入った。全員がつるつるした床を、半ば滑りながら移動し、アーチ道から広間へ飛び出すと、すぐさまふたりの衛兵を殴り倒した。倒れた衛兵が大声で仲間を呼んだ。

ローレンスとグランビーが両脇から肩を貸して、片脚を引きずるサルカイが階段をのぼるのを助けた。ダンを除くほかの三人が卵を背負っていたが、全速力で突き進んだ。背後の追っ手の足音はますます数を増し、女性たちの金切り声がさらに多くの衛兵を呼んだ。前方からも近づいてくる足音があり、前に来た道をたどっては戻れないことがわかった。サルカイが鋭い声で言った。「西へ、あっちです」ローレンスたちは通路の角を曲がり、別の広間を目指して走った。

走っていると、幸いにも頬に冷たい風を感じた。ほどなくローレンスたちは大理石の屋根付きの通路を通り、四方を建物に囲まれた中庭に出た。周囲の窓という窓に明かりが灯っていた。グランビーがすぐさま片膝《ひざ》をついて、信号弾に点火した。一本目、そして二本目も発火しない。浴場の湿気にやられてしまったのだ。グランビーは罵《のの》しりながら円筒形の信号弾二本を地面に投げ捨てた。が、三本目の信号弾はシャツの懐深くしまってあったため、ようやく発火した。きらきら輝く青い煙が、暗い夜空に向かって伸びていく。

だがすぐに追っ手が庭にあらわれたため、一同はいったん地面に卵をおろして、敵と戦うしかなくなった。最初の敵の一団が雄叫《おたけ》びをあげながら襲いかかってくるのと同時に、ハレムの建物からまた新たな衛兵たちが飛び出してきた。せめてもの救いは、彼らが卵を傷つけることを恐れて、銃という手段に訴えなかったことだ。

そのうえ、圧倒的な数の差によって侵入者を制圧するのは時間の問題と考えているからなのか、敵はがむしゃらに突進してはこなかった。ローレンスはひとりの衛兵を必死で退《しりぞ》けようと、振りおろされる剣を右に左に払いながら、テメレアの羽ばたきの回数で時間を計った。予測する到着時間まで残すところ半分。が、早くもテメレアが咆吼《ほうこう》しながら中庭の上空にあらわれ、羽ばたきから生まれる強い風が中庭にいる者全員をなぎ倒しそうになった。

衛兵たちが大声でわめきながら、われ先にと逃げ出した。ハレムの建物を壊さずに着地できるほど広い場所はここにない。だが、天の使い《セレスチャル》種のドラゴンは空中停止《ホバリング》ができる。テメレアは、ローレンスたちのほぼ真上で力強く羽ばたきつづけていた。咆吼によって煉瓦や石の破片が剝がれ、ぼろぼろと落ちてきた。中庭を囲む窓のガラスが鋭い音をたてて粉々になり、かみそりのような破片が地面に降りそそぐ。

テメレアに搭乗しているクルーが、地上にいる仲間にロープを垂らした。ローレンスたちは必死になって二個の卵をロープに結びつけ、クルーたちに吊りあげさせた。

こうして、卵は腹側の装具に収納された。カジリク種の卵を背負ったフェローズだけは、貴重な荷を背中からおろそうとはせず、卵を体にくくりつけたまま、ロープを自分の体に結びつけて宙に浮かび、腹側のネットにもぐりこんだ。またたく間に手が伸びてきて、フェローズのカラビナを竜ハーネスに留めつけた。

「早く！　早く！」テメレアが大声で呼びかける。いまや本格的に警報が発令されていた。遠くでラッパが吹き鳴らされ、照明弾が空に打ちあげられた。そのあと北側の庭園からすさまじい咆吼があがり、真っ赤な火焔《かえん》が夜空に向かって噴きあがった。カジリク種のドラゴンが火を噴いたのだ。火噴きドラゴンが立ちあがり、みずからの吐いた炎や煙を縫いながら、らせんを描いて上昇していく。

ローレンスは腹側乗組員《ベルマン》たちの伸ばした手へとダンを押しあげ、自分も装具に飛びついた。

「テメレア、全員乗ったぞ。行け！」装具から両手でぶら下がったまま、ローレンスは叫んだ。ベルマンたちの手を借りて、全員が搭乗ハーネスを装着した。セローズがローレンスのカラビナを握っていた。地上では衛兵たちがマスケット銃を構えていた。

卵が持ち去られそうないま、卵を傷つけないという用心は二の次になっている。衛兵全員がマスケット銃で同じ箇所を狙っていた。大砲でもないただのマスケット銃でドラゴンに怪我を負わせるには、火力を集中させるしか方法がないのだ。

テメレアが空気をすくうように翼を前方に動かし、ばさりと大きく羽ばたいて、上昇の体勢をつくった。そのとき、ディグビーが「卵が、卵が——」と叫び、卵に向かって手を伸ばした。レモンイエローの、アラマン種の小さな卵を覆っていた絹の布が地面のなにかに引っかかっていたらしい。卵をくくっている革ストラップの下から、長い緋色《ひいろ》の帯がするすると抜けていき、まだ湿っていて不安定なストラップのなかで、もろい卵がぐらぐらと動いていた。

卵をつかもうとしていたディグビーの指が、かろうじて卵に届いた。が、卵はつるっと手から滑って、腹側ネットから落ちていきそうになった。ディグビーが竜ハーネスから手を離し、もう片方の手で卵をかかえこんだ。ディグビーの体に装着された搭乗ハーネスのカラビナは、まだ竜ハーネスに留めつけられていなかった。

「ディグビー！」マーティンが絶叫し、ディグビーに片手を伸ばした。急上昇するテメレアを止めることはできない。すでに建物の屋根を越え、力強い羽ばたきでぐんぐんと空に向かっていた。マーティンの手は間に合わなかった。ディグビーは驚きにぽかんと口をあけ、胸に卵をかかえたまま落下していった。

ディグビーと卵は空中を真っ逆さまに落ちて、中庭の敷石に叩きつけられた。周囲の衛兵たちが口々になにか叫んだ。白い大理石の上に、ディグビーの両腕が大きく投げ出され、粉々になった殻とともに仔《こ》ドラゴンの丸まった、形成途中の体が転がっているのが見えた。ぬめっと光る卵の粘液と血だまりに横たわる、砕けたふたつの小さな亡骸《なきがら》。それを酷《むご》たらしく照らし出すランタンの明かり。テメレアは夜空の高みに向かってひたすら上昇をつづけていた。

10　敗北の地へ

そこからは、オーストリアの国境を目指し、決死の長距離飛行がはじまった。竜も人も胸のつぶれる思いをかかえ、切迫した状況が悲しみに呑みこまれそうになる心に鞭を打った。夜の闇を突き進むテメレアはひと言も発せず、ローレンスの低い呼びかけにも言葉を返さず、ただ痛切な叫びをあげるのみだった。しばらくは、炎が背後の夜空を焼いていた。怒り狂ったカジリク種のドラゴンの噴きだす炎が縦横に闇を裂き、ローレンスたちを照らし出そうとした。

月はすでに沈み、雲間の淡い星々しか頼る光はなかったが、テメレアは羽ばたきつづけた。ローレンスはごくたまにランタンの銀色の光を灯す危険を冒して、コンパスを確認した。テメレアの漆黒《しっこく》の体は闇にほぼ溶けこんでいる。だが、ときにテメレアの耳がほかのドラゴンの羽ばたきをとらえて、ぴんと直立した。三回ほど、敵の逃走を知らせるオスマン軍の伝令竜がかなり近くを高速で追い越していった。テメレアは右に左に逸れて、敵をやり過ごした。ローレンスたちを捕らえようと国じゅうに警戒網が張られているはずだ。それでも飛びつづけるしかなかった。テメレアはこれまで経験したことのない、スピードの限界に達しようとしていた。瞬時に丸くなって空気をとらえる翼が舟のオールのように闇を掻き、先へ、先へと一行を運んでいく。

ローレンスは、テメレアにスピードを落とせとは指示しなかった。テメレアはときに気分の昂揚《こうよう》や戦闘への熱狂から自分の能力の限界を超えそうになることがあった。だが、いまはそんな昂《たかぶ》りのひとかけらもない。それにどのみち、正確な速度を確かめるすべもなかった。たまにちらっと光っては流れ去る、煙突のかすかなまたたきのほかは、眼下にも闇が広がるばかりだ。吹きつける強風から少しでも逃れようと、みなが黙りこくってテメレアの体にぴったりと身を寄せていた。

やがて後方の夜の果てに淡いブルーの輝きが生まれ、星々が消えはじめた。もうテメレアに先を急がせても意味はなかった。もし夜明け前に国境にたどり着けなければ、どこかに隠れて、また夜を待つしかない。日中に国境越えなど、まず考えられないことだ。

「キャプテン、光が見えます」沈黙を破ってアレンが言った。まだ嗚咽《おえつ》をこらえるような、押し殺した声だった。その指が遠く北の闇を指している。ローレンスの目にも、ちらちらと揺れるたいまつの明かりが見えてきた。国境に沿って、たいまつの明かりが、かなり間隔をあけて首飾りの珠《たま》のように連なっている。ドラゴンたちが苛立って呼びかけ合う、低い咆吼が聞こえてきた。ドラゴンたちは小さな編隊を組んで国境沿いを飛んでいた。鳥のように旋回して宙を行きつ戻りつしながら、いきり立ち、暗がりに眼を凝《こ》らしている。

「あいつら、夜目のきくドラゴンじゃありません。当てずっぽうに攻撃しようとしているだけでしょう」グランビーが両手を丸めてメガホンをつくり、ローレンスの耳もとで言った。ローレンスはうなずいた。オスマン軍のドラゴンたちのあわただしい動向を察知して、国境のオーストリア軍も活動をはじめている。ドナウ川の対岸からそう遠くないところに、砦《とりで》が見えた。丘の上にある砦に、明かりが煌々と灯っていた。

ローレンスがテメレアの肩に触れると、振り返った竜の眼は涙に濡れて、きらきら光っていた。ローレンスは黙って砦を指し示した。

テメレアがうなずいた。だが、そのまま国境には向かわず、しばらくは堡塁《ほうるい》の築かれた国境に沿って飛びながら、警戒しているオスマンのドラゴンたちを観察した。時折りオスマン軍のクルーが大胆にも闇に向かってライフル銃を放った。だがそれは敵に命中することを本気で望んでいるのではなく、ささやかな気休めのように思われた。たまに照明弾も打ちあげられたが、何マイルにもわたる国境のすみずみまでは照らせるはずもなかった。

テメレアがぐっと筋肉に力をため、その動きで行動に移ることを知らせた。ローレンスは、見張りのアレンともうひとりの肩を押さえ、自分もテメレアの首に上体を伏せた。テメレアが猛烈な速さで小刻みに羽ばたき、速度をあげ、国境へまっすぐに突っこんだ。そして国境のすぐ手前まで——ドラゴンの体長十頭分ほどの距離まで近づくと、翼を大きく広げたままぴたりと動きを止めた。そうして横腹がふくらむまで大きく息を吸いこみ、滑空に入った。テメレアは国境監視塔のあいだの暗がりを、音もなく突き抜けた。両側のたいまつは風にそよぎもしなかった。

テメレアはぎりぎりの限界まで羽ばたくのをこらえた。高度が徐々に下がり、地面が近づき、ローレンスの鼻腔が針葉樹のみずみずしい香りをとらえた。そうなって初めて、テメレアは、敵に発見される危険を承知で、翼を一度、二度と打ち振り、体を立ちあげ、木々の梢《こずえ》に衝突するのを避けた。国境を背にオーストリア軍の砦も越えて、さらに北へ一マイル飛んだところで、くるりと旋回した。白みゆく空の果てを背景として、いまやオスマン帝国の国境線がよりくっきりと見えた。ローレンスたちが国境を越えたことを気づかれた気配はない。オスマン軍のドラゴンたちはいまも哨戒《しょうかい》飛行をつづけている。

それでも朝日が差して空が明るくなる前に、身を隠さなければならない。テメレアの巨体をもって田園に身を潜めるのは容易ではない。「国旗を掲げたまえ。白旗もいっしょに、ミスタ・アレン」ローレンスは言った。「テメレア、ただちに砦の敷地内に入れ。近づいていく途中より、砦の防壁の内側で騒動になったほうがましだ」

テメレアの首はうなだれたままだった。当たり前だ、いままでになく体力を消耗する飛び方をしてきたのだから。イスタンブールでかろうじて難局を逃れ、大切なクルーの死に打ちのめされ、もう気力も体力も尽きかけようとしている。羽ばたきはもはや切れを失っているが、それは見つからないようにという警戒心からではなく、ひとえに疲労困憊《こんぱい》しているせいだった。だがテメレアは文句も言わず、きっちりと体勢を立て直し、最後の全力飛行に移った。砦を目指して猛然と速度を上げ、死に物狂いで高度を上げ、砦の防壁を越え、二本の足でずどんと着地した。尻が揺れたが、倒れることはなかった。恐慌状態に陥った騎兵隊の馬や歩兵の一団が四散し、逃げまどいながらわめきたてた。

「撃つな！」ローレンスはメガホンで怒鳴り、同じことをフランス語で繰り返した。立ちあがり、英国国旗を打ち振った。それでようやくオーストリア兵をぽかんとさせることに成功した。その隙にテメレアが大きく息をつき、尻を落とし、首を垂らして言った。「ふふん、へとへとだ」

アイガー大佐がローレンスたちには熱いコーヒーと寝台を、テメレアにはパニックを起こして脚を折った一頭の馬を提供してくれた。残りの馬は急遽《きゅうきょ》砦の防壁の外に引き出され、監視付きで牧草地に放たれた。ローレンスは午後まで眠り、簡易ベッドから起きあがったときも、まだ半ば寝ぼけていた。一方、外にいるテメレアは大いびきで眠りこけていた。砦の厚い木製の防壁に守られて、きっちりと体を丸めているからまだよいが、そうでなければ、半マイル先の国境の向こう側にいるオスマン軍にも知られてしまうほどの行儀の悪さだった。

「オスマン帝国はナポレオンに踊らされているということですか？」と、アイガー大佐が言った。オスマンからの脱出については到着直後にローレンスがかいつまんで説明したが、さらに詳しい話を大佐に伝えたところだ。当然ながら、大佐の頭を占めるのは、オーストリアが近隣諸国と連携《れんけい》を取れるかどうかだった。「オスマンめ、尻に火がつくのは目に見えているのに」

大佐はローレンスたちに夕食をふるまい、いくらか同情もしてくれた。だがローレンスが大佐に提供できるものは、ほとんどなにもなかった。「あなたをウィーンに送り出したいところですが」大佐は自分のグラスにワインのお代わりを注ぎながら言った。「嘆かわしいことに、そんなことをしたら、あなたの足を引っぱることになる。まったくお恥ずかしい。ウィーンには、あなたをナポレオンに引き渡そうとする人でなしどもがいるのです。それも、やつの前にひざまずいてまで」

ローレンスはおだやかに返した。「大佐殿、わたしたちに避難所を提供してくださって、心から感謝しています。あなたやお国を煩《わずら》わせるつもりはありません。貴国オーストリアがフランスと平和的な関係にあることは存じておりますから」

「平和的な関係ですか」アイガーが苦々しげにつぶやいた。「ただフランスの足もとに縮《ちぢ》こまっているだけ。それが真実です」

食事が終わるまでに、アイガー大佐はワインの瓶を三本近くあけた。酒の回りの遅さから見て、大量の飲酒は珍しいことではないとうかがえた。大佐は紳士的ではあるが、上流階級の出身ではないゆえに、出世を阻《はば》まれ、能力に見合わない低い地位に甘んじてきたのだろうと、ローレンスは推測した。だが大佐を飲酒へと駆りたてているのは、自身の境遇への恨みではなく、夜が更《ふ》けるとともに大佐の口からこぼれ出てきた母国オーストリアの惨状のようだった。ブランデーとローレンスという話し相手を得て、大佐はさらに饒舌《じょうぜつ》になった。

〈アウステルリッツの戦い〉の敗北が、アイガー大佐の心を焼く悪魔だった。このロシア・オーストリア連合軍とフランスとの決戦において、大佐はフランス革命を逃れてロシアに亡命したランジェロン将軍の指揮下に就いた。「ナポレオンの悪魔は、プラッツェン高地をわれわれに明け渡しました」アイガー大佐が言う。「アウステルリッツの街もです。ナポレオンめ、あのプラッツェン高地という絶好の陣地からわざわざ兵を撤退させて、敗走を装った。なぜか？　連合軍に戦いを仕掛けさせるためですよ。そのときフランスの軍勢、五万。オーストリア・ロシア連合軍、九万。にもかかわらず、やつはわれわれが戦いを挑むように仕向けてきた」大佐が、引きつるような笑いをあげた。「要衝《ようしょう》を明け渡したところで、やつは痛くも痒《かゆ》くもなかった。数日後にはいともたやすく奪い返しました」地図を広げた卓上で手を振り動かす。玩具の兵隊を使い、卓上にアウステルリッツの戦いを描いてみせていた。したたかに酔っているにもかかわらず、人形を配置するのに十分間とかからなかった。

ローレンスのほうは愕然《がくぜん》とする気持ちを麻痺《まひ》させられるほどには飲んではいなかった。アウステルリッツにおけるロシア・オーストリア連合軍の敗北については、すでに知っていた。アリージャンス号で中国に向かっているとき、逓信竜《ていしんりゅう》によってその情報が届けられていた。だがそれは茫漠《ぼうばく》とした内容で、それ以上詳しい情報は得られず、いつしかナポレオンの勝利は誇張された話にすぎないのではないかと疑うようになっていた。だが、アイガー大佐の指が堂々たる布陣のブリキの兵隊や木製のドラゴンを動かすたびに、連合軍の尋常《じんじょう》ならざる大敗だったことがわかってくる。

「ナポレオンはしばらくのあいだ、われわれにフランス軍の右翼をさんざん叩かせていたのです。わが連合軍の中央部をもぬけの殻にしようという目論見《もくろみ》をもって」アイガー大佐が言う。「その中央部にフランス軍がなだれこんできました。ドラゴン十五頭、兵二万。やつは強行軍で竜と兵を移動させていたのです。われわれは大量の敵の襲来をまったく予測しておらず、そこから数時間、勝ち目のない戦いがつづき、ロシア帝国近衛連隊がフランス軍にいくばくかの損害を与えたものの、そこで戦いは終わりました」

大佐は手を伸ばし、乗馬した司令官をかたどった玩具をひっくり返すと、椅子に背をあずけて目を閉じた。ローレンスはドラゴンをかたどった小さな玩具をつまみあげ、両手のなかで転がした。返す言葉が見つからなかった。

「翌朝、皇帝フランツ二世がナポレオンのもとに向かい、和睦《わぼく》を乞《こ》われました」一拍《いっぱく》おいて、アイガーはつづけた。「由緒《ゆいしょ》あるオーストリア・ハプスブルグ家の神聖ローマ帝国皇帝が、自分でつくった王冠をかぶってあらわれたコルシカ男の前で頭《こうべ》を垂れたのです」大佐は絞り出すように言うと、それっきり口を開くことはなく酩酊《めいてい》にゆっくりと沈んでいった。

ローレンスは眠ってしまったアイガー大佐を残し、戸外にいるテメレアのもとに行った。テメレアは目覚めてから、ずっと鬱《ふさ》ぎこんでいた。「ディグビーのこともひどすぎるけれど」テメレアは言った。「ぼくらはあの仔ドラゴンも殺してしまった。

あの子は今回のこととなんの関係もなかったのに……。ぼくらに売られることも、オスマン人に隠しておかれることも、あの子が選んだわけじゃない。逃げることすらできなかったんだ」

テメレアは残ったふたつの卵のそばで鬱々《うつうつ》と体を丸めていた。本能からなのか卵にぴったりと体を寄せて、時折り、先の割れた舌を長く伸ばし、表面に触れている。

ローレンスとケインズが卵を調べることは、しぶしぶ認めた。それでもまだ卵のそばから離れようとしないので、ケインズが苛立《いらだ》って言った。「頼むから、そのでかい頭をどけてくれ。そんなふうに光をさえぎられちゃ、なにも見えん！」

ケインズが卵を軽く叩き、耳を押しあてて中の音に耳を澄まし、指を一本湿らせて表面をこすり、その指を舌にあてがった。こうして心ゆくまで二個の卵の検査をし、ふたたび卵から遠ざかった。テメレアがすかさず卵のまわりに、今度はさらにぴったりと体を巻きつけて、不安げにケインズの診断を待った。

「ま、順調だな。外の冷気にやられてもいない」ケインズはローレンスに向かって言った。「絹の布で包んでおいたほうがいいだろう。それから――」親指を立てて、テメレアのほうを示し、「子守りごっこをさせておいても、卵の害にはならんだろうよ。中量級ドラゴンの卵に、すぐになにか起きる可能性はない。中の音からすると、まだ仔ドラゴンの形にもなっていない。孵化まで数か月はかかる。だが、カジリク種のほうは、孵化まで八週間もないだろう。そうだな、六週間から八週間のあいだというところか。英国に持ち帰るのなら、一刻の猶予《ゆうよ》もならんぞ」

「オーストリアも、ドイツ諸国もいまや安全とは言えない。フランス軍がうようよいる」ローレンスは言った。「プロイセン王国を通って、北回りで行こうと思う。十日ほどで海岸に出るだろう。そこから数日飛べば、スコットランドに着く」

「どのような経路にせよ、急いで出発されるのがよろしいですね」その夜ふたたび話をしたとき、アイガー大佐が言った。「ウィーンへあなたがたの入国を報告するのを、なんとか遅らせましょう。そうすれば、あの腐りきった政治屋どもがあなたがたを利用する方法を思いついて恥《はじ》の上塗《うわぬ》りをする前に、国外へ出られるでしょうから。なんなら国境までの安全通行証を発行しましょう。ですが、海路をとったほうがよいのではありませんか?」

「ジブラルタル海峡を回っていくと、最短でも一か月はかかります。そのうえ航路の大半で、イタリアの海岸に隠れ場所を見つけなくてはなりません」ローレンスは言った。「ときに、プロイセン王国がこれまでナポレオンに対して宥和《ゆうわ》政策をとってきたことは知っていますが、もし、かの国で見つかった場合、わたしたちはフランスに引き渡されることになるでしょうか?」

「あなたがたを引き渡す? いやいや、まさか」アイガー大佐が言った。「プロイセン王国は戦争をはじめようとしています」

「ナポレオンとですか?」ローレンスは思わず声を張りあげた。予想もしなかった、よい知らせだ。プロイセン王国は、ヨーロッパのなかでも圧倒的な軍事力を誇ってきた。もしプロイセンがいち早く先の対仏同盟に参加していれば、いまの状況は大きくちがっていたはずだ。プロイセン王国の参戦は、フランスと敵対する国々を勝利へ導く大きな一歩になるにちがいない。だがアイガー大佐は、プロイセン参戦を喜んではいなかった。

「そう、ナポレオンとです。プロイセン王国はナポレオン軍と戦い、敗れ去るでしょう。ロシアもプロイセンと共倒れになれば、ナポレオンを迎え撃つ国はもはやヨーロッパには存在しなくなるのです」

ローレンスは、大佐の悲観的な見方には意見をはさむことなく、口を閉ざした。プロイセン参戦の知らせに内心では浮き立っていた。しかし、オーストリア士官のアイガーが、たとえナポレオンを憎んでいようが、自国が敗れ去った相手にプロイセン王国が勝利をおさめるのをよしとしない気持ちはわからないでもなかった。「少なくとも、プロイセン王国には、わたしたちを足止めする動機はないということですね」

ローレンスは如才《じょさい》なく言った。

「迅速に行動し、戦乱に巻きこまれないようにしてください。さもないと、ナポレオン自身に足止めされることにもなりかねませんから」アイガー大佐が言った。

翌晩、ローレンスたちは闇にまぎれて出発した。出発前に英国宛《あ》ての数通の手紙をアイガー大佐に託した。手紙はウィーン経由でロンドンまで送られることになるだろう。もしかしたら、手紙より先に帰国できるかもしれないが、不測の事態に備えて、これまでの経緯《けいい》とオスマン帝国に関する事情だけは知らせておく必要があった。

英国海軍省への報告書は、数字で暗号化し、四苦八苦して書いた。いつもよりぎこちない文体になったのは、けっして罪悪感からではない。心のなかでは自分のとった行動は正しかったと確信している。しかし意地の悪い見方をする者にとって、それがどう映るかもわかっていた。上官の許可もなく、わずかな証拠だけを頼りに実行した軽率かつ無謀《むぼう》な行為。そのせいで、もとは卵を盗まれる原因をつくったオスマン側に被害者づらをさせることにもなりかねない。

軍務という観点から見ても、弁護のしようがない。他国との力関係に大きな影響をおよぼすことになる作戦を、上官の命令なく、あれほど性急かつ乱暴に実行することは、もはや軍務とは呼べないだろう。それどころか違反行為にもなりうる。レントン空将の命令書に卵を持ち帰れとあったから、などとふてぶてしく詭弁《きべん》を弄《ろう》して、自分の行為を正当化するつもりもなかった。唯一、あの行為の理由となるのは緊急性だった。ただし、もっと分別をもって考えるなら、ただちに帰国して、この外交的に複雑な問題を内閣の手にゆだねるべきだったのだろう。

今回の行動を、自分が第三者として耳にしたら、是認《ぜにん》したかどうかもわからなかった。世間はいかにも航空隊のやらかしそうなことだと思うだろう。いや待て、それを期待されていたのだろうか。それが上層部の思惑《おもわく》だとしたら、どうだろう。海軍省のお歴々を喜ばせると知っていたら、危険を冒していただろうか。いいや、政治的な立ち回りのために、なにかを選んだことはなかった。あえて今回の行動に出たのは、生きたドラゴンのキャプテンであり、竜と終生の契《ちぎ》りを結んだ特殊な立場にあることと関係しているのではないか。その立場は他人によって与えられたり奪われたりするものではない。ふと、危険にも、自分のことを支配権力を超越した存在だと見なしはじめているのではないかと不安になった。

「ぼくにしてみれば、権力のどこがそんなにすごいものなのか、ぜんぜんわからないや」と、テメレアは言った。夜が明けて休憩のために地上におり立ったとき、ローレンスは思いきって自分の不安をテメレアに打ち明けてみた。一行は、とある山の頂《いただき》に近い斜面に、野営を張った。人の気配はなく、数頭のはぐれ羊がいるだけだった。その羊たちはいま、地面に掘った穴の中で炙《あぶ》られ、料理人のゴン・スーが火の番をしている。このような炉なら、あまり煙が出ないので、誰かに気づかれることもないだろう。

「権力って、やりたくないことを無理やりやらせるためにあるような気がするな。説得できないことを、脅してやらせるためにね」テメレアはつづけて言った。「ぼくらが権力を超越しているのなら、すごくうれしいけどなあ。権力をかさにきて、誰かがあなたをぼくから取りあげて、別のキャプテンを押しつけるなんて、許せないよ。ぼくは軍艦じゃないんだから」

ローレンスには、そう言うテメレアをたしなめられなかった。権力とはなにかを教えることもできたはずだが、それも間違っているような気がした。少なくともいまの自分は、制約から自由であることを好んでいる。それを恥じているのなら、せめてそれをごまかさないでいたい。「ふむ。なれるものなら誰だって君主になりたがるというのは真実だろうな」苦々しい思いで言った。「だからこそ、ナポレオンにいま以上の権力を握らせてはいけないんだ」

「ローレンス」テメレアが考えこんだようすで言う。「そんなにナポレオンがいやなやつなら、どうして人は、彼の言いなりになるんだろう？　ドラゴンもそうだ」

「えっ、ううむ。彼がひとりの人間としていやな人物かどうかは、わたしにはわからない」ローレンスは正直に言った。「少なくとも、配下の兵士たちは彼を敬愛している。驚くほどのことじゃない。彼は戦いに勝ちつづけているし、あれだけ出世したんだ、なんらかの魅力はあるんだろう」

「じゃあ、なんでナポレオンが権力を握るのがそんなに恐ろしいことなの？　どうせ誰かが権力を握るんでしょ？」テメレアが尋ねる。「それにしても、英国の王様がなにかの戦いで勝ったっていう話は聞いたことがないな」

「国王陛下の権力は、専制君主の権力とはぜんぜんちがうんだ」ローレンスは答えた。「国王は英国の長だが、絶対的な支配権を持っているわけじゃない。英国の誰もそんなものは持っていない。でも、ナポレオンはどんな制約も受けずに、自由に物事を決められる。そしてあれほどの才能を、自分のためにだけ使っている。英国の国王と大臣たちはつまるところ、自分のためにではなく、国民のために働く人たちだ。全員ではなくとも、まあだいたいがそうだ」

テメレアがため息をついて、黙りこくった。ふたたび卵をかかえ、物憂《ものう》げに丸くなる。ローレンスは不安な気持ちで、その姿を見守るしかなかった。テメレアの落ちこみは、イスタンブールでのあの不幸な事件のせいだけではない。クルーが命を落とすと、テメレアはいつも苦しむが、それはやり場のない怒りに苦しむのであり、今回のように疲れきって無気力な状態になるわけではない。いまのテメレアの鬱々とした気持ちの底には、ドラゴンの自由という問題に関する担い手との意見の相違《そうい》があるのではないか。もしそうなら、落ちこみは深刻であり、時が解決してくれるものでもなさそうだ。

テメレアのために、奴隷解放問題の政治的解決ののろさを少し解説してみるのはどうだろうか。ウィルバーフォースが長い歳月をかけて奴隷解放条例を部分的に少しずつ国会に通してきたことや、奴隷売買を禁止する法案をひとつ通すことにも、どれほど苦労しているかということを。いや、それを言ったところで気休めでしかなく、たいしたお手本にはならないように思われる。牛歩《ぎゅうほ》をもって周到に計画することなど、ドラゴンの自由を切望するいまのテメレアに、どれほど訴えるものがあるだろうか。それにどのみち、軍務に就きながらでは、政治的な改革案を考える時間などほとんどないだろう。

でもどうにかして、なんらかの希望を見いださなくてはならない。ローレンスのなかで、その思いがしだいに強くなっていた。戦い抜くことが軍人の本分だという信念を捨てることはできないが、ここまで落ちこんでいるテメレアを見るのは耐えられなかった。

実りの季節が近づきつつあるオーストリアの田園地方には、緑と黄金《こがね》色の織りなす景色が広がっていた。羊たちも丸々と太り、少なくともテメレアの手にかかるまでは、満足げだった。ほかのドラゴンを見かけることはなく、攻撃を受ける兆しもなかった。一行はザクセン地方に入り、二日間かけて北へ移動した。それでもまだ戦闘準備に入った軍隊がいる気配はなかった。しかしとうとう、エルツ山地を越えて、最後の尾根からつづく丘陵《きゅうりょう》地帯を抜けたとき、ドレスデンの街の郊外に広がる巨大な野営地が見えてきた。少なくとも七万の兵を擁《よう》し、近くの谷には二十数頭のドラゴンも待機していた。

テメレアの飛来に気づいた野営地に、警戒を伝えるラッパと太鼓が鳴り響き、兵士が銃を取りに走り、空軍のクルーがドラゴンのもとへ駆けだした。ローレンスは遅ればせながら国旗を掲げよと命令した。こうして英国国旗を掲げたとたん、地上の対応ががらりと変わり、大急ぎで着陸の場所がもうけられ、そこに誘導された。

「全員、搭乗させたままに」ローレンスはグランビーに命じた。「ここに長く足止めされたくない。きょうもあと百マイルは飛べるはずだから」竜ハーネスをつたって地面におりていきながら、フランス語の説明と要求を頭のなかで組み立て、服の汚れをむなしくはたいてみた。

「おお、やっとご到着か」と、歯切れのいい英語が聞こえた。「残りはいったいどこにいる?」

ローレンスは声のほうを振り返り、しばし呆気《あっけ》にとられた。目の前に英国軍将校がしかめっ面で立ち、苛立たしげに乗馬用の鞭を脚に打ちつけていた。この状況では、ロンドンの魚屋がここにいるより、軍人がいるほうが驚きだった。「なんと! 英国軍も動員されているですか?」ローレンスは尋ねた。「失礼しました」遅まきながら、改まって言った。「キャプテン・ウィリアム・ローレンスです。竜はテメレア。以後お見知りおきを」

「リチャード・ソーンダイク大佐、連絡将校だ」と、大佐が答えた。「で、どういうつもりだ? きみらを待ちかねていたことは、よくわかっているだろう?」

「大佐殿」ローレンスはますます当惑して言った。「別の隊とお間違えではありませんか? わたしたちの到着をお待ちになっていたはずがない。こちらは中国からイスタンブール経由でやってきました。最後に命令を受けたのは、数か月も前のこと」

「なんだって?」今度はソーンダイクがローレンスをまじまじと見つめ返した。その顔に落胆の表情が広がっていく。「単独で来たということか?」

「ごらんのとおり」ローレンスは言った。「安全通行証をいただきたく、立ち寄っただけです。航空隊の火急の用件により、スコットランドに向かう途中です」

「ほう。この戦い以上に火急の用件が航空隊にあるとは、ぜひ知りたいものだな！」

ソーンダイクが言った。

「いや、こっちこそ知りたい！」ローレンスは怒りをこめて返した。「いったいなんの根拠があって、そのような難癖《なんくせ》をつけられるのか」

「根拠ときたか！」ソーンダイクが声を張りあげた。「ナポレオン軍がすぐそこまで迫っているというのに、根拠はなんだときたか！　わたしは英国軍のドラゴン二十頭をずっと待っているんだ、二か月も前にここに到着しているはずのドラゴン戦隊を。根拠はそれしかない！」

第三部

11　重戦闘竜エロイカ

　プロイセン王国の軍人、ホーエンローエ侯爵《こうしゃく》は、ほとんど表情を変えずにローレンスの話に耳を傾けた。六十歳ぐらいだろうか。もともとは陽気そうな顔だが、髪粉《かみこ》をはたいたかつらが威厳を与え、強固な意志も伝わってくる。「貴国は、あの悪魔のとき侵略者を国家の敵と公言した。しかし、その悪魔に対する他国の戦いを、ろくに援助してこなかった」ローレンスが説明を終えたところで、侯爵はようやく口を開いた。「英国軍は一度として、戦いのために海峡を越えてきたことがない。キャプテン、英国人は血を流すより金ですませたがるという悪評すら立ちかねませんぞ。わがプロイセン王国は、最前線に立つことも厭《いと》わぬ気概を見せておる。だが、貴国はドラゴン二十頭の援軍を明言し、確約し、保証しておきながら、戦いを目前にしたいま、ただの一頭も到着していないというありさま。貴国は、わが国との約束を反故《ほご》にするおつもりなのか」

「いえいえ、滅相《めっそう》もありません」ソーンダイク大佐が言い、憎々しげにローレンスをにらんだ。

「意図的であるとは思えません」ローレンスは言った。「なにが原因で到着が遅れているのか、わたしには量《はか》りかねます。ですが、この件をうかがって、一刻も早く帰国せねばならないという思いがいっそう強くなりました。あと一週間あれば、英国までたどり着けるでしょう。安全通行証を与えてくだされば、今月末にはこちらに戻ってこられます。その際にはかならず、約束されたという二十頭のドラゴンを連れてきましょう」

「そのような時間はない。英国人の空手形《からてがた》をこれ以上受け取る気にはなれん」ホーエンローエが言った。「きみには、約束のドラゴン部隊が到着したら、安全通行証を与えよう。しかしそれまでは、ここにとどまってもらう。なんなら帰国の約束を履行《りこう》するために、きみが努力してもらってもかまわない。そちらの良心におまかせする」

ホーエンローエが衛兵に向かってうなずくと、衛兵がテントの出入口をあけた。これで面談は終わりだというあからさまな通告だった。ホーエンローエの話しぶりは品位を保ったものだったが、その言葉の底には強い意志が感じられた。

テントを出ると、ソーンダイク大佐が言った。「まさか高見の見物を決めこんで、ますます向こうの不興《ふきょう》を買おうとするほど、きみが愚かでないことを祈る」

ローレンスはむっとして、ソーンダイク大佐に向き直った。「味方してくださるものだとばかり思っていましたよ。まさかプロイセン側に立ち、わたしたち一行を同盟国の仲間ではなく、まるで捕虜のような立場に置こうとは。英国航空隊に対する侮辱です。同胞軍人に対してあんまりだ。こちらの事情をよくご存じだというのに」

「この戦いを前にして、たかがドラゴンの卵ふたつがなんだ。わたしを納得させられるものならやってみるがいい」ソーンダイク大佐が言った。「プロイセン王国の参戦がどういう意味を持ちうるのか、わからないとは言ってくれるなよ。ナポレオンがプロイセン王国を打ち負かしたら、つぎに考えるのは、イギリス海峡を越えること以外になにがある？　いまここであの悪魔を食い止めなければ、来年のいまごろはロンドンでそれをやることになる。いや、食い止めようとして、国土を半ば火の海にしているだろう。きみたち飛行士が、大事なけだものを危険にさらしたがらないことぐらい、じゅうじゅう承知しているが、きみだってものの道理ぐらいは――」

「もうけっこう。いい加減にしてください」ローレンスは言った。「あなたにそこまで言われる筋合いはない!」ソーンダイク大佐に背を向け、憤然と歩み去った。ローレンスは本来けんかっ早い性格ではないし、決闘に持ちこみたいと思うこともめったになかった。しかし自分の勇気や軍務への忠誠を疑われ、軍務の中身まで侮辱されたとなっては、話が別だ。相手がここまで切迫した状況にいなければ、自分を抑えられなかっただろう。

だが航空隊士官に決闘を禁じる法律に、法の抜け道は存在しなかった。竜に関わる者、とりわけその担い手は、戦時でも自分が死ぬことはもちろん、怪我を負うことすらも避けるように義務づけられている。なぜなら、竜の担《にな》い手が怪我を負うことは、竜とともに戦闘に加われないばかりか、竜の戦意を根こそぎ奪ってしまうことになるからだ。だが名誉を傷つけられたという思いは痛切だった。「あのこっぱ軍人め、わたしには吠えかかる勇気すらないと思っているんだろうな」ローレンスは悔《くや》しさをにじませて言った。

「ああ、よかった……。決闘を思いとどまってくださって」グランビーがほっとした顔で言った。「いまいましい話ですが、決闘なんてもってのほかです。もう、そいつと顔を合わせなくていいですよ。もし相手にしなきゃならないなら、ぼくとフェリスが連絡係を務めます」

「すまない。だが、あいつの前から姿を消して、合わせる顔がないなどと考えているように思われるのはしゃくだ。それぐらいなら、決闘して撃たれるほうがいい」

ローレンスがプロイセン軍の司令部の天幕から出ると、グランビーが待っていた。そこからふたりで、一行のために割り当てられた、地面が剝き出しになった狭い空き地に向かった。空き地ではテメレアが体を丸めて休みながら、近くにいるプロイセンのドラゴンたちの会話に耳と冠翼をぴんと立てて聞き入っていた。クルーたちが料理用の焚き火のそばで入れ替わり立ち替わり食事を搔きこんでいる。

「もう出発するの？」ローレンスに気づいたテメレアが尋ねた。

「いや、そうもいかなくなった」ローレンスはテメレアに答えると、グランビー以外の空尉、フェリスとリグズを呼び寄せ、険しい顔で切り出した。「さて、面倒なことになった。安全通行証を出してもらえない」

ローレンスが状況を伝えおわると、フェリスが待ちかまえていたように質問した。

「つまり、キャプテン、われわれも戦うんですね？　あの、そのつまり、プロイセン軍とともに戦うんですね？」

「われわれは、ヨーロッパの命運を決する戦いが行われようというのに、端っこでふてくされて見ているような子どもでも臆病者でもない」ローレンスは言った。「確かにプロイセン側の対応は無礼だった。しかし、彼らが苦境に立っていることは認めよう。わたしが傲慢《ごうまん》にも軍人としての務めを果たさなければ、彼らの怒りはいっそう増すだろう。ここで戦わないという選択はありえない。しかしどうしてもわからないのが、なぜ英国航空隊が約束の援軍を送ってこないかだ。それさえわかればいいんだが……」

「考えられる理由はひとつ。どこかほかの場所で援軍が必要とされているからです」グランビーが言う。「そもそも、ぼくらが卵を取りにいくことになったのも、同じ理由からではないですか？　海峡艦隊が攻撃を受けていないのなら、海外のどこかで問題が発生しているにちがいありません。インドで大規模な反乱か、あるいはハリファックスでなにか事件が起こって――」

「あっ！　もしかすると、本国はアメリカを奪い返して、もう一度植民地化しようとしているのでは？」フェリスが言い出した。するとリグズが、植民地の恩知らずなアメリカ人どもが革命家気どりでノヴァスコシアに侵攻したというほうがありうる話ではないかと別の意見を述べた。フェリスとリグズで言い合いになり、ついにはグランビーが憶測にもとづく不毛な議論を一蹴《いっしゅう》した。

「場所がどこかは問題ではない」ローレンスは言った。「海軍省だって、ナポレオンがどんなに他国との戦いにかかずらっていようと、海峡の守りを手薄にするようなことはぜったいにしないだろう。もし新たな作戦に投入できるドラゴンが輸送艦で帰国途中であったなら、洋上でなんらかの災難に遭って足止めをくらっているのかもしれない。しかし……二か月とは遅れすぎているな。明日到着してもおかしくはないと思うんだが」

「キャプテン、僭越《せんえつ》ながら申しあげます。わたしとしては、援軍のドラゴンが明日到着しても、英国には戻らず、ここで戦いたく思います」リグズが持ち前の率直さで発言した。「卵なら、中型ドラゴンに託して、国に持ち帰らせることもできます。憎きナポレオンを叩きのめせるチャンスを逃すなんて、とんでもない赤っ恥です」

「もちろん、ここに残って戦わなきゃ」テメレアが横から口をはさみ、しっぽをピシャリと地面に打ちつけた。結論は出たのも同然だった。目の前で戦闘が行われているとき、テメレアをおとなしくさせておくのはむずかしい。たとえけんか騒ぎだろうが、若い雄ドラゴンは乱闘に首を突っこまずにはいられないのだ。「マクシムスやリリーや仲間たちがいなくて、残念だなあ。でもやっと、フランス軍と戦えるのはうれしいよ。今度もぜったいやっつけてやる。そうしたらたぶん——」テメレアが唐突に立ちあがり、はた目にもわかるほど興奮に目を見開き、冠翼を立ちあげた。「戦争が終わって、ぼくらはやっと英国に帰れる。そして、ドラゴンの自由を獲得するために動けるようになる！」

ローレンスは、訪れた安堵の大きさに驚いた。心配してはいたが、テメレアの落ちこみがここまでとは気づいていなかった。テメレアの昂揚ぶりを見て、それまでの落ちこみがどんなに深かったかを実感した。そして安堵のあまり、期待しすぎないようにテメレアに釘を刺すのを忘れた。ナポレオン打倒に向けてプロイセン王国の勝利は必須《ひっす》だとしても、これで終わりではなく、まだまだ先は長いということを。それでもここでフランス軍を打ち破れば、ナポレオンは和睦に応じざるをえないだろう。そうなれば、少なくともしばらくのあいだは英国に平和が訪れることになる。ローレンスは無理やりそう考え、自分を納得させようとした。

心の内は明かさず、部下たちに言った。「戦いに加わるかどうかについて、きみたちが意見を同じくしてくれてうれしい。だが、もうひとつの任務も忘れてはならない。そう、卵のことだ。トルコから持ち出した竜の卵には、大金が投じられている。そればかりか、仲間の尊い命まで犠牲にした。もはや、ふたつの卵を失うわけにはいかない。開戦前に英国航空隊が到着しても、卵を持ち帰れるとはかぎらないだろう。もし、プロイセン軍の戦いがひと月、ふた月と長引けば、カジリク種の卵が戦場のどまんなかで孵化する可能性は大いにある」

全員が言葉に詰まった。グランビーの色白の顔が上気し、そのあと蒼くなり、視線を落としたまま押し黙った。

「キャプテン、卵は目下、しっかりと布でくるまれ、火鉢とともにテントに入れられて、二名の士官見習いの監視のもとにあります」フェリスがグランビーの顔をちらちらとうかがいながら言った。「ケインズによれば、経過は順調だそうです。戦闘に入ったら、地上クルーに卵を託しましょう。前線から離れた場所に移し、ケインズも後方に残して、卵の世話をまかせる。われわれが退却するしかなくなったら、すみやかに卵とクルーを回収すればよいのですから」

「もし心配だったら」テメレアが唐突に言った。「カジリク種の卵がもう少し硬化したところで、ぼくが頼んであげるよ。出てくるのはなるべく長く待ってほしいって。ぼくが頼めば、待っていてくれると思うんだ」

全員がテメレアをぽかんと見つめた。「待っていてくれる……?」ローレンスは困惑しながら言った。「つまり、孵化を待つということか? いつ孵化するのか竜の子が選べるって、まさか……そうなのか?」

「ええと、竜の子はすごくおなかがすきはじめるけど、殻の外に出るまでは、そんなに差し迫った感じでもないんだ」まるでそれが一般常識であるかのように言った。「まわりの会話がわかるようになると、外の世界がすごくおもしろそうな気がしてくる。だけどしばらくなら孵化を待てると思うよ」

「こりゃたまげた。お偉方もびっくりですね」とリグズが言い、その場にいるみなが、この衝撃の新事実をしみじみと味わった。そして、またリグズが言う。「ですが、そういった習性は、天の使い種《セレスチャル》に限られているんじゃないでしょうか。ドラゴンが卵時代の記憶を語るなんて話は一度も聞いたことがありません」

「まあ、語るほどの話じゃないからね」テメレアがあっさりと言った。「卵のなかって、ほんとうに退屈なんだよ。だから殻を割って出てくるんだ」

ローレンスは、限られた補給物資でなんとか宿営を整えるようにと指示し、グランビーたちを解散させた。グランビーは一礼しただけで足早に立ち去った。残された空尉ふたりが意味ありげな目配せを交わし、そのあとにつづいた。

海軍においては、突然、降って湧いたような昇進にあずかる場合がある。しかし、飛行士たちはそのような事態に慣れていない。敵艦の拿捕《だほ》には運しだいの部分もあるが、ドラゴンの孵化というのは、おおかたの場合、上層部の目の届くところで予定どおりに起きるからだ。知り合ったころのグランビーは、海軍出身のローレンスが突然テメレアの担い手になったことをこころよく思わない航空隊士官のひとりだった。それだけに、いまのグランビーの気がねや口の重さが、ローレンスにはよく理解できた。

もし戦場でカジリク種の卵が孵《かえ》れば、クルーのなかでもっとも階級の高い副キャプテンのグランビーが担い手の第一候補となる。そうわかっていながら、グランビー本人がここで戦う道を進言するのはためらわれるのだろう。だが一方、戦場というのは担い手候補にとって過酷な環境だ。今回は、それに加えて、手に入れてやっと数週間の、ほとんど英国では知られていない珍種の仔ドラゴンに、ハーネスを装着しなくてはならない。それに失敗すれば、グランビーのキャプテンへの昇進のチャンスは、ほぼ永久に断たれてしまうのだ。

ローレンスは夕刻、キャプテン用テントのなかで手紙を書いた。この小さなテントさえ、部下たちが設営したものだった。プロイセン軍の野営にはいたるところに飛行士用の兵舎が設けられているのだが、ローレンスとそのクルーにきちんとした宿舎を提供しようという気はないらしい。ローレンスは、翌朝ドレスデンの街まで行って、銀行預金を引き出すことができるかどうか確認することにした。クルーやテメレアの食糧を戦時価格で購入していると、手持ちの資金はすぐに底を尽いてしまうだろう。だが、目下の状況で、プロイセン軍に頼み事などする気にはなれない。

日が暮れてしばらくすると、ノック代わりにテントの支柱を軽く叩く音があり、サルカイが入ってきた。脚のひどい火傷《やけど》が太ももの細く長い範囲の肉をえぐっており、まだ脚をいくぶん引きずって歩いている。傷痕《きずあと》が生涯残るにちがいない。ローレンスは立ちあがり、ひとつきりの椅子代わりに使っていた、クッションを置いた箱にすわるように促した。「いいえ、そのままおかけになっていてください。こうするのが具合がよいので」サルカイはそう言うと、地面に置かれた別のクッションの上であぐらをかいた。

「少しだけ、お時間をいただきたいのですが……」サルカイが話を切り出した。「グランビー空尉から、ここにとどまることになったと聞いております。テメレアがドラゴン二十頭に匹敵する戦力となるからなのですね」

「そんなふうに考えれば、まだ気もおさまるのだがね」ローレンスは苦笑した。「そう、とどまることになった。当初の計画どおりではないが、しばらくはここで待機する。英国がプロイセン王国に約束した分ほどの働きができるかどうかはともかく、精いっぱいやってみるつもりだ」

サルカイはうなずいた。「勝手にいなくならないとお約束しました。ですから、今回はあなたにお伝えすることにしました。いまから隊を離れます。空中戦になれば、戦闘訓練を受けていない者がテメレアに乗っていても、足手まといになるだけでしょう。この陣営にとどまるのなら、案内役も不要のはずです。もうあなたのお役には立てません」

「そんなことはない」ローレンスは、ためらいつつも言った。認めたくはないが、サルカイの言うことは間違っていない。「こんな状況では、ここに残るように強いることはできない。だが、この先必要になるかもしれないきみを失うのは残念だ。それにいまは、きみが味わった苦痛に見合うほどの報酬を渡せない」

「それはまたいずれ」サルカイが言った。「ひょっとすると、またお目にかかれるかもしれません。世界はけっこう狭いものです」

サルカイは微笑とともに話を締めくくり、立ちあがってローレンスに片手を差し出した。

「再会を願っている」ローレンスはサルカイの手を握り返した。「いつの日か、今度はわたしがきみの役に立てるといいのだが」

個人用の安全通行証をもらえるように掛け合うという申し出を、サルカイは断った。実際のところ、脚が不自由であろうが、サルカイにそんなものが必要だとはローレンスにも思えなかった。サルカイは、それ以上長居せず、マントのフードをかぶり、小さな荷物を手にしてテントの外に出た。野営全体がにぎやかで、くつろいでおり、ドラゴンたちにもわずかな衛兵がついているだけだった。サルカイは、焚き火とテントと兵士たちがつくる雑然とした景色のなかにまたたく間に姿を消した。

ローレンスは、プロイセン軍に援軍として参加するつもりだという、要件のみの手紙を夜のうちにソーンダイク大佐に届けておいた。朝になると、ソーンダイクがプロイセン軍の将校とおぼしき人物をひとり伴って宿営までやってきた。その将校は、ほかの年配の司令官たちと比べてかなり若く、顎の下まで垂れたみごとな口ひげを生やし、鷹《たか》を思わせるいかめしい顔だちをしていた。

「殿下、ご紹介いたします。こちらは、英国航空隊所属のキャプテン・ウィリアム・ローレンスにございます」ソーンダイクが言った。「キャプテン、こちらはルイ・フェルディナント親王、前衛部隊の司令官であらせられる。きみは殿下の指揮下に入ることになった」

ルイ親王と会話するためにはフランス語に頼るしかなかった。ローレンスは、いつしか必要最低限の意思の疎通ができるまでフランス語が上達していることを情けない思いで確認した。いや、今回は相手よりも話すのがうまかった。ルイ親王は聞きとりにくい、強いなまりのあるフランス語を話した。

「あのドラゴンの能力や技術を見せてもらおうか」親王がテメレアを指差して言った。

こうしてまずは、プロイセン空軍のキャプテン・デュエルンが近くの陣営から呼び出され、デュエルンの騎乗する大型ドラゴン、エロイカを先頭とした編隊飛行がお手本としてローレンスとテメレアの前で披露《ひろう》された。ローレンスはテメレアのそばに立って、プロイセン空軍の編隊飛行を見守りながら、いささか動揺した。英国を発《た》って以来、編隊飛行演習に参加したことは一度もなかった。技術がなまっているにちがいない。そのうえ、自分たちの編隊飛行技術がもっとも磨きあげられた状態でも、いま空で披露されている技術にはかなわないのではないかと思えた。

エロイカの体格はマクシムス——テメレアと同い歳で、ドラゴンのなかでもっとも大きなリーガル・コッパー種のドラゴン——とほぼ同じだった。エロイカも、マクシムスと同じで高速飛行は苦手のようだが、ほぼ直角に曲がる方向転換ができた。ほかのドラゴンたちとの位置関係をまったく乱すことがない。

「どうしてあんなふうに飛ぶのか、さっぱりわからないや」テメレアが首をかしげて言った。「方向転換がぎくしゃくしてるね。旋回したとき、敵が入りこみそうな隙がたっぷりできてるよ」

「実戦ではなくて、ただの演習だからじゃないか」ローレンスは言った。「あそこまで巧みな飛行演習をやってのける規律と正確な技術があるんだ。いざ戦闘となったら、さらにすばらしい動きを見せるだろう」

テメレアが鼻を鳴らした。「もっと実戦で役立つことを練習したほうがいいのに。でも、飛行パターンはわかった。ぼくにもやれる」

「もう少し見学しなくてもだいじょうぶかい？」ローレンスは不安になった。プロイセン軍のドラゴンたちは、お手本の飛行パターンを一度やってみせただけだ。ローレンスとしてはもう少し時間をとって、テメレアとともにその飛び方を練習しておきたかった。

「練習しなくていいよ。すっごく、くだらない。ぜんぜんむずかしくないよ」

テメレアがそんな姿勢で演習に臨んだのがまずかったのかもしれない。もともとテメレアは、プロイセン式ほど緻密《ちみつ》ではない英国式の編隊飛行も好んではいなかった。ローレンスはなんとかテメレアの動きを制御《せいぎょ》しようと努めたが、テメレアは演習のあいだずっと高速で飛びつづけ、プロイセン軍の編隊とずれが生じた。もちろんそんな高速についていけるのは小型ドラゴンしかいない。おまけに、これ見よがしに、らせん飛行まで披露した。

「回転を取り入れたのは、つねに編隊の外側にも気を配っていられるからなんだ」テメレアは相当な自己満足に浸りつつ、地面に体を丸くして言い足した。「敵の不意打ちをくらわないためにね」

テメレアのふるまいは、明らかに、ルイ親王にもエロイカにもさしたる感銘を与えなかった。エロイカはこばかにして鼻をフンッと鳴らした。その態度にテメレアが冠翼を逆立て、険悪な形相で後ろ足立ちになった。ローレンスは、けんか騒ぎにならないように、あわてて言った。「殿下、テメレアが神の使い種《セレスチャル》であることはご存じかとは思いますが、この種のドラゴンは特殊な技術を有しており――」ローレンスがそこで言いよどんだのは、〝神の風《ディヴァインズ・ウィンド》〟をフランス語で言うと、気どりまくったこけおどしに聞こえるような気がしたからだった。

「実演してもらいたい」ルイ親王が身振りを交えて言った。標的として適当なものは小さな木立ぐらいしかなかったが、テメレアは素直に応じ、一度深く息を吸いこんで、八分目ほどの力加減で咆吼し、木立を粉砕《ふんさい》した。この物音に驚いて、陣営のドラゴンたちが一斉《いっせい》にただならぬ叫びを発し、大きな野営地の向こう端にいた騎兵隊の馬が怯えていなないた。

ルイ親王は、粉々になった木の幹にはそこそこの関心を示し、検分した。「ふむ、敵が立てこもったときには役立ちそうだ。どれくらいの距離から効果が出る？」

「乾燥した木材には、それほどの効果は出ません」ローレンスは言った。「敵の大砲の射程に入るまで砦に近づかなければならないでしょう。ですが、歩兵隊や騎兵隊が相手なら、もっと広範囲にわたって吹き飛ばせます。実戦では、すばらしい効果が──」

「ああ！　だがあまりにも代償が大きすぎる」ルイ親王が、騎兵隊の馬が激しくいななく方向を手で示しながら言った。「地上戦において、騎兵隊の代わりにドラゴン部隊を投入した軍隊は、敵の歩兵隊が持ちこたえた場合には敗北する。フリードリヒ大王が、ご著書のなかで最終結論として述べておられることだ。きみ、地上戦に加わった経験は？」

「ありません、殿下」ローレンスは認めるほかなかった。テメレアはわずか数度の戦《せん》役《えき》で功をあげたにすぎず、それもすべて空中戦だった。長年軍務に就いてきたローレンスにも陸で戦った経験はない。叩きあげの飛行士なら、おおかたは歩兵隊を支援する任務に就いたことがあるのだろうが、ローレンスは竜の担い手となるまでは海で過ごしてきたため、どんな地上戦にも参加する機会がなかった。

「そうか」ルイ親王が、やれやれと首を振って、立ちあがった。「きみたちを一から育てている暇はない。いまの状態でもっとも有用な使い途《みち》を考えるとしよう。戦いの序盤はエロイカの編隊とともに飛行し、そのあとは編隊に敵を寄せつけないよう隊の翼《よく》を守ってくれたまえ。編隊といっしょに行動すれば、騎兵隊をびくつかせずにすむだろう」

テメレア・チームの構成員の数を知ったルイ親王は、欠員を埋める数名のプロイセン空軍士官と六名ほどの地上クルーを提供すると言い張った。その人員補充が役立つことは否《いな》めない。英国を発って以来、不幸にも失ったクルーの穴は埋められないままだった。最近ではディグビーとベイルズワースが落命した。マクダノーも砂漠の夜盗に殺された。およそ一年前、英国から出航したばかりのころには、マデイラ島近くでフランス軍に夜間の奇襲攻撃を受け、幼い見習い生モーガンとハーネス係四名、射撃手一名が命を落としている。新たに加えられたプロイセン軍士官たちは、果たすべき役割を心得ており、ほとんど英語を話せなかったが、片言のフランス語での意思疎通ならなんとかなった。ローレンスは、竜の卵のことが気がかりで、こうした異分子をテメレアに乗せるのは気が進まなかった。

ローレンスが参戦の意向を伝えても、プロイセン側は態度をやわらげなかった。テメレアやクルーへの対応はいくぶん軟化したものの、英国航空隊を裏切り者と見なす空気は依然として陣営内にとどこおっていた。当然ながら、ローレンスには苦痛の種だった。しかしそれにも増して、英国の裏切りを理由に一行に足止めをくらわせたプロイセン軍が、今度は同じ理由をつけて竜の卵を取りあげようとするのではないかと心配になった。カジリク種の卵がいまにも孵化しそうだと知ったら、なおさらだろう。

ローレンスは、帰国を急いでいるとは伝えたが、卵の孵化が近づいていることまでは明かさなかった。ましてや、その卵がカジリク種の卵であることは、ぜったいに口外しないつもりだ。それを知ったら、火噴きを有しないプロイセン側の欲望に火がつくことは目に見えている。だが口にせずとも、プロイセン軍士官を身近に受け入れれば、卵の秘密が洩れる恐れがあった。また、士官たちが仲間内の会話を通して、はからずも卵のなかの仔ドラゴンにドイツ語を教えてしまう可能性もある。竜の子がドイツ語を覚えたら、プロイセン側にとって強奪《ごうだつ》するのはよりたやすくなるだろう。

ローレンスはこの問題について部下たちと協議することはなかったが、わざわざ彼らに懸念を伝えるまでもなく、副キャプテンのグランビーのもと、卵の管理には充分な配慮がなされていた。グランビーは部下たちに好かれている人望厚い副キャプテンだったが、たとえ彼が嫌われ者だったとしても、クルーの誰ひとり、自分たちの血と汗の成果である卵が奪われてしまうことは望んでいなかった。クルーたちは指示がなくとも、プロイセン軍の士官たちにはよそよそしく接し、卵に近づかせなかった。テメレアが哨戒《しょうかい》活動や飛行訓練で留守にするときは、卵を布でくるんで宿営の中心に置き、厳しく監視した。その警備の人員は、フェリスが差配して有志を募り、いまや当初の三倍にまでふくれあがっていた。

テメレアが宿営から出ていくことも、あまりなかった。プロイセン軍のドラゴンはあくまでも戦闘用であり、それ以外の場面でドラゴンの働きぶりは評価されていなかった。ドラゴン編隊は毎日、飛行演習を行い、陣営からやや離れた田園地帯まで偵察飛行に出かけた。だが、飛行速度の遅いドラゴンたちも同行するため、そう遠くまでは行けなかった。ローレンスはテメレアとともにさらに遠くまでようすを見にいくことを提案したが、すげなく却下《きゃっか》された。その理由というのが、もしフランス軍部隊と遭遇したら捕らえられる可能性があるから、あるいはフランス軍をプロイセン軍の陣営まで連れ帰ってしまい、情報を得るはずが、より多くの情報を敵に与えてしまう可能性があるから、というものだった。これもまた、歴史に名を残す軍才、フリードリヒ大王の戦略論であるとかで、ローレンスはその引用にうんざりしはじめた。

なんの憂いもないのはテメレアだけだった。プロイセン人のクルーから日に日にドイツ語を習得し、編隊飛行訓練がそれほど頻繁《ひんぱん》でないことに気をよくしていた。「ぼくは敵とやり合うために、四角く飛びまわる必要なんてないからね」テメレアは言った。「プロイセンの田舎《いなか》をもっと見られないのは残念だけれど、かまわないよ。ナポレオンをやっつけたら、いつだって遊びにこられるんだから」

テメレアは、来《きた》るべき戦いが勝利で終わることを心から信じていた。テメレアだけでなく、周囲のプロイセン軍の人々もほぼ全員同じ考えで、例外は大半が意に反して徴兵された、不満たらたらのザクセン王国の兵士たちだった。

勝利を信じるだけの根拠は充分にあった。陣営全体に浸透した規律はローレンスもほれぼれするほどで、歩兵隊の軍事教練の水準も、これまで見てきたものをはるかにしのいでいた。ホーエンローエ侯爵は、ナポレオンのような天才ではないが、実戦経験豊富な軍師で、その指揮下にぞくぞくと軍勢が集まっていた。それでもまだ、全プロイセン軍の半分にも満たないのだという。しかも、そこにロシア軍は含まれていない。ロシア軍が東方の旧ポーランド王国領に集結しつつあり、プロイセン軍を支援するために、まもなくやってくるという。

ナポレオン軍は、兵の数でこれにかなわない。自国の領土から遠く離れ、物資の補給も不安定な状態で行軍をつづけているだろう。それほど多くのドラゴンを帯同《たいどう》できないはずだ。また側面にはオーストリアの、海峡の向こうには英国の脅威が依然としてある。両国の侵攻を警戒して、かなりの軍勢を後方に残しているにちがいない。

「結局、あの悪魔はいったいどこと戦ってきた？　オーストリア軍にイタリア軍、それにエジプトの異教徒どもじゃないか」キャプテン・デュエルンが言った。ローレンスは、儀礼上、プロイセン空軍のキャプテンたちと同じ食事の席に加えられていた。キャプテンたちは、ローレンスが同席すれば、喜んで会話をフランス語に切り替えた。プロイセン軍がいかにしてナポレオンを打ち負かすかを、ローレンスに語るためだった。「フランス軍には、戦う資質も士気もない。ちょっと叩いてやれば、ナポレオンの軍隊など全滅させてやれるだろう」

デュエルンの気勢にプロイセン軍のキャプテンたちがうなずき、彼に同意する意見をつぎつぎに出した。ローレンスも彼らに劣らない熱い思いで打倒ナポレオンを祈念してグラスを掲げた。ただし、これまでのナポレオンの勝利がそれほど空疎《くうそ》なものだとは思っていなかった。水兵たちほど白兵戦《はくへいせん》を経験しているわけではないが、海軍時代にさんざん戦ってきたフランス兵が戦士として無能でないことは身をもって知っている。

それでも、力量からすればプロイセン兵が上まわっていると思えたし、勝利を決意する一団のなかにいるのは心強くもあった。キャプテンたちにはためらいも不安もなく、まさに戦場では値千金《あたいせんきん》の友だった。ローレンス自身、彼らと運命をともにし、この勇気ある戦いに命をゆだねることになんの疑いもいだいていなかった。いわば全幅《ぜんぷく》の信頼と呼ぶべきものをプロイセン軍のキャプテンたちに寄せていた。それだけに、ある晩、デュエルンから聞かされた忠告は、不愉快な染みとしてローレンスの心に広がった。ふたりで会食の場を辞したとき、デュエルンはローレンスを自分のほうに引き寄せて、こう言った。

「腹を立てないで聞いてほしい。他人にドラゴンの扱い方をとやかく言いたくはないんだが、きみは長いこと東洋に行っていたからな……つまり、きみのドラゴンは、妙な考えを持っているんじゃないか？」

デュエルンは率直な意見を言うが、思いやりのない口をきく人物ではない。親切心ゆえの忠告にはちがいなかった。しかしそれにつづいてそっと言い添えられた言葉に、ローレンスは言いようのない屈辱《くつじょく》を感じた。「たぶん訓練が足りなかったか、戦いから長く遠ざかりすぎたんだろう。ドラゴンが戦い以外のなにかに気を取られないように注意したほうがいい」

デュエルンの騎乗するエロイカは、プロイセン式に躾《しつ》けられたドラゴンのお手本のような存在だった。首から両肩と翼まで重なり合うようにつづく分厚いうろこが、甲冑《かっちゅう》をつけているようにも見えて、いかにも戦闘竜らしい。巨体にもかかわらず怠《なま》け心はいっさいなく、ほかのドラゴンたちがさぼっているのを見つけるとすぐにたしなめ、いつでも演習の指示に応じられるように備えていた。プロイセンのほかのドラゴンたちも、エロイカには畏敬《いけい》の念をいだき、食事どきにはエロイカが最初に食べられるように進んで場所を譲っていた。

ところが、ローレンスが参戦を表明すると、テメレアにもほかのドラゴンとともに放牧地で食事をさせるようにという伝達があり、食事の優先権に執着する傾向のあるテメレアは、エロイカのために順番を譲ろうとはしなかった。ローレンスにしても、テメレアが譲るところを見たくはなかった。プロイセン側がテメレアの能力を戦いに生かそうとしないのは向こうの勝手だし、戦いが目前に迫ってから新参者を編隊に加え、正確無比な編隊飛行が乱されるのをいやがる気持ちも理解できないではない。しかし、テメレアの資質を低く見積もられるのは不愉快であり、どんな形にせよ、テメレアがエロイカと同等ではないと見なされるのは耐えがたかった。ローレンスは、心のなかではエロイカよりテメレアのほうが能力的に上だと見なしていた。

エロイカ自身は食事をテメレアと分け合うことに反発しなかったが、ほかのプロイセンのドラゴンたちが、テメレアの大胆な行動を、かすかな敵意をちらつかせて見つめていた。そしてテメレアがすぐには肉に手をつけず、ゴン・スーのところに持っていって調理を頼むと、エロイカを含むすべてのドラゴンが眼を丸くした。「そのまま食べると、いつも同じ味がするんだ」胡散臭《うさんくさ》そうに見つめるドラゴンたちに、テメレアが言った。「料理してもらうと、ずっとおいしいよ。ちょっと食べてみればわかるから」

エロイカはなにも答えず、フンッと鼻を鳴らし、生の牛にわざとらしく食らいつき、ひづめの先まで一気に食べきってみせた。すぐに、ほかのドラゴンたちも彼のまねをした。

「ドラゴンの気まぐれには、つきあわないほうがいい」デュエルンの忠告はさらにつづいた。「ささいなことだと思ったとしても、許さないことだ。戦時でないときに、好きなことをさせればいいじゃないか。人間の扱いと同じだよ。規律や命令はぜったいに必要だ。そのほうがドラゴンにとっても幸せなんだ」

おそらくは、テメレアがプロイセンのドラゴンたちにも〝改革〟の話題を持ち出したにちがいない。そう察したローレンスは、短い返事だけして、すぐに宿営に戻った。テメレアは憂鬱《ゆううつ》そうに黙りこみ、地面に丸くなっていた。テメレアを戒《いまし》めなければという気持ちがわずかにあったとしても、そのうなだれた姿を見た瞬間に消し飛んでいた。ローレンスは竜に近づき、やわらかい鼻づらを撫でた。

「みんなから、軟弱だって言われたよ。料理したものを食べたり、読書したりするから」テメレアが沈んだ声で言う。「ドラゴンだからって、なにがなんでも戦わなくちゃいけないわけじゃない。ぼくはそう考えてる。だから、分別のないやつだって思われてるみたい。誰もぼくの言うことに耳を貸そうとしない……」

「そうか」ローレンスはやさしく言った。「テメレア、ドラゴンに選択の自由を与えたいのなら、変革を望まないドラゴンがいることも認めなければならないな。結局、彼らは現状に慣らされているんだ」

「うん。でも選べるほうがずっといいってことくらい、誰だってわかると思うんだけど」テメレアが言う。「別に戦いたくないわけじゃないんだ。エロイカのぼんくら野郎がなにを言おうとね」積もりに積もった怒りが堰《せき》を切ったのか、頭が地面から持ちあがり、冠翼が勢いよく開いた。「方向転換するあいだの羽ばたきの数を数えること以外になんにも考えてないエロイカが、まともな意見なんて持てるわけがないじゃないか。少なくともぼくは、編隊の側面から攻撃してくる敵に腹をさらけだすような飛び方を、一日に十回も練習するほどまぬけじゃないよ」

ローレンスはテメレアの憤激《ふんげき》にうろたえ、竜のささくれ立った心を精いっぱい慰めようとしたが、効果はなかった。

「文句なんか言わずに編隊飛行の練習をするべきだって、エロイカが言うんだ」テメレアは昂《たかぶ》って話しつづけた。「あんな隙だらけの飛び方、ぼくなら二回すれちがうだけでズタズタにしてやれる。エロイカのやつは放牧地に行って、一日じゅう牛でも食ってりゃいいんだ。そのほうがよっぽど勝利に貢献できるってもんだよ」

言うだけ言ってテメレアがいったん落ちついたので、ローレンスは戦術飛行に関するテメレアの言い分をとくに検討することもなくその日を終えた。ところが、朝になってテメレアと読書をしていると——四苦八苦《しくはっく》しながらフランス語でテメレアに読み聞かせているのは、ゲーテという作家の著した、いささか倫理面で問題のある『若きウェルテルの悩み』という著名な小説だった——プロイセンのドラゴン編隊が演習のために上昇していくのが見えた。すると、まだ気持ちのおさまらないテメレアが、編隊の組み方に関する辛辣《しんらつ》な批評を立て板に水でしゃべりはじめた。ローレンスに理解できる範囲で、そうした批評は当たっているように思われた。

「きみはテメレアの批判をたんに頭にきているせいだと思うか? あるいは間違った批判だと思うか?」あとでローレンスは、グランビーにこっそりと尋ねた。「プロイセンほどの軍事国家で、戦術の欠陥が見逃されてきたはずがないと思うんだが」

「ふうむ、テメレアの言うことが完璧に理解できているとは言いませんが」グランビーが言った。「ぼくの見解としては、彼の言うことはなにひとつ間違っちゃいませんね。以前、ロッホ・ラガン基地での訓練中、テメレアが新型の編隊飛行を思いつくのがどんなにうまかったか覚えてますか。あのやり方をいまだ実戦に生かすチャンスがないのは残念ですよ」

「粗《あら》さがしをしているように聞こえなければいいのですが」ローレンスはその晩、デュエルンに言った。「テメレアは一風変わった考えをいだく竜ですが、戦術飛行に関しては卓越《たくえつ》した勘《かん》を持っています。問題提起しないのはまずいのではないかと思って、あえて言います」

ローレンスはテメレアの考えをまとめてつくった隊形図を差し出した。デュエルンは、それをしばらく眺めたあと、かすかな笑みとともにかぶりを振った。「いやいや、腹を立てるわけがない。わたしの干渉《かんしょう》を礼を尽くして受けとめてくれたきみに、そんなことはできない。きみの言いたいことはよくわかる。だが、あるドラゴンにとってよいことが、ほかのドラゴンにとって正しいとはかぎらない。ドラゴンの多様性といったら、ときどき不思議な気持ちに打たれるほどだからね。きみがしょっちゅう誤りを正したり、意見を否定してばかりじゃ、テメレアだっておもしろくない。恨みにも思うだろう」

「いや、それは誤解だ」ローレンスは愕然《がくぜん》とした。「デュエルン、テメレアの機嫌をとるために、提案するわけではないんだ。編隊の脇の甘さに目を向けてほしいというただそれだけであって、含むところはない。それを受けとめてもらいたいんだが」

デュエルンは納得したようには見えなかったが、今度はもう少し時間をとって隊形図に目を通した。それから立ちあがり、ローレンスの肩を叩いて言った。「まあ、そう気をもまないことだな。もちろん、きみがこの図で指摘したような隙がないとは言わない。しかし、弱点のない戦術などありえない。それに、空中でわずかな弱点につけこむのは、理屈で考えるほど簡単じゃない。いまの戦術飛行は、フリードリヒ大王おんみずから推奨《すいしょう》なさったものだ。プロイセン空軍はかつて〈ロスバッハの戦い〉でこれを使い、フランス軍を破った。今回も同じ方法で負かしてみせるさ」

ローレンスはこの回答を受け入れるしかなかったが、話し合いを終えても、まだ気持ちはくすぶっていた。しかるべき訓練を受けたドラゴンなら、どんな人間よりも正確に空中戦術を評価できるはずだ。デュエルンの返事は、筋の通った軍事的判断というよりも、旧式な権威に頼り、現実から目を逸らすもののように思えてならなかった。

12　ザールフェルトの戦い

　プロイセン軍の参謀《さんぼう》会議は、何度出席しても、ローレンスには曖昧模糊《あいまいもこ》としていた。言葉の壁があり、また宿営がプロイセン軍の大半の部隊から離れているために、日々の噂《うわさ》もなかなか入ってこなかった。わずかに聞こえてくる情報も矛盾だらけであやふやだった。プロイセン軍はエルフルトに集結する予定だ。いや、ホーフだ。ザーレ川でフランス軍を迎え撃つ。いや、それはマイン川だろう——と、こんな具合に。そうやって結局はなんの動きもなく、秋の肌寒さが訪れ、木々の葉が色づきはじめた。

　ローレンスたちが野営を張っておよそ二週間がのろのろと過ぎたころ、ようやくルイ親王から呼び出しがかかった。ルイ親王は空軍のキャプテンたちを近くの田舎屋敷に招き、気前よくごちそうでもてなした。そして今後の予定の一部を披露し、さらにキャプテンたちを満足させた。

「われわれは、チューリンゲンの森を抜けて、南へと向かう」と、ルイ親王は言った。

「ホーエンローエ将軍は、先にホーフ経由でバンベルクに、ブラウンシュヴァイク将軍と主力部隊はエルフルト経由でヴュルツブルクに行ってくれたまえ」晩餐《ばんさん》のテーブルに広げた大きな地図で目的地を指差しながら、親王は言った。目的地として挙げられたどちらの街も、フランス軍が夏のあいだ駐留していた地域に近かった。「ナポレオンがパリを出たという情報はまだ入ってこないが、もしこの先、フランス軍がこれらの地域で、わがプロイセン軍を待ち受けるつもりなら、願ったり叶《かな》ったりだ。なにが起きたかも敵がわからないうちに、叩きつぶしてやろう」

前衛部隊に所属するローレンスたちが向かうことになるのは、広大な森林のはずれにあるホーフという街だった。そこまでの行軍には相当な時間がかかるはずだった。距離にして七十マイルもあり、そのあいだ多くの兵に食糧を供給しなければならない。また行軍しながらその途中に補給所を——とりわけドラゴン用の家畜をまかなう補給所を何か所か設ける必要があり、後方との連絡線の確保も重要だった。だがこうした課題を残しながらも、ローレンスは大満足で宿営に戻った。ここで待たされるより、新しい情報が入ってどこかに移動できるほうが千倍もましだった。大砲を砲車で引く歩兵隊や騎兵隊の行軍速度に縛られるのが、どんなに煩わしかったとしてもだ。

「でもどうして、みんなより先に進んじゃいけないのかな」翌朝、わずか二時間という楽な飛行で、最初の補給所候補地に到着すると、テメレアが言った。「ここにいたって、ぼくらの宿営をつくる以外はなんにもすることがない。飛行速度の遅いドラゴンだって、ぜったいにもうちょっと先まで飛んでいけるよ」

「ドラゴンが歩兵隊からあまり遠くに離れるのはよくないんだ」グランビーがテメレアに話しかけた。「歩兵隊を守るためでもあるけど、ぼくたちのためでもある。もしぼくたちだけで先行して、歩兵連隊や、大砲二、三門に掩護された敵のドラゴン部隊に遭遇《そうぐう》したら、とても楽しいなりゆきとは言えないだろうな」

そうなった場合は、歩兵隊のついた敵のドラゴン部隊のほうが明らかに有利だろう。野戦砲の掩護によって、編隊を組み直したりひと息入れたりできる空域を確保できるからだ。逆に、歩兵隊のつかないドラゴン部隊にとっては、その空域が、追いつめられれば危険な魔の領域となる。だがこうした説明を受けても、テメレアは納得いかなそうなため息をつき、ぶつくさ言いながら樹木を倒す作業に戻った。歩兵隊が追いつくのを待つあいだに薪を確保しながら、テメレア自身とプロイセンのドラゴンたちのために空き地をつくっておくのが仕事なのだ。

こうやってじりじりと前進し、二日間でやっと二十五マイルほど進んだところで、突如《とつじょ》命令が変更された。「まずイエナに集結することになった」ルイ親王が、参謀本部の気まぐれに悲しげな顔をつくり、肩をすくめて言った。いまも毎日、伝令竜が行き交って中枢参謀会議がつづいている。「ブラウンシュヴァイク将軍が、全軍まとまってエルフルト経由で進軍することを望んでおられるのだ」

「牛歩をさせたあげくに、おつぎは目的地の変更ときたか」ローレンスはかなり苛立ちながらグランビーに言った。すでにイエナよりも南下しており、西に進むだけでなく、北へもいくらか引き返さなくてはならない。歩兵隊の緩慢《かんまん》なペースで計ると、半日を無駄にしたことになる。「会議を減らして、もっと論点を絞りこむべきだな」

結局、プロイセン軍がイエナに集結したときには十月の初旬になっていた。そのころには、遅々として進まぬ行軍に苛立つドラゴンは、テメレアだけではなくなった。その感情をめったにあらわさないプロイセンのドラゴンたちでさえ、行軍を著《いちじる》しく制限されることに不満を覚え、西の方角に首を伸ばし、あと数マイルは進みたいと訴えるようなしぐさを見せた。イエナの街は長大なザーレ川の河岸にあり、その流れが歩兵たちの徒渉《としょう》を阻む恰好《かっこう》の防衛線になるはずだった。最初の目的地だったホーフは、ザーレ川をここから二十マイルほど南にさかのぼったところにある。ローレンスは大型テント内に設置されたキャプテン用の食事テーブルに地図を広げ、検討を加えながら、思わず首を横に振った。駐屯地《ちゅうとんち》の変更が理由なき退却に思えてならなかった。

「いやいや、きみも知ってのとおり、騎兵隊や歩兵隊の一部が先にホーフまで送られている」プロイセン王国空軍のキャプテン・デュエルンが言った。「あれは、われわれがホーフへ向かっていると敵を欺《あざむ》くためのおとりだ。ホーフへ行くと見せかけ、実際にはエルフルトやヴュルツブルクを経由して敵に襲いかかる。それなら、やつらが集まりきらないうちに攻撃できる」

最初はうまくいきそうに思えたその計画にかすかな暗雲が兆《きざ》した。フランス軍がすでにヴュルツブルクまで来ていたのだ。その知らせは伝令竜から飛びおりた伝令使が息を切らして司令官のテントに飛びこむや、野火のように陣営に広がり、飛行士たちの耳にも届いた。

「噂では、ナポレオンもそこにいるそうだ」あるキャプテンが言った。「皇帝親衛隊がマインツに、陸軍元帥《げんすい》らの率いる隊がバイエルンのいたるところに駐屯している。全大陸軍《グラン・ダルメ》が動員されているんだ」

「そりゃ好都合じゃないか」キャプテン・デュエルンが答えた。「これで、しちめんどくさい行軍ともおさらばだ。ありがたい！　フランス軍をおびき寄せて、叩きのめしてやろう」

誰もがこんな昂揚を待ち望んでいたので、陣営には俄然《がぜん》活力が満ちた。上級将校たちが集中的な討議に入り、いまや新たな情報にも噂にも事欠かず、開戦間近であることが実感された。プロイセン軍はこれまで敵に捕らえられることを恐れ、ほとんど偵察隊を出さなかったが、いまでは毎時間のように新たな情報が届けられている。

「諸君、おもしろい知らせがある」ルイ親王が、キャプテンたちの食事の席に入ってきて言った。「ナポレオンが、なんとドラゴンを士官に取り立てたそうだ。そのドラゴンがフランス空軍のキャプテン連中に指示を出しているところが目撃されている」

「それは、ドラゴンに乗るキャプテンが指示したのを、見間違えたのではないでしょうか」プロイセン軍士官のひとりが言った。

「いや、そのドラゴンには、キャプテンもクルーもいっさい乗っていなかったそうだ」ルイ親王が笑いだした。ローレンスにしてみれば、まったく笑えない知らせだった。ことに、最初に湧いた疑念どおりに、そのドラゴンが純白だったと知らされてからは——。

「きみが戦場でそのドラゴンと対決できるように計らおうじゃないか。なにも案じることはない」ローレンスがリエンとその因縁についてキャプテン全員に手短に伝えても、デュエルンはそう返すだけだった。「わっはは、こりゃおかしい！　戦わない雌ドラゴンだって？　だったら、敵は編隊飛行の練習もしていないんじゃないか？　ドラゴンを司令官にするとはなあ。おつぎは愛馬を将軍に取り立てるんだろう」

「ぜんぜん笑えない」その話を聞いたテメレアが、鼻を鳴らして言った。テメレアはリエンのフランス軍での昇進ぶりを知り、わが身の処遇と引き比べて不機嫌になっていた。

「でもテメレア、リエンには、きみみたいに戦闘のことがわからない」グランビーが話しかけた。「天の使い種《セレスチャル》は戦ったりしないって、ヨンシン皇子が息巻いてたじゃないか。リエンが戦場に行くなんてありえないことさ」

「ぼくの母君《ははぎみ》が言ってたけど、リエンはすごく優秀な学者だって」テメレアが言った。「中国には空中戦術の指南書がたくさんあるって聞いたよ。黄帝《こうてい》〔中国を統治した三皇五帝の最初に数えられる伝説上の王〕が遺《のこ》した書物もあるらしい。ぼくは読む機会がなかったけどね」と悔しげに締めくくる。

「はっ、本から仕入れた知識か！」グランビーが、問題にならないとばかりにひらひらと手を振った。

ローレンスは厳しい口調で言った。「ナポレオンは愚か者ではない。おそらく中国の兵法についても熟知《じゅくち》しているだろう。リエンに肩書きを授けて戦闘に協力させられるのなら、元帥の肩書きだろうが、たやすく与えるはずだ。いまわたしたちが恐れなければならないのは、リエンの軍師としての手腕ではなく、敵も手にした〝神の風《ディヴァインズ・ウィンド》〟が、プロイセンの軍勢にどう影響をおよぼすかだ」

「リエンがぼくの仲間を傷つけようとしても、ぼくが止めてみせる」テメレアがそう言ったあと、声を潜めてつづけた。「でもリエンならぜったいに、ばかばかしい編隊飛行の練習に時間を浪費したりはしないだろうね」

翌朝早く、ローレンスたちは、ルイ親王率いる前衛部隊ともどもイエナを発ち、ザールフェルトを目指した。本隊よりも十マイル南に移動し、フランス軍の前衛部隊を待ち受けるためだった。到着してみると、ザールフェルトの街は静まり返っていた。

ローレンスは歩兵隊が到着する前に、クルーに加わったプロイセン空軍の若手士官、バーデンハウル空尉の案内で、街に入ることにした。そこそこのワインとまともな食糧を調達するつもりだった。ドレスデンで手持ちの資金を補充していたので、買い出しがうまくいけば、部下の空尉たちに夕食をふるまい、ほかのクルーにも特別な食事を支給できる。いまやいつ戦いの火蓋《ひぶた》が切って落とされてもおかしくない。戦いに入れば、まともな食事を用意するだけの時間と物資は不足するだろう。

街を目指すローレンスたちの行く手にザーレ川があり、橋がかかっていた。秋の長雨もまだだというのに、川の流れには勢いがあった。ローレンスは橋のなかほどで立ち止まり、長い木の枝を水中に突っこんだ。腕をぎりぎりまで伸ばしても、枝の先が川底に届かなかったので、ひざまずいてさらに深くまで届かせようとすると、強い流れに枝がもぎとられた。

「この川を渡りたくないな。とりわけ砲兵隊といっしょにはごめんだ」ローレンスは橋を渡り、両手をぬぐいながら言った。バーデンハウルは英語をほとんど解さなかったが、この件に関してなら、フランス語に訳して伝えるまでもなかった。プロイセンの若い士官はそのとおりだと言うように深くうなずいた。

ザールフェルトの住民は、小さくのどかな町にプロイセン軍が来ることをけっして喜んではいなかった。商店主たちは金しだいでは売るのもやぶさかではないという顔をしていたが、その階上には店主の女房たちがいて、ローレンスたちが通りかかると、窓をぴしゃりと閉ざした。ローレンスは小さな宿屋の主人と交渉し、食糧を買い入れた。宿屋の主人は、どうせプロイセン軍本隊が到着したら一切合財《いっさいがっさい》持っていかれるのだとしょげかえりつつ、多くの食糧を売ってくれた。そして幼い息子ふたりを、買った品々を運ぶ手伝いに送り出した。「あの子たちに怖がらなくてもいいと言ってくれないか」川を渡って陣営に近づくと、ローレンスはバーデンハウルに言った。興奮したドラゴンたちが、いつにない大声で話に興じていたからだ。宿屋の息子ふたりは目玉がこぼれ落ちそうなほど目を大きく見開いていた。

少年たちはバーデンハウルがなにを言っても安心するようすはなく、用をすますと、逃げるように帰っていき、ローレンスは彼らに駄賃《だちん》を渡しそびれた。運びこまれたかごから、旨そうな食材の匂いが立ちのぼっており、ゴン・スーがさっそく夕食の準備にとりかかった。ゴン・スーはいまではテメレアだけでなく、人間の食事をつくる役目も引き受けていた。本来の調理担当は地上クルーの交替制だったが、それだとめったに旨いものにはありつけない。ローレンスたちはみな、東洋風の香辛料や調理法に慣れはじめ、むしろそれがないともの足りなく感じるようになっていた。

ゴン・スーは人間の食事をつくってしまうと手持ちぶさたになった。というのも、ドラゴンたちが夕食のために集まってきて、エロイカが熱い口調でテメレアを食事に誘ったからだ。「おう、ともに食おうじゃないか！　戦《いくさ》の前には新鮮な肉だ。温かい血をすすると胸がかっかするぞ」テメレアはこんな誘いを受けたことにうれしさを隠さず、エロイカに促され、用意された牛に勢いよく飛びかかった。とはいえ、ほかのドラゴンたちよりも肉片をきれいに骨から剝がして舐めつくし、食後には血で汚れた体を洗うことを忘れなかった。

最初の騎兵大隊がザーレ川を渡りはじめるころは、まだお祭り前のような気分が漂っていた。馬の臭《にお》いやひづめの音、砲車の車輪のきしみ、銃器の油の臭いが、木立を縫って運ばれてきた。残りの兵は翌朝まで到着が遅れるという知らせが届いた。テメレアが神経を昂らせ、また地面を掻くようになっていたので、ローレンスは夕暮れ時のわずかな時間に、テメレアを単独飛行に連れ出した。テメレアが気持ちを落ちつかせてほしかった。騎兵隊の馬を怖がらせないように空高く舞いあがると、テメレアは夕闇に眼を凝らし、空中停止《ホバリング》して、周囲を見わたした。

「ローレンス、ここはすごく無防備なんじゃないかな」テメレアが後ろに首を伸ばして尋ねる。「橋があれひとつしかないんじゃ、すばやく後ろにさがれない。森に囲まれてるし」

「川を渡ったら、もう退却するつもりはないんだ。あとから来る味方のために、とにかくあの橋は守り抜かなくては」ローレンスは説明した。「残りのプロイセン軍が到着したときにザーレ川沿いをフランス軍が占拠《せんきょ》していたら、迎撃《げいげき》をくらって、川を渡るのがむずかしくなる。だから橋は死守しなければならない」

「でも残りの軍隊がやってくるところなんて、ぜんぜん見えないよ」テメレアが言った。「ルイ親王と前衛部隊は見えるけれど、その後方にはなんにもない。そしてこの先には、フランス軍の野営地の焚き火がものすごくたくさん見える」

「歩兵隊がまたのろくさしているんだろう」ローレンスもそう言って北方に目を凝らしたが、そこに見えたのは街を迂回して野営地に向かってくる、ルイ親王の馬車の揺れる明かりだけだった。その向こうには、はるか遠くまで闇が広がっている。一方、南には、濃さを増す夕闇のなかに、フランス軍の野営の火が蛍火《ほたるび》のようにまたたいていた。プロイセン軍から一マイルも離れていないだろう。

フランス軍を前にしても、ルイ親王は少しもひるむところがなかった。親王の率いる部隊は、明け方までには橋を渡りきり、そこに陣を構えた。大砲は四十四門、兵はおよそ八千人。ただし、兵士の半数は徴兵されたザクセン人で、フランス軍が間近にいると聞いて、動揺のざわめきが走った。ほどなく、マスケット銃の発砲音が聞こえはじめた。本格的な戦いがはじまったわけではなく、前哨部隊が敵の斥候兵《せっこうへい》と散発的に撃ち合っているだけだった。

午前九時、フランス軍が丘陵の向こうから姿をあらわした。だが敵のドラゴンたちは、容易には近づけない林のなかにとどまっていた。エロイカが編隊を率いて敵の頭上すれすれに飛んで威嚇した。テメレアもエロイカたちにつづき、敵ドラゴンをおびき出そうとしたが、ほぼ効果はなかった。テメレアは味方の騎兵隊がすぐ近くにいるので、〝神の風《ディヴァインズ・ウィンド》〟を使うことを禁じられていた。ほどなく〝引き返せ〟と命じる信号旗が味方の陣営から出たため、ドラゴンたちはもどかしさでいっぱいになった。ドラゴン部隊を後退させ、騎兵隊と歩兵隊を前進させて、一戦交えさせるつもりなのだろう。

エロイカの背に〝着陸せよ〟という信号旗があがり、ローレンスのすぐ左にいるバーデンハウル空尉が読み取り、ローレンスに伝えた。こうして編隊はふたたび陣営におり立った。息を切らした伝令が走ってきて、キャプテン・デュエルンに新たな命令書を手渡した。

「盟友《めいゆう》たちよ、朗報だぞ！」デュエルンが命令書を頭上で振りながら、編隊のキャプテン全員に力強く呼びかけた。「敵を率いるのは、あの名高いランヌ元帥だ。ああ、きょうの獲物は大きい！ 騎兵隊が敵の相手をするあいだに、われわれは敵の背後に回りこみ、敵ドラゴンをおびき出せとの命令だ」

ドラゴン編隊はふたたび戦場の空高く舞いあがった。森に潜んでいた敵の斥候隊が、上昇する編隊に驚いて飛びだし、ルイ親王の部隊の最前線にいる兵と交戦した。その背後から、歩兵の一個大隊と軽騎兵大隊が数隊、戦列をびっしりと保って迫ってきた。まだ全面的な戦闘状態でないものの、いよいよ戦いがはじまり、大砲の低くとどろく音も聞こえてきた。丘陵の木立のなかを人影が動いているのが見えたが、なにがどうなっているのかはっきりとはつかめない。ローレンスが望遠鏡をそちらに向けようとしたとき、テメレアが力強くうなりをあげた。前方に目をやると、敵のドラゴン編隊が空に飛び立ち、こちらを目指して突き進んできた。

フランス空軍の編隊は、エロイカ率いるプロイセンの編隊よりも多数のドラゴンで構成されていた。だが、そのほとんどがエロイカたちより小柄で、多くは小型ドラゴンだった。なかには伝令竜のような小さなドラゴンも交じっている。プロイセン空軍の特徴であるきびきびした規律ある動きは、敵方にはいっさい見られず、ピラミッド型の陣形を組んではいるが、その形はつねに一定ではなく、各自がさまざまな速度で羽ばたいていた。そのため、絶えず位置を入れ替えながらこちらに向かってくる。

エロイカ率いるドラゴン編隊は、高度をちがえた二重の戦列を整然と組んで、敵ドラゴンの襲来に備えた。テメレアは編隊の左翼につき、前へ行きすぎないように旋回で調整した。が、プロイセンのドラゴンたちの背では、射撃手たちがすでに銃を構え、プロイセン空軍のお家芸である、破壊力の高い一斉射撃のチャンスをうかがっていた。

ところが、敵の編隊が射程に入り、まさに銃が火を噴こうという瞬間、敵ドラゴンが四方八方に散った。瞬時に陣形を崩し、完璧に無秩序の状態をつくる。そのせいで、プロイセン側の一斉射撃はほとんど効果なく終わった。一斉射撃の目標を分散させる巧妙な作戦だとローレンスは認めるしかなかった。しかし、その陣形をつくらない作戦の真の目的をこのときはまだ見抜けず、敵の小型ドラゴンに一斉射撃に報復するほどの兵力は積まれていないのだから、奇策だが大きな益をあげることはないだろうと考えていた。

ところが、敵とて一斉射撃で返すつもりはなかったのだ。フランスのドラゴンたちは、斬《き》りこみ隊に乗りこまれない距離を保ちながら、プロイセンのドラゴンの周囲を蜂《はち》のように飛びまわり、しつこく旋回を繰り返した。そうしながら、射撃手が竜の背から縦横無尽《じゅうおうむじん》に撃ちまくり、プロイセンのクルーを狙った。プロイセン側の陣形に少しでも隙ができると、フランスのドラゴンが突進し、かぎ爪で切りかかり、咬《か》みついた。確かに陣形の隙はあちこちにあり、テメレアの酷評《こくひょう》が的《まと》を射《い》たものであったことが証明された。ほどなく、プロイセンのほぼ全ドラゴンがあちこちで傷を負い、血を流しはじめた。襲いかかるドラゴンを絞りきれずに右往左往し、その隙に敵ドラゴンに横合いからやられるという始末だった。

ただちにプロイセン軍の陣形から離れたテメレアは、ちょっかいを出してくる小型ドラゴンをいちばんよくかわし、やり返していた。小型ドラゴンは、斬りこみ隊に乗りこまれる心配もなければ、地上からの砲撃をかわす必要もない。こんなにすばしっこい連中に砲撃しても、砲弾を無駄にするだけだ。ローレンスはテメレアを自由に戦わせることにして、クルーたちには身を低くして敵の銃弾を避けるようにと手振りで合図した。テメレアは猛然と敵を追いつめ、小型ドラゴンたちを捕らえては強烈に揺さぶり、もう一方の前足でかぎ爪パンチを見舞った。敵ドラゴンたちは痛みに悲鳴をあげ、一目散に戦場から退却した。

だが反撃できているのはテメレアだけで、小型ドラゴンはテメレアだけでは相手しきれないほどたくさんいた。ローレンスは陣形を崩して各ドラゴンに自由に戦わせるようにデュエルンに伝えたかった。そうすれば少なくとも、敵に動きを予測される弱点を何度もさらさずにすむだろう。制約をなくせば、体格で勝るプロイセンのドラゴンのほうが、フランスの小型ドラゴンよりも有利に戦えるはずだ。デュエルンとは何度かすれちがったが、それを伝える機会はなかった。だが、そのうちデュエルンも同じ結論に達したようだ。新たな信号旗が掲げられ、編隊は散開《さんかい》した。血まみれになり、痛みに逆上していたプロイセンのドラゴンたちが、ふたたび気力をみなぎらせ、敵ドラゴンに襲いかかった。

「ああっ、まずい！」テメレアが声をあげて振り返り、ローレンスをぎょっとさせた。

「ローレンス、下を見て――」

ローレンスはすばやく望遠鏡を手に取り、竜の首の付け根から身を乗り出した。フランス軍歩兵隊の大規模な本隊が森を出て西に向かい、ルイ親王のいるプロイセン軍右翼を包囲しようとしていた。味方の中央部が、敵の捨て身の攻撃によって押し戻されている。後退するプロイセン兵が大挙して橋を渡ろうとするせいで、後方の騎兵隊に突撃するだけの空間が失われていた。いまこそドラゴン編隊が低空飛行で、側面から敵の攻撃を押し戻す好機だ。しかし、編隊はすでに四散しており、間に合わない可能性は高かった。

「テメレア、行け!」ローレンスは叫んだ。すでに息を吸いこんでいたテメレアが、西側に侵攻しつつある敵を目がけて、翼をたたんでの急降下を開始した。テメレアの横腹が極限までふくらみ、ローレンスがすさまじい咆吼の衝撃を少しでもやわらげようと両手で耳をふさいだ瞬間、〝神の風〟が放たれた。それはみごとに標的をとらえ、おびただしい数の兵士がなぎ倒された。テメレアがさっと舞いあがったときには、兵士たちはもはや動かず、目や耳や鼻から血を流し、周囲には木々の残骸がマッチ棒のように散らばっていた。

ところが、陣を守って戦っていたプロイセン軍の兵士たちは、テメレアの攻撃に鼓《こ》舞《ぶ》されるどころか、肝《きも》をつぶしてしまった。その隙を突き、フランス軍士官の軍服に身を包んだひとりの男が森から飛び出し、自軍の死者のただなかで軍旗を高々と掲げ、「皇帝万歳《ヴィヴ・ランプルール》！　フランス万歳《ヴィヴ・ラ・フランス》！」と叫んだ。士官はそのままプロイセン軍に突撃し、そのあとに二千人近くの前衛部隊がつづいた。前衛部隊はプロイセン兵に襲いかかり、組み合う相手を銃剣やサーベルを振るって倒しながら前進した。こうして白兵戦となったため、テメレアには味方の兵士を殺さずに攻撃を仕掛けることが不可能になった。

戦況はますますプロイセン軍の不利に傾いていった。ザーレ川に追いつめられた歩兵がつぎつぎに転落し、急流と軍靴《ぐんか》の重みによって水中に引きずりこまれた。多くの馬が川岸でひづめを滑らせた。テメレアに空中停止《ホバリング》させて地上の間隙《かんげき》をさがしていたローレンスは、ルイ親王が敵のどまんなかに突撃すべく、残っている騎兵を集めて列を組み直しているところを目撃した。親王を中心に据えた騎兵隊が、雄叫びとひづめの音《ね》をとどろかせ、敵陣の軽騎兵の一団に果敢に突っこんだ。サーベルと長剣のぶつかり合う音が、鈴の音のように響いた。硝煙《しょうえん》が黒雲のように立ちのぼり、馬の脚にまとわりつき、兵士のまわりに砂塵《さじん》のように渦巻いた。ローレンスは神に祈った。が、つぎの瞬間には、ルイ親王が長剣を取り落とし、落馬するさまが目に飛びこんできた。プロイセン王国の旗がルイ親王のそばに落ちると同時に、フランス軍から恐ろしい歓喜の声があがった。

援軍はやってこなかった。最初にザクセン兵の大隊が総崩れし、橋からこぼれ落ちんばかりになって逃走した。逃げきれなかった者は武器を投げ捨て、降伏した。プロイセン兵たちは戦場のあちこちに孤立しながらも踏みとどまり、一方、ルイ親王直属の士官たちは、生き残った部下を整然とまとめて、撤退を開始した。大砲の多くが戦場に捨て置かれた。フランス軍の銃火はやまず、プロイセン兵がばたばたと倒れ、銃撃から逃れた者がつぎつぎに川に飛びこんだ。ザーレ川沿いに北方へ逃走をはかる兵士たちもいた。

正午をわずかに過ぎて、橋が崩落した。そのころには、テメレアもプロイセンのドラゴンたちも兵士の退却を助けることだけに専念していた。しつこくまとわりつく敵の小型ドラゴンを追い払い、撤退が壊滅的な敗走にならないよう努めたが、たいした成果はあがらなかった。

ザクセン兵たちの逃げ足は速かった。敵の小型ドラゴンたちは、プロイセン軍が戦場に残した大砲や馬を、まだ絶叫するプロイセン兵が乗ったままでもかすめ取り、味方の歩兵隊のところまで運んでいった。敵の歩兵隊はザーレ川沿いの、まだ鎧戸を閉めきった家々が連なるザールフェルトの街のまんなかに陣を張りつつあった。

戦いはほぼ終わっていた。プロイセン軍への当てつけなのか、〝各自逃げのびよ《ソーヴ・キ・プ》〟というフランス軍の信号旗が、プロイセン軍が敗走したあとの無惨《むざん》な陣地にむなしくはためき、硝煙が風に流されていった。フランス軍のドラゴンたちは、味方の歩兵隊の支援が得られないほどプロイセン兵が遠くまで退却すると、ようやくあきらめて自陣に戻った。テメレアとプロイセンのドラゴンたちは意気消沈し、疲れきり、デュエルンの指示で休憩をとるために地上におりた。

デュエルンは、みなを励まそうとはしなかった。たとえ励まされたところで、もうなにをする気力も残っていなかった。編隊でもっとも小柄なドラゴンが、ルイ親王の切り刻まれた遺体を、かぎ爪で丁寧に包みこんで運んできた。戦場に決死の覚悟で飛びこみ、遺体を回収したのだ。デュエルンが必要な命令だけを口にした。「地上クルーを迎えて、イエナに戻れ。現地で落ち合おう」

13　山頂にて

ローレンスは地上クルーを森で待機させていた。ザーレ川から離れた田園地帯のはずれにある森で、生《お》い茂る木々にうまく隠され、上空からは発見されにくい場所だった。地上クルーはひと固まりになって、いちばん屈強な者たちが、斧《おの》やサーベル、ピストルを構えて正面を守っていた。ケインズと見習い生たちが後方に控え、二つの卵は布でくるまれ、ハーネスを掛けられて、外からは見えない小さな焚き火のそばに置かれていた。

「キャプテン、大砲や銃撃の音がかなり近くから聞こえていましたが……」ハーネス匠のフェローズが、テメレアのハーネスの損傷を部下とともに点検しながら、不安そうに戦況について尋ねた。

「ああ、フランス軍に撃破された。これからイエナに戻る」ローレンスには自分の声がはるか遠くから響いているように感じられた。疲労に押しつぶされそうだったが、それを部下に見せるわけにはいかない。「飛行クルー全員にラム酒を配ってくれ。ミスタ・ローランド、ミスタ・ダイアー、配給を頼む」そう言いながら、腰をおろした。見習い生のエミリー・ローランドとダイアーがコップを片手にラム酒のボトルを持ってまわり、それぞれが一杯ずつ飲んだ。最後にローレンスも自分の分を口にした。喉に染みる酒がいまはただただありがたい。

そのあと待機所の後方に行き、卵についてケインズと話した。「まったく問題なし」と、ケインズは言った。「一か月かそこらはこのままの状態がつづくだろう」

「いつ孵化するか特定できそうだろうか?」ローレンスは尋ねた。

「わからん。ちっとも変化がないんでな」いつもながらぶっきらぼうに返してきた。

「あと三週間から五週間のあいだ。以前から言ってるとおりだ」

「了解した」ローレンスはそう言って、ケインズにテメレアのようすを見にいかせた。テメレアが能力の限界を超える動きで筋肉を痛めていても、戦闘の興奮から、あるいは落胆からそれに気づいていないのではないかと心配だった。

「不意打ちをくらわされたせいだよ」ケインズが体によじのぼると、テメレアがみじめな声で言った。「それに例のお粗末な編隊飛行のせいだ。ああ、ローレンス、ぼくはもっとしっかり、みんなに伝えるべきだった」

「あの状況では、聞いてもらえる望みはほとんどなかった」ローレンスは言った。「自分を責めるんじゃない。それよりも、どうやったら、プロイセンのドラゴンたちを混乱させず、すみやかに編隊の動きを修正できるかを考えてくれ。いまならきみの助言に耳を傾けるように説得できるかもしれない。もしそうできれば、今回の敗退という損失だけで、戦略上の重大な欠点を修正できる。手痛い教訓ではあったが、あれだけですんでよかったと思うようになる」

ローレンスたちは未明にイエナに到着した。街の周辺に駐屯するプロイセン軍には生気がなかった。待ち望んでいた補給部隊がゲーラでフランス軍に捕らえられ、イエナの補給所の備蓄がほぼ底を尽きたのだ。テメレアへの食事の割り当ても、小ぶりの羊が一頭きりだった。ゴン・スーがかさを増やそうと、自分で集めてきた香草を加えて、シチューにした。それでもテメレアの食事のほうが人間のものよりましだった。人間は急ごしらえの粥《かゆ》と堅焼きパンだけで飢えをしのがなければならなかった。

ローレンスが焚き火のそばを通るたび、そこには耳を覆いたくなるような不満が渦巻いていた。ザクセン人の敗残兵たちが、フランス軍を食い止めるために攻撃の矢面《やおもて》に立たされたのだとぶつくさ言っていた。さらに悪いことに、別の戦いでもプロイセン軍が敗北したという知らせが届いていた。フランス軍の侵攻によりホーフから退却してきたタウエンツィーン将軍は、スルト元帥率いる隊から逃れたと思ったらベルナドット元帥の隊に遭遇するという、まさに小難を逃れて大難に陥るはめになり、ようやくここまで逃れてきたものの、四百人もの兵を失っていた。誰もが平静を欠き、楽勝を期待した者たちはなおさら取り乱していた。以前のような尊大な自信は、いまや影もかたちもなかった。

ローレンスは、小さなあばら屋を接収したデュエルンやほかの飛行士たちを見つけた。小屋に住んでいた農民一家は、プロイセン軍のドラゴンが畑に飛来するや、竜を恐れて大あわてで小屋を明け渡したのだった。「大規模な改変を提案するつもりはない」ローレンスはさっそく、テメレアの指示に従って描いた戦略飛行図を広げて言った。「容易に調整できる変更点だけに絞ってある。たとえこの期《ご》におよんで変更にリスクが伴ったとしても、なにも手を打たない場合の弊害に比べれば、ずっとましでしょう」

「きみは〝それ見たことか〟とは言わない心やさしい人間なんだな」デュエルンが言った。「それでもそう聞こえてしまうがね。よかろう。ひとつ、ドラゴンを教官にしてみようじゃないか。それで、どういう効果があるか見てみよう。このまま打ちすえられた犬のように、すわりこんだまま、傷を舐めているわけにはいかないぞ」

それまでデュエルンと仲間のキャプテンたちは、ほとんどなにもない食卓を陰鬱《いんうつ》に囲んで、グラスを舐めていた。だがローレンスの提案を聞いたデュエルンが懸命にみずからを、そして仲間を奮い立たせ、そのまっすぐな人柄によって一同に熱意をよみがえらせた。ふさぎこんでいる場合ではないとたしなめ、みなを引きずるようにして小屋から出し、自分のドラゴンのもとに戻らせた。デュエルンのそうした行動のおかげで、一同にやる気が戻ってきた。それはテメレアも例外ではなく、キャプテンたちが集合すると、眼を輝かせて立ちあがり、自分が考案した新しい飛行パターンを見せ、嬉々《きき》として練習に打ちこんだ。

ローレンスやグランビーは、テメレアの新たな飛行戦術案にほとんど口をはさまなかったが、大幅な簡略化だけは提案した。複雑な飛行法は、テメレアには苦もなくできても、大半の西洋種のドラゴンの身体能力を超えているからだ。新たな飛行パターンは、型にはまった訓練が体に染みついているプロイセンのドラゴンにとっては、かなり飛行速度を落としても、最初はむずかしかった。しかし日頃の演習で培われた精《せい》密《みつ》さがしだいに功を奏《そう》し、十数回ほど繰り返したのちに、へとへとになりながらも、みごと成功した。ほかの編隊のドラゴン数頭がこっそりと近寄ってきて観察し、ほどなくそのドラゴンに搭乗するキャプテンたちも集まってきた。デュエルンとその編隊が地上におりて休憩に入ると、彼らから質問攻めになった。そのうちに、ほかの二組の編隊も、自分たちで実際に試してみようと空に飛び立った。

ところが、こうした演習は、その日の午後、また新たな計画変更が伝えられ、打ち切りになった。ホーエンローエ将軍指揮下にあるすべての隊に向けて、改めてヴァイマルに集結せよとの命令が下ったのだ。ヴァイマルにてベルリンとの後方連絡線の護《まも》りを固めることが目的であり、今回もドラゴン部隊が先行することになった。

この知らせに怒り交じりの不満の声があがった。これまでは、あちこちに移動させられるのも、命令が頻繁に変更されるのも、刻々と変わる戦況のせいだからしかたがないと前向きに受けとめられていた。だがいまは、ちがう。まるでフランス軍のちっぽけなふたつの勝利に怖じ気づき、追い返されたかのごとく、大あわてでイエナに戻ってきたことに全員が腹立たしさを感じていた。命令が混乱し、司令官のあいだに確たる統一方針がないという状況が、いっそう兵士たちの不安を煽《あお》っていた。

そんなぎすぎすした空気のなか、さらに悪い情報が流れてきた。ルイ親王がザーレ川を渡ったところで落命したのは、ホーエンローエ将軍からの曖昧な命令が原因だったというものだ。その命令は、後続隊の支援を前提としていたはずだが、実際には、この戦いの総司令官であるブラウンシュヴァイク将軍も、プロイセン国王も、後続隊の出発を正式に承認していなかった。つまり、ルイ親王のいる南方へは一隊も動き出していなかった。それは明らかに、ホーエンローエ将軍が土壇場《どたんば》で方針を変えたせいだと考えられた。

「ホーエンローエ将軍の最後の命令は、〝撤退せよ〟だった」ルイ親王の副官からその話を聞いたキャプテン・デュエルンが、苦々しげに仲間に言った。その副官はザーレ川の流れで馬を失い、命からがら徒歩でイエナの野営地に戻ってきたばかりだった。

「だが、その命令が届いたとき、われわれはすでに敵と交戦しており、ほどなくルイ親王は命を落とされた。プロイセン軍は、ルイ親王というきわめて優秀な戦術家のひとりを無駄に失ったわけだ」

反乱にはならないまでも、全員が激怒し、ふたたび落胆するという悪い結果を生んだ。午後までの演習で生まれていた達成感はしぼみ、キャプテンたちは黙りこくり、移動のための荷積みの監督をするために、それぞれの宿営に戻っていった。

野営地から飛び立つ伝令竜の羽ばたきが、忌《い》まわしい騒音になりつつあった。それは、出口の見えない不毛な会議が、またも行われたことを知らせる音だった。ローレンスは、その朝も、夜明け前から伝令竜の羽ばたきで目覚め、裸足のままテントから起き出し、水樽《みずだる》のそばまで行って、シャツの袖《そで》で顔をこすった。まだ霜《しも》はおりていないが、しゃんと目覚めるくらいには寒かった。眠っているテメレアの鼻孔《びこう》から、寝息が温かい蒸気になって吹き出ている。ローレンスが通常の半分の大きさの狭いテントに首を突っこむと、なかにいた空尉候補生のサリヤーがはっと顔をあげた。サリヤーと、いまはいびきを掻いている士官見習いのアレンが、テントのなかで夜通し卵を見張りつづけていた。この野営地ではいちばん風の当たらない場所を選んでおり、卵の覆いを二重にし、そばの火鉢では石炭が赤々と燃えている。

ローレンスたちのいる野営地は、イエナからいくぶん北上したところにあった。ブラウンシュヴァイク将軍が夜間にイエナ近くに到着し、ほぼ全軍集結したプロイセン軍のなかでは西端に位置していた。野営地のあちこちで焚き火が勢いよく燃えており、煙は空高くのぼり、まだ鎮火《ちんか》しないイエナの街から悲しく立ちのぼる煙と空でひとつになった。昨夜、食糧の欠乏と凶報の多さに兵士たちが耐えきれなくなったのか、ホーエンローエ将軍の隊のなかでパニックとも暴動ともつかない騒ぎが起きた。隊のすぐ南にフランス軍の前衛部隊がいて、到着するはずの補給部隊がいっかなあらわれず、我慢の限界に達したのかもしれない。当初からいやいや従軍し、もはや白けきっていたザクセン兵らには、なおさらのことだろう。

プロイセン軍全体の端にいるため、ローレンス自身はその憂《うれ》うべき出来事を直接見たわけではないのだが、伝え聞くところでは、兵士たちの騒ぎがおさまりきらないうちに、イエナの街のいくつかの建物から火の手があがったらしい。朝の大気に、目に染みるほど灰や煙が混じっていた。焦げくさい臭いもあり、濃い霧が立ちこめている。すでに十月十四日――。プロイセンに入国してほぼ一か月が過ぎたというのに、いまだ英国からはなんの連絡もなかった。兵隊だらけの田園地帯では郵便を当てにすることはできない。ローレンスは茶のカップを手に、宿営地のはずれにひとり立って、切ない気持ちで西の空を眺めた。祖国とのつながりを求める、焼けつくような思いが胸の底からこみあげた。いまより一千マイルも遠くにいたときでさえ、こんなに強烈に望郷の念を覚えたことはなかった。

日の出が近づき、朝日が射しはじめたが、濃霧がしつこく居すわって、野営地全体を灰色のヴェールで包んでいた。物音は近くからしか聞こえず、奇妙な具合に消滅したり、どこからともなく聞こえたりした。亡霊のごとく物言わぬ人影が通り過ぎたかと思うと、人影とは別の方角から正体知れぬ声が聞こえてくることもある。クルーたちがのろのろと起きだし、ろくに言葉も交わさず、仕事にとりかかった。みな疲労がたまり、腹をすかしていた。

午前十時を過ぎてすぐ、新たな命令が下された。プロイセン軍本隊はアウエルシュタットを経由して北方に兵を引き、そのあいだホーエンローエ将軍の部隊がこの場所にとどまって退却を掩護するというものだった。ローレンスは命令書を無言で読み、ひと言も感想を述べずに、デュエルンの隊の伝令に戻した。プロイセン軍士官に下されたプロイセン軍司令部の命令にけちをつけるつもりはなかった。しかし、その指示が伝わるや、プロイセン軍の士官たちが、もう黙ってはいられないとばかりに声高に議論をはじめた。

「みんな、ここはフランス軍に正々堂々と戦いを挑むべきだって言ってるよ。ぼくもそれがすごく正しいと思う」テメレアが言った。「だいたい戦わないんだったら、どうしてぼくらはここにいるの？　いままでみたいな行軍をするくらいだったら、いっそドレスデンにいたほうがよかったよ。まるでフランス軍から逃げまわってるみたいじゃないか」

「わたしたちは口出しをできる立場にはないんだ」ローレンスは言った。「こうした作戦の根拠になるような、わたしたちのまだ知らない情報があるのかもしれないな」テメレアをなだめるために気休めのせりふを口にしたが、ローレンスとて本気でそう信じているわけではなかった。

これで、ホーエンローエ将軍の部隊は当面、移動する必要がなくなった。ドラゴンたちも三日間ろくな食事をとっていなかったので、ドラゴンたちに力仕事はさせないようにという達しが来た。突如方針が変わって進軍したり、戦闘のために召集されたりする可能性を考えてのことだが、少なくともいまのところ、そのような気配はない。テメレアが、それならとばかりに居眠りをはじめた。羊の夢でも見ているのだろう。

ローレンスはグランビーに言った。「ジョン、この鬱陶《うっとう》しい霧の外がどうなっているのか、高いところにのぼって見てくるよ」こうして留守のあいだの指揮を副キャプテンに任せ、ローレンスは周囲の地勢を観察しに出かけた。

ラントグレーフェンベルク山は、平らな山頂から起伏に富んだイエナ全体の地勢が見わたせると聞いていた。ローレンスは今回も、プロイセン軍の若手士官、バーデンハウルに案内をまかせた。山頂を目指し、木々に覆われた斜面を曲がりくねった谷川沿いに、枝を掻き分けながらのぼっていった。ところどころで、いまいましい棘《とげ》のついたクロイチゴの茂みが行く手を阻んでいた。谷をのぼりつづけると、草の生い茂る斜面に出た。もはや道と呼べるものはなく、谷沿いの道があまりにも急なので、このあたりまでわざわざ青草を刈りにくる者はいなかった。木々が切り倒された空き地があちこちにあり、羊によって平らに踏み固められていた。二頭の羊がローレンスたちを興味もなさそうに見あげ、低木の茂みにとことこと去っていった。

ふたりは小一時間ほど悪戦苦闘した末に、汗みずくで山頂にたどり着いた。「さて」バーデンハウル空尉がそう言って、言葉が見つからないまま、山頂からの眺めを片手で示した。ローレンスも無言のうなずきで返した。どの方角を向いても、はるか遠くには青味がかった峰が連なっていた。イエナは四方を山に囲まれた土地だ。山頂はまさに理想的な見晴台で、現実世界のミニチュアを見てるいるかのようだった。なだらかな丘陵は黄色くなりつつある橅《ぶな》や、常緑樹の低木に覆われ、ところどころに白樺《しらかば》の幹がくっきりと浮かびあがっている。野原は枯れ草色に変わり、単調な眺めだ。畑はほぼ収穫が終わり、秋の淡い日を浴びて静かなたたずまいを見せている。午前にもかかわらず、まるで夕刻のような日差しが、あちこちの農家にまるで絵画のなかの家のような印象を与えている。

やがて刻々と西に動いていた厚い雲が、眼前の光景を照らしだす太陽をさえぎった。地上に落ちる雲の影がゆっくりと丘陵をのぼり、越えていく。それとは対照的に、遠い丘のあいだに見え隠れするザーレ川はたっぷりと日を浴びて、まばゆいほどに輝いている。強い照り返しのせいで、ローレンスの目に涙がにじんだ。風が出てきて、地面の落ち葉や枯れ枝が焚き火の爆《は》ぜるような音をたてた。やまない風は、くぐもった低いうなりのようで、新しい帆《ほ》がふくらむ音を思い出させた。だがそれさえ除けば、あたりは静寂《せいじゃく》に包まれていた。空気の味も匂いも、奇妙に無味乾燥だった。動物の体臭も死臭もせず、地面は霜で固まっている。

ふたりがのぼってきた谷の斜面のふもとには、プロイセン軍の兵士たちが隊列を組んでびっしりと並んでいた。そのほとんどは濃い霧にかすんでいたが、ブラウンシュヴァイク将軍の隊がアウエルシュタットを目指して北に進みはじめると、銃剣が頼もしく日差しにきらめいた。ローレンスは山頂を用心深く移動して、今度はイエナの街のある方角を観察した。フランス軍がいるという確たるしるしはないが、街の火事は鎮火しつつある。いまなおオレンジ色に燃えるわずかな火は、頂上から見ると、赤らんだ石炭のようだ。かすかに叫ぶ声が聞こえ、火はひとつ、またひとつと消えていく。ザーレ川と街を行き来して消火用の水を運ぶ荷馬車の姿もかろうじて見ることができた。

しばらくこうして山のふもとの観察をつづけ、わずかに共有するフランス語に身振り手振りを交えてバーデンハウルと会話した。が、突然、ふたりははっと口を閉ざし、動きを止めた。イエナの街から立ちのぼる煙を一陣の風が吹き払い、西の空に一頭のドラゴンが姿をあらわしたのだ。リエンだった。リエンはハチドリ並みの速さで川や街を越え、そこここで空中停止《ホバリング》を繰り返した。ローレンスはリエンがまっすぐこちらに飛んでくるような気がして戦慄《せんりつ》を覚えた。いや、けっして気のせいではなかった。バーデンハウルがローレンスの腕を引っ張り、ふたりで地面に伏せ、そのまま這ってクロイチゴの茂みにもぐりこんだ。長い棘が皮膚をこすり、服を裂いた。茂みを二十フィートばかり進むと、クロイチゴが掘り返された穴が見つかった。羊が掘った穴のようだ。ふたりでその浅いくぼみに身を落ちつけたが、まだ茂みの枝ががさがさと鳴りつづけていた。ほどなく一頭の羊がその小さな穴に身をよじらせるように入ってきた。羊が通ったあとの枝には大量の羊毛がからみつき、ありがたい目隠しになってくれた。羊は人間のそばに来ていくぶん安心したのか、震えながらも、ふたりのそばにどさっと身を横たえた。ほぼ同時に、純白のリエンが巨大な翼をたたみ、優雅に山頂に舞いおりた。

ローレンスは全神経を張りつめて、なりゆきを見守った。もしすでにリエンがローレンスたちを発見し、襲うつもりなら、クロイチゴの茂みに隠れているのにも限界があるだろう。だがリエンはローレンスたちのいるほうではなく、別のほうに眼をやっていた。さっきまでふたりが見おろしていた谷側の風景だ。リエンの外見はこれまでとはどこかちがっていた。中国にいたころのリエンは、黄金やルビーなどの意匠《いしょう》を凝《こ》らした贅沢な装飾品を身につけていた。イスタンブールでは、宝石はほとんど見あたらなかった。だがいま目の前にいるリエンは、帯状の冠のような飾りを冠翼に付けている。飾りは冠翼の両端から顎へとつながり、そこからは美しく下に垂れさがっていた。材質は金ではなく輝く鋼《はがね》で、冠の中央には鶏卵ほどもある大きなダイヤモンドが嵌《は》められ、淡い日差しのなかでも燦然《さんぜん》と輝いている。

フランス軍士官の軍服に身を包んだ男がリエンの背から離れ、地面に飛びおりた。リエンが乗り手を受け入れていること、ましてやこのように地味な人物を乗せていることに、ローレンスは驚いた。その士官は無帽で、短い黒髪は薄くなりかけており、猟騎兵《りょうきへい》〔フランス軍の最も一般的な軽騎兵、シャスール〕の軍服に分厚い革の上着といういでたちだった。半ズボンの上から丈の長い黒のブーツを履き、腰には実用本位の長剣を吊るしている。

「これはこれは。われわれをもてなそうとご参集ときたか」男は望遠鏡を伸ばし、プロイセン軍を見まわしながら、風変わりななまりのあるフランス語で言った。とりわけ、北へ向かう隊に関心を持っているようだ。「長らく待たせたな。だがすぐに相手をしてやろう。そのうちダヴーとベルナドットが、北へ向かう者どもをこちらに追いこんでくれるだろう。それはそうと、プロイセン国王の旗が見あたらないようだが……どうだ、見えるか？」

「いいえ、見えません。でも、ここにとどまってさがすのは危険です。まだ前哨地《ぜんしょうち》も築かれていないのですよ。あなたは無防備すぎます」リエンがなじるように言い、冷ややかなまなざしであたり一帯を眺めわたした。血のように赤いリエンの眼は、日差しに強くないはずだ。

「おいおい、おまえがいっしょなら安全に決まっているじゃないか！」士官が声をあげて笑い、リエンをたしなめた。一瞬、士官がリエンに笑顔を向けたので、顔全体がはっきりと見てとれた。

その瞬間、バーデンハウルがひきつけでも起こしたかのように、がっちりとローレンスの腕をつかんだ。ローレンスがちらっと横を見やると、バーデンハウルが「ナポレオン」と押し殺した声で言った。ローレンスはぎょっとして向き直り、クロイチゴの茂みのほうに身を乗り出し、男をもっとよく見ようとした。これまでローレンスが英国の新聞に掲載される絵から想像していたような、著しい短軀《たんく》の男ではない。小柄なほうではあるが、引き締まった体つきをしている。活力にあふれ、大きな灰色の瞳を輝かせ、寒風にやや顔を紅潮させている。その顔立ちは男前と言ってもいいほどだった。

「急ぐことはない」ナポレオンはさらに言った。「あとしばらくは猶予《ゆうよ》を与えてやろう。そうすれば、また新たな師団を送り出すだろうからな。あちらさんも少しうろうろしたほうが、戦意が湧いてくるだろうよ」

　ナポレオンはしばらく、ラントグレーフェンベルク山の山頂で行きつ戻りつした。物思いにふけり、猛禽類《もうきんるい》そっくりの表情で眼下の丘陵地帯を睥睨《へいげい》した。一方、動きのとれないローレンスとバーデンハウルは、プロイセン軍に一刻も早くこの情報を伝えなければと焦《あせ》りながらも、耐えるしかなかった。身震いする気配がしたので、ローレンスはぎくりとして隣を見た。バーデンハウルの片手がピストルに伸びて、その顔にぞっとするほどの逡巡《しゅんじゅん》が浮かんでいる。

　ローレンスは片手でバーデンハウルの腕に触れて制止した。若い空尉はさっと視線を落とし、ピストルから手をおろした。蒼ざめ、恥じ入った顔をしている。ローレンスは無言のまま空尉の肩を揺すって落ちつかせた。

　バーデンハウルを襲った衝動は、ローレンスにも理解できた。十ヤードそこそこの場所に、ヨーロッパ全土を震撼《しんかん》させている張本人が立っているのだ。無謀な考えをいだかずにはいられないのはわかる。もしナポレオンを捕虜にできる望みが少しでもあるなら、たとえわが身を捧げる結果になろうとも、捕獲を試みるのが軍人の務めというものだろう。だがこの茂みからでは、襲いかかっても成功する可能性はない。少しでも動けば、リエンに察知される。ローレンスは、天の使い種《セレスチャル》がどれほどすばやく攻撃に移れるかを知っていた。確かに、唯一考えられる手段はピストルで撃つことだ。だが物陰に隠れて、敵の無防備な背中を、暗殺者のごとく狙い撃ちする。だめだ、それはできない。

ふたりがなすべきことは明らかだった。身を隠したまま待つことだ。そして、ナポレオンがプロイセン軍を包囲する罠《わな》を仕掛けているという情報を、すみやかに自陣に持ち帰ることだ。フランスに逆襲し、栄光の勝利をもぎとるチャンスはまだなくなったわけではない。だが一分一秒が勝負の分かれ目だ。黙ってじっと腹這いになったまま、もの思いにふけるフランス皇帝を見つめるしかない状況は拷問《ごうもん》に等しかった。

「霧が晴れていきます」ホーエンローエ将軍の砲兵隊が陣を置く方角を眼を細くして見つめていたリエンが、しっぽをそわそわと動かしながら言った。この山頂は、ふもとの砲兵隊からも見える位置にある。「このような危険に身をさらしてはなりません。すぐに戻りましょう。それに、必要な報告書はすでに入手していらっしゃるではありませんか」

「わかった、わかった、乳母殿《うば》」ナポレオンが生返事をしながら、ふたたび望遠鏡をのぞいた。「自分の目で見ると、またちがうんだ。測量しなくとも、いま見ただけで、わたしの地図には標高の誤りが五つも見つかった。それにプロイセン軍左翼の騎馬砲兵隊が備えているのは、三ポンド砲ではなく、六ポンド砲だぞ」

「皇帝が斥候兵を兼ねるとは！」リエンがぴしゃりと言った。「部下を信頼できないのなら、彼らの仕事を肩代わりするのではなく、首をすげ替えるべきです」

「このわたしにお説教か！」ナポレオンが憤慨するふりをした。「ベルティエ元帥でも、わたしにそんな口はきかないぞ」

「いいえ、あなたが愚かなふるまいをしたときには、たしなめるべきなのです」リエンが言った。「さあ、行きましょう。プロイセン軍を刺激し、この頂上を占拠されるようなことになっては困るのでしょう？」と、なだめるように言い添えた。

「プロイセン軍はすでに、ここを得る機会を逸《いっ》しているのだぞ」ナポレオンは言った。

「まあいい。おまえの言うとおりにしよう。どのみち、仕事にとりかかる時間だ」ナポレオンはようやく望遠鏡をおろし、まるで生まれてこのかたずっとドラゴンの背に乗ってきたかのような軽い身のこなしで、リエンの差し伸べた丸めたかぎ爪のなかにおさまった。

リエンが飛び立つや、まだそう遠く離れもしないうちから、バーデンハウルがしゃにむにクロイチゴのトンネルをかいくぐった。ローレンスはバーデンハウルのあとにつづいて山頂の空き地に飛び出し、フランス軍をさがそうと、もう一度山頂からあたりを見わたした。霧は消えかかり、たなびくばかりになっている。フランス軍のランヌ元帥率いる軍団が、イエナの周辺に弾薬や食糧などの物資補給所をあわただしく築いているところがはっきりと見えた。

フランス軍兵士たちが、街の焼け焦げた建物の残骸から、遮蔽《しゃへい》用の木材や資材を運び出し、空っぽの囲いを組んでいる。だが望遠鏡を取り出して四方を見わたしても、その隊のほかに、すぐにそれとわかるようなフランス軍の大軍は影もかたちもない。ザーレ川より手前にフランス軍がいないのは確かだ。ナポレオンはいったいどこからフランス軍を連れてきて、攻撃を仕掛けるつもりなのだろう？

「まだいまなら、ナポレオンが軍勢を集結させる前に、この山を占拠できるかもしれない」ローレンスは、半ばバーデンハウルに聞かせるように、半ばひとりごちるように言った。この位置からなら砲兵隊は圧倒的に有利な立場で戦場一帯を攻撃することができる。だからナポレオンがここを押さえようとしても不思議はないのだが、それにしては、彼がいまいる地点とこの山とは離れすぎているのではないか。

そのとき、まるでびっくり箱の蓋があくかのように、ドラゴンたちが彼方《かなた》の森の上空に一斉に姿をあらわした。〈ザールフェルトの戦い〉で遭遇した小型ドラゴンではなく、どの国でも空軍の大半を占める中型ドラゴンだった。ペシュール・レイエ〔縞のある漁師〕種とパピヨン・ノワール〔黒蝶〕種のそれぞれの何頭かが高速飛行に移り、編隊から抜け出した。その一団はイエナの街を占拠しつつあるフランス軍のまんなかに着陸したが、どこか妙な外見をしていた。望遠鏡でさらに詳しく観察し、それぞれのドラゴンが兵士をびっしりと乗せていることがわかった。ドラゴンのクルーだけではない。歩兵隊をまるごと乗せている。絹製の輪状の運搬用ストラップに人間が体をおさめるという、中国で竜を市民の交通手段にするときに採用していた、あのやり方だ。中国で見た光景とのちがいは、あれよりもはるかに大人数が乗っていることだ。

どの兵士も銃と背嚢《はいのう》を装備していた。いちばん体の大きなドラゴンは、百人を下らない人数を運んでいた。ドラゴンたちのかぎ爪のなかも空ではなかった。ドラゴンたちは弾薬車をまるごと、あるいは食糧袋を大量に運んでおり、驚いたことに、生きた家畜を詰めこんだ網袋まで持っていた。

こうして囲い地に放された家畜たちは、ふらふらと動いて塀にぶつかったり、つまずいたりしており、以前にテメレアが山越えの際に持ち運んだ豚と同様、薬物を与えられていることがすぐに見てとれた。ローレンスは、こうしたやり方のいまいましいまでの合理性を愕然《がくぜん》としながら認めた。フランス軍のドラゴンたちが、こうした方法でみずから食糧を持参するのなら、ドラゴンを何頭だろうが戦場まで連れてこられる。ふつうなら、敵の領土に侵攻する際、軍隊が帯同できるドラゴンは数十頭に満たないというのに。

十分間ほどで一千人近い兵士が地上におり立ち、ドラゴンたちはつぎの兵団を迎えるために引き返していった。ローレンスはその輸送距離を五マイルそこそこだろうと見積もった。その五マイルには道がなく、うっそうとした森に覆われ、川が横切っている。軍隊が徒歩でそこを越えてくるには通常なら数時間はかかる。その移動をフランス軍はものの数分でやってのけ、新たな陣地を築いていた。

ナポレオンがどうやって兵士たちをドラゴンに慣れさせ、ドラゴンに乗って移動させるようにしたのか、ローレンスには見当もつかなかったが、それをじっくり考えている暇はなかった。バーデンハウルが言葉にならない声を発して、ローレンスをその場から引き離そうとした。彼方《かなた》に仏空軍の大型ドラゴン、グラン・シュヴァリエ〔大騎士〕とシャンソン・ド・ゲール〔戦いの歌〕の周囲を圧する堂々たる巨体が上昇し、ローレンスたちのいるラントグレーフェンベルク山の頂に向かってきた。そのドラゴンたちは食糧や弾薬ではなく、野戦砲を運んでいる。

ローレンスとバーデンハウルは斜面を転げ落ちるように山頂から逃げた。急峻《きゅうしゅん》な山道を小石を蹴散らしながら滑りおりると、土ぼこりと落ち葉が舞いあがり、顔に貼りついた。そのあいだに、重量級ドラゴンたちが山頂におり立った。斜面を半分おりたところでローレンスは立ち止まり、危険覚悟で振り返った。ドラゴンたちが砲兵大隊の兵士を二、三名ずつ順番におろしていた。兵士たちは地上におりると、すぐに駆け出して、山頂のいちばん張り出した部分に、つぎつぎに大砲を設置しはじめた。ドラゴンの腹側の装具が取りはずされ、大量の砲弾や散弾が荷おろしされていく。

この山頂に砲兵隊がいては、プロイセン軍に勝ち目はない。かといって撤退する余地もない。ナポレオンの目論見どおり、フランス軍の銃砲が飛び交うなかで戦闘がはじまろうとしていた。

14 イエナ・アウエルシュタット

ローレンスがホーエンローエ将軍のテントから出るよりも早く、砲兵隊の将校たちが激論を交わしはじめた。すでに最高速の伝令竜たちが、ブラウンシュヴァイク将軍と国王のもとに向かって飛び立った。ヴァイマルに待機する予備軍を召集するために西に向かった竜も必死の飛行をつづけているはずだ。こうなっては、できるだけ迅速に全軍を集結させ、攻撃を仕掛ける以外に選択肢はない。

ローレンスとしては、もしあのような奇襲というかたちでなかったら、フランス軍の接近を好都合と思っていただろう。テメレアの意見と同じく、先週の一週間、司令官たちはみずから選んだはずの戦争を、そして全プロイセン兵が耐え抜くと覚悟した戦争を、ただひたすら回避することに精を出しているように見えた。臆病風を吹かせて戦いを引き延ばしても、兵士たちの士気を低下させ、兵糧《ひょうろう》を減らし、不運なルイ親王がそうだったように、先遣隊を危険にさらして一隊ずつ壊滅させられるという運命が待ち受けているだけだろう。

いよいよ実戦になるという期待から、それまで陣営に漂っていた倦怠感《けんたい》が一掃され、叩きこまれた規律と訓練がものを言いはじめた。兵士たちのあいだを早足で歩くと、笑い声や軽口を交わす声がつぎつぎに飛びこんできた。どの隊も〝戦闘に備えよ〟の命令に即座に対応した。兵士たちはじっとりと霧に濡《ぬ》れ、飢えに苦しんでいるさなかでも、武器をすぐ使える状態に保っていた。軍旗がはためき、プロイセン国王旗が風にひるがえり、マスケット銃の発砲音のような小気味よい音をたてた。

「ローレンス、早く、急いで！　戦いに置いていかれちゃうよ！」ローレンスが宿営までたどり着かないうちに、後ろ足立ちで伸びあがっていたテメレアが、ローレンスを見つけ、焦った声で呼びかけた。

「きょうはどんなに遅れていっても、あきるほど戦えるさ」ローレンスは、あわてるなとたしなめながら、待ち構えていたテメレアのかぎ爪にすばやく移った。そのまま背まで運ばれ、グランビーが差し伸べた手を借りて、ひらりと定位置におさまる。プロイセン士官も含めてクルー全員、すでに持ち場についていた。信号手の訓練を積んでいるバーデンハウルも、やや緊張の面持ちでローレンスの横にすわった。

「ミスタ・フェローズ、ミスタ・ケインズ、くれぐれも卵をよろしく頼む」ローレンスは地上クルーに呼びかけ、離陸ぎりぎりに搭乗ベルトのカラビナを竜ハーネスに留めつけた。すぐにテメレアが飛び立ったので、フェローズとケインズの返事は聞こえず、手を打ち振る姿がかろうじて見えただけだった。激しい羽ばたきの音で人の声はまったく聞こえない。ローレンスたちは迫り来るフランス軍の前衛部隊と交戦するために、前線を目指して突き進んだ。

それから数時間後、午前中の最初の小競《こぜ》り合いのあと、エロイカが編隊を率いて山《やま》間《あい》の小さな谷におり立った。ドラゴンたちはそこで水を飲み、ひと息ついた。テメレアは疲れも見せず、戦意も落ちてはおらず、それを確かめてローレンスはうれしく思った。しかし、編隊そのものは敵にやりこめられたも同然だった。高台からの砲撃にさらされながら、フランス軍が拠点を固めるのを阻止するのはむずかしい。とはいえ、フランス軍も高台を陣地とした代償は払わされており、プロイセン側には地上軍を展開するだけの余裕が生まれていた。

テメレアとほかのドラゴンたちはけっして気落ちすることなく、むしろ実戦のおかげで奮《ふる》い立ち、さらなる戦いがはじまるという期待に胸をふくらませていた。そのうえドラゴンたちは戦闘から恩恵を受けていた。おおかたのドラゴンが戦場で息絶えた馬を一頭か二頭食べていたので、これまでの長い行軍期間に比べればよほど腹が満たされ、元気がみなぎっていた。

ドラゴンたちは水を飲む順番を待ちながら、谷のあちこちで声を掛け合い、互いの勇敢さを称《たた》え、敵のドラゴンをどんなに痛めつけてやったかを自慢していた。そこにはかなり誇張が交じってはいたが——つまり戦場のいたるところに彼らの手にかかった死体が散乱しているわけではなかったのだが、ドラゴンたちは無邪気に武勇伝を披露する喜びに浸っていた。搭乗クルーはドラゴンに乗りこんだまま水筒や乾パンを回していたが、キャプテンたちだけ集合し、討議することになった。

「ねえ、ローレンス」討議に参加するためローレンスが地上におりると、テメレアが話しかけた。「ぼくが食べているこの馬、すごく変な恰好だ。帽子をかぶってる」

確かに、その馬のぐにゃりとぶら下がった頭部に、奇妙な頭巾《ずきん》状のものがかぶさっていた。その頭巾は馬勒《ばろく》に取りつけられており、非常に軽く、薄い木綿で仕立てられていた。目出し穴があり、目玉を囲むような遮眼用《しゃがん》の堅い木製の筒がはまり、鼻づらの部分は小さな袋で覆われている。テメレアに馬の頭を支えてもらい、短刀で小袋をひとつ切り裂いた。花弁やハーブが入っていた。匂い袋だ。馬の呼気の湿り気と血とでぐっしょり濡れてはいたが、強い草花の香りが立ちのぼった。

「これで馬の鼻を覆って、ドラゴンの臭いに怯えないようにしているにちがいありません」テメレアからおりて、ローレンスとともに匂い袋を調べたグランビーが言った。

「中国ではこうやってドラゴンの近くに騎兵隊を配備しているんじゃないでしょうか」

ローレンスがこの情報を伝えると、デュエルンが言った。「まずい、実にまずいな。つまり、フランス軍はドラゴン部隊の真下で騎兵隊を使うという、われわれにはやれないことをやってのけるつもりなのだろう。シュライツ、将軍たちにこの件を伝えにいってくれ」デュエルンが小型ドラゴンのキャプテンに言った。シュライツがうなずき、自分のドラゴンのところに駆け戻った。


谷間での休憩は十五分にも満たなかったが、空に戻ってみると、地上の様相が一変していた。眼下では大規模かつ全面的な地上戦の火蓋が切って落とされたばかりだ。ローレンスはこんな景色を見たことがなかった。村々や平原や森を含む五マイル四方にわたって、フランス軍が軍団を展開していた。地上は何千、いや何万人もの軍服の緑や赤や青であふれ返り、鉄や鋼が陽光にきらめいている。兵士たちがひと固まりとなって、途方もなく大がかりな群舞のように前線に突入する。その伴奏を務めるのは、馬たちの甲高《かんだか》いいななき、砲弾や弾薬を運ぶ荷車のギシギシガタガタと鳴る音、そして野戦砲のとどろきだ。

「ローレンス、とんでもない数だよ！」テメレアが声をあげた。フランスの大軍勢たるや、ドラゴンでさえ自分をちっぽけに感じてしまうほどなのだ。テメレアももちろん、こんなすごいものには接したことがない。その場で空中停止《ホバリング》して、戦場を食い入るように見つめている。

戦場に灰色の硝煙が広がり、オークや松の林にからみついていた。プロイセン軍の左翼にあたる小さな村の周辺で激しい戦闘がはじまっている。ローレンスの見るところ、一万以上の兵が交戦しているのだが、それでも全体から見ると小さな戦いにすぎない。ほかの場所ではフランス軍がいったん侵攻を止めて、奪取した陣地を守るべく前線の強化に努めていた。そこに配備される騎兵がザーレ川にかかる橋をつぎつぎに渡り、騎兵連隊旗のイヌワシの紋章が金色に輝いている。ドラゴンの背に乗せられてさらに多くの兵士も運ばれてくる。午前に戦いが繰り広げられた場所には、いまも両軍の兵士の遺体が放置されていた。味方の手で葬られるか、そのまま土に還るか、骸《むくろ》たちのたどる運命は、勝敗の行方にゆだねられている。

テメレアが小声で言った。「戦争に、こんな大きなものがあるなんて、知らなかったよ。どこに行けばいいんだろう。味方はずっと遠くにもいるから、みんなを手伝うことはできないよ」

「わたしたちの役割を精いっぱい果たすしかないな」ローレンスはテメレアに答えた。「勝利をもぎとりにいくのは特定の兵士やドラゴンじゃない。それは将軍の仕事だ。わたしたちは命令や信号に充分に注意しながら、求められたことを達成しなければ」

テメレアが不安げにうなった。「でもさ、優秀な将軍がいない場合はどうなるの?」

その質問の鋭さにローレンスはぎくりとした。はからずも頭にすぐ浮かんだのは、ふたつの対照的な光景だ。あのラントグレーフェンベルク山の頂にいた、引き締まった体に輝く瞳を持つ、信念にあふれ、統率力に秀でた男。片や、大型テントにこもって会議と論争に明け暮れ、きりもなく命令を変更しつづける老将軍たち……。

眼下の戦場の後方に、ホーエンローエ将軍の馬上の姿が見えた。髪粉を振りかけたかつらをかぶったホーエンローエは、まったく動くようすがない。副官や配下の兵士らがその周囲で右往左往している。タウエントツィーン、ホルツェンドルフ、ブリュッヒャーの各将軍は、分散した自分の隊のあいだを動いている。ブラウンシュヴァイク公とその隊は、まだ戦場にあらわれていない。いったんは退却したが、それを変更し、あわてて引き返しているところらしい。将軍たちは全員、六十にそう遠くない年齢だった。対するフランス軍の元帥たちは、革命戦争を死に物狂いで戦い抜いてきた強者《つわもの》たちであり、彼らの上に立つ男も含めて、プロイセンの将軍たちより二十歳ほど若い。

「将軍がどうあれ、わたしたちの務めは変わらない。それは誰しも同じなんだ」ローレンスは、頭のなかの埒《らち》のあかない考えを追い払い、テメレアに言った。「たとえ戦略に弱点があろうと、戦場でものを言うのは規律だ。規律が乱れれば、敗北は確実になる」

「それはそうだね」テメレアが飛行を再開した。前方に敵の小型ドラゴンがふたたび姿をあらわし、まだ展開していないプロイセン軍の大隊を襲おうとしていた。エロイカ率いるプロイセン空軍の編隊が方向転換し、そこに急いでいる。「こんなにたくさんの兵士がいるんだから、全員が命令に従わなくちゃどうにもならない。そうしなくちゃ、なんの秩序もなくなってしまう。でも、地上にいる兵士たちは、ぼくらみたいに自軍を見わたすこともできない。全体から見て、自分たちがどんな状況にあるのかもわからないんだね」テメレアがそこで言いよどみ、声を落として心配そうに言い足した。「ローレンス、もしも——もしもだけれど——ぼくらがこの戦いに負けて、フランス軍がまた英国に攻めこもうとしたらどうなるんだろう？　ぼくらはそれを食い止められるだろうか」

「そんなことより、まずはこの戦いに負けないことだ」ローレンスはきっぱりと返した。こうしてふたたび、ローレンスたちは戦場のまっただなかに戻っていった。戦場という壮大な絵画が、何百もの部隊のそれぞれの戦いによって描かれようとしていた。

午後も半ばを過ぎ、戦況がプロイセン側の有利に変わるのが初めて実感された。ブラウンシュヴァイク公の軍が、おそらくはナポレオンが予測したよりもはるかに早く戻り、戦場になだれこんだのだ。ホーエンローエ将軍も、自分が率いる大隊すべてをこの戦いに投入した。その二十大隊はいま平原を整列行進し、フランス軍歩兵隊の先頭軍団に突撃しようとしている。敵の先鋒《せんぽう》は、戦場のほぼ中央に位置する小さな村に身を潜めていると見られる。

敵方の大型ドラゴンが戦いに加わってこないことに、プロイセン軍の大型ドラゴンたちが苛立ちはじめた。テメレアも言った。「こんなのっておかしいよ。あんなちっこいやつらがうろついてるだけなんて。敵の大型ドラゴンはどこにいるんだろう。もっと正々堂々と戦えばいいのに」エロイカが野太いうなりを発して、テメレアに賛同した。エロイカが敵の小型ドラゴンに見舞うパンチも、前より気迫を欠いたものになりつつある。

とうとうプロイセン軍の高速飛行を誇るマオアーフクス〔壁のキツネ〕種の伝令竜が、仲間のドラゴンがフランスの小型ドラゴンと接近戦を繰り広げるなか、危険を冒して敵陣深く偵察に出かけ、急いで戻ってきて報告した。敵の大型ドラゴンたちはすでに兵士の運搬から解放され、食事をとっている。なかには昼寝している竜さえいる——。

「ふふんっ！」テメレアが憤《いきどお》った。「腑抜《ふぬ》けどもめ。戦闘のさなかに居眠りなんかして。どういうつもりだよ」

「けっこうなことじゃないか。大砲を運搬してへとへとになったんだろう」グランビーが言った。

「つまり、つぎに参戦してくるのは、たっぷり休んだあとというわけか」ローレンスは言った。プロイセンのドラゴンはといえば、水分補給のためにごく短い休憩をとっただけで、数時間も滞空している。「わたしたちも交替で休憩をとるべきではないだろうか。テメレア、しばらく地上におりないか?」

「ぜんぜん疲れてない」テメレアが言い返した。「それに、ほら、あっち。またちっこいやつらが悪さを――」そう言うと、ローレンスの返事も待たずにスピードをあげたので、ローレンスたちは足場を失わないようにあわててハーネスにしがみついた。テメレアは、驚いてわめき立てる敵の小型ドラゴン二頭とあわや衝突しそうになった。小型ドラゴンたちは旋回しつつ戦場を見おろしていただけだったが、テメレアから攻撃され、泡《あわ》を食って逃げ出した。

ローレンスが休憩をとるようにもう一度提案しようとした矢先、地上で大歓声があがり、空にいる竜と人も歓声のあがったほうに注目した。プロイセン王国のルイーゼ王妃みずからが戦場に姿をあらわし、砲撃の嵐をものともせず、プロイセン軍の前線に沿って馬を駆っていたのだ。護衛はごく少数の重騎兵のみで、その小さな一団からプロイセン王室旗が尾のようにたなびいていた。王妃は連隊長の軍服を着こみ、羽根飾り付きの角張った軍帽もかぶり、髪は帽子のなかにたくしこんでいた。

プロイセン兵士たちが王妃の名を連呼《れんこ》した。王妃は、ナポレオンのヨーロッパ席捲《せっけん》を阻止しようと訴える、プロイセン主戦派の中心人物と見なされている。戦場における王妃の勇敢さが、プロイセン兵の心に訴えかけないはずがなかった。国王も戦場に出ていたが、国王旗ははるか遠く、プロイセン軍左翼にある。プロイセン軍の前線すべてにおいて、上級将校たちが部下ともども戦火に身をさらしていた。

王妃が戦場を横切るや、即座に命令が下された。さらに最前線の士気を高めるべく酒瓶が回され、兵士たちはつぎつぎにラッパ飲みした。軍鼓《ぐんこ》が打ち鳴らされ、歩兵隊が銃剣を構えて突撃する。兵士たちが荒々しい雄叫びをあげ、フランス兵が潜む村の狭い通りになだれこんでいった。

おびただしい数の犠牲者が出た。敵の狙撃兵が村のあらゆる塀や窓の奥から立ちあがり、容赦《ようしゃ》なく銃火を浴びせ、そのほとんどが命中した。村の目抜き通りを進む兵士たちに銃撃がつづき、いまいましい散弾が致命的な破片となって飛び散った。だがプロイセン兵士たちは不屈の勢いで進みつづけ、農家や納屋や庭や豚小屋に突入し、敵を斬《き》り捨てた。銃声はしだいに弱まっていった。

村が陥落し、フランス軍大隊が村の後方から逃げ出した。統制のとれた退却だったとはいえ、それでもこの日ほぼ初めてのフランス側の退却だった。プロイセン兵が勝ち鬨《どき》をあげ、さらに進んだ。村の向こう端まで行くと、曹長《そうちょう》の号令のもと、ふたたび隊列を組み直し、退却するフランス軍に猛烈な一斉射撃を見舞った。

「ローレンス、すごい成果だね」テメレアが大喜びで言った。「これでもっとフランス軍を追いこめるようになるよね？」

「ああ、そのとおりだ」ローレンスも言いようのない安堵に包まれ、身を乗り出してバーデンハウル空尉と祝福の握手を交わした。「さあ、これからが本格的な戦いだ」

しかしもうそれ以上、地上戦の展開を見守っている余裕はなかった。握手を交わしていたバーデンハウルの手がぎゅっとこわばった。若きプロイセン士官のまなざしの向かうほうに目をやると、ラントグレーフェンベルク山の頂から、フランスのドラゴン軍団が大挙して離陸するところが見えた。ついに重量級ドラゴンたちが参戦したのだ。

待ちに待った敵の出現に、プロイセン軍のドラゴンたちが一斉に歓喜の叫びをあげた。敵が編隊を組んで近づいてくるのを待ちながら、ふたたび気力をみなぎらせ、ここまで参戦を引き延ばしてきた敵を侮蔑《ぶべつ》するせりふを吐き散らした。果敢に自陣を守ってきた敵の小型ドラゴンたちが雄々しく最後の奮闘を見せ、接近してくる味方の大型ドラゴンの煙幕となるべく、プロイセン軍のドラゴンの頭の周囲を目まぐるしく飛びまわり、視界を妨げ、翼で顔をはたいて注意を逸らさせようとした。プロイセン軍の大型ドラゴンたちはもどかしげに鼻を鳴らし、四方にかぎ爪を振るい、小さい竜たちをやり過ごしながら、首を伸ばして、迫ってくる大型ドラゴンのほうを見ようとした。ぎりぎりまで粘っていた小型ドラゴンたちがようやく離れていったとき、ローレンスは初めて敵のドラゴンたちがまったく編隊を組まずに向かってくることに気づいた。

いや、まったくではない。ほとんど編隊を組まずに、だ。編隊はひと組だけで、もっとも単純なくさび形の隊形をとっていた。ただし、隊を構成するのはすべて超弩《ちょうど》級《きゅう》の重戦闘竜だ。

先頭はグラン・シュヴァリエ〔大騎士〕。エロイカよりも細身だが、たくましい肩幅で勝っている。あとにつづく三頭のプティ・シュヴァリエ〔小騎士〕種はテメレアより大きい。その後ろに並ぶ六頭のシャンソン・ド・ゲール〔戦いの歌〕種はテメレアよりやや小さく、オレンジ色と黄色の斑《ぶち》という派手な外見が戦場には似つかわしくない楽しげな風情を漂わせていた。どのドラゴンも、単独で編隊のリーダーを務められるほどに大きい。だが個別に隊はつくらず、巨体ばかりの無骨《ぶこつ》な集団をかたちづくり、中型ドラゴンのばらばらの大群に囲まれている。

「ううむ、あれは中国式の編隊飛行とはちがいますね」グランビーが敵竜に目を凝らしつつ言った。「――いったいやつら、なにをたくらんでいるんだろう?」ローレンスも敵の意図が読めず、かぶりを振った。中国ではドラゴンの閲兵式《えっぺいしき》に何度か立ち会ったが、ドラゴンたちはまるで人間の歩兵隊のように縦横に整列して編隊飛行を行い、けっしてあのような乱雑な飛び方はしなかった。

エロイカ率いるプロイセンの編隊が、味方の戦列の中央を占めた。エロイカがうなりをあげて突進し、けたたましい挑発の叫びをあげるグラン・シュヴァリエを迎え撃とうとする。エロイカの両肩から、プロイセン国旗が第二の翼のごとくたなびいた。両軍とも近づくほどに飛行速度をあげ、あと数マイル、数ヤード、数フィート、ついに激突寸前というとき、エロイカが憤怒《ふんぬ》とともにさっと首をめぐらした。敵の大型ドラゴンたちがつぎつぎにエロイカの横をすり抜け、中型ドラゴンたちの固める隊の両翼に突っこんでいったのだ。

「腰抜け《ファイクリング》！」と声をかぎりに怒鳴るエロイカを尻目に、敵のドラゴンたちがかぎ爪を振るって、隊の両翼を守るドラゴンを追い散らした。味方から引き離されたエロイカが、攻撃にかかろうとしたそのとき、敵の中型ドラゴン三頭が、エロイカと編隊のほかのドラゴンとの空隙《くうげき》に割りこみ、エロイカの両脇にぴたりとついた。大きさでエロイカに太刀打《たちう》ちできない三頭は直接攻撃を加えようとはしなかった。いや、最初からそのつもりではなかったのだ。

敵の三頭ともが背中に兵士をぎっしりと乗せており、三頭から総勢二十名は下らない斬りこみ隊員が、エロイカの背につぎつぎに飛び移った。片手には剣やピストル、そしてもう片方の手でエロイカのハーネスにしがみついている。

エロイカの搭乗クルーが、斬りこみ隊という新たな脅威に、すばやく対処した。すべての射撃手が銃を構え、マスケット銃の発砲音が響き、振りあげられた敵の刃に銃弾が当たって高く澄んだ音をあげた。濃い硝煙が流れて消えた。エロイカがキャプテンの身を案じて空中で体をねじり、手足をばたつかせ、なにが起きているのかを見定めようと首を振り動かす。

エロイカのそうした動きによって、敵の斬りこみ隊がつぎつぎ振り落とされ、宙でもがきながら落下していった。しかし生き残った者たちは、すでにエロイカのハーネスにカラビナを留めつけて安全を確保していた。しかも、落ちていった者たちのなかにはエロイカのクルーも交じっていた。そこから生じた混乱が、フランス側に有利に働いた。激しい揺れのあいだ互いにしがみついて身を支え合っていたフランス軍空尉二名が、激しい揺れによってエロイカのクルーがなぎ倒された隙を見逃さず、前方に身を躍らせ、八名分ほどの搭乗ストラップを叩き斬り、奈落の底へと転落させた。

斬りこみ隊がエロイカの首の付け根に押し寄せた。そこからの戦いは苛烈《かれつ》だったが、長くはなかった。キャプテン・デュエルンが敵二名を撃ち殺し、もうひとりに剣を深く突き刺した。が、剣が敵の胸から抜けず、落ちていく死体もろとも剣を失った。すかさず敵の士官がデュエルンを羽交い締めにして、剣の刃を喉にあてがい、エロイカに「あきらめろ！《ゲーベン・ズィ・オーベン》」と呼びかけた。すでに別の敵兵がプロイセン国旗をおろし、同じ場所に三色旗を掲げていた。

エロイカが敵に囚《とら》われたのは痛恨《つうこん》の極みだったが、それを未然に防ぐことは誰にもできなかっただろう。テメレアもまた、同じように兵士を満載した中型ドラゴン五頭に、執拗《しつよう》に追いまわされていた。テメレアのスピードも敏捷《びんしょう》な動きもすべて敵ドラゴンを避けることに費やされた。ときどき数名の敵兵が、たいして距離が近づいてもいないのに、決死の跳躍でテメレアの背に移ってきた。だがその数は少なく、テメレアがすぐに身をくねらせて敵兵を振り落とし、あるいは背側乗組員《トップマン》が剣やピストルで倒して事なきをえた。

だが、ついに大胆不敵なオヌール・ドール〔黄金の栄光〕種の一頭が、テメレアの頭部を目がけてまっしぐらに突っこんできた。テメレアが本能的に頭をさげ、オヌール・ドールがさっと頭上を通過したその一瞬、敵の腹側乗組員《ベルマン》二人がハーネスをはずし、テメレアの首の付け根に飛びおりた。士官見習いのアレンが落ちてきた敵兵の下敷きになり、押し倒されたローレンスとバーデンハウルの搭乗ベルトと手足がもつれ合った。ローレンスは片手でやみくもにつかめるものをさぐった。バーデンハウルがとっさに豪胆さを発揮して、身をもってローレンスを敵から守ろうとしたために、ローレンスが立ちあがるじゃまになっていた。

だがバーデンハウルの行動は結果的に正しかった。ローレンスの腕にバーデンハウルがうめきをあげてもたれかかった。肩を貫通した傷口から血が流れ出し、黒々と軍服を染めていく。その攻撃を仕掛けたフランス兵が剣を引き抜き、ふたたび剣を振りあげた。が、そこにグランビーが絶叫とともに体当たりし、ほかの数名の敵もろとも後ろに何歩か押し戻した。ローレンスはそれでようやく体勢を立て直し――だがつぎの瞬間には、驚愕《きょうがく》の叫びをあげていた。搭乗ベルトをはずして敵を攻撃していたグランビーの両腕を、ふたりのフランス軍士官ががっちりとつかみ、グランビーの体をテメレアの背から投げ落としたのだ。

「テメレア！　グランビーが！」

足もとが抜け落ちるような感覚があり、テメレアが体を直角に折って頭を下に向けると、翼を打ち振り、グランビーを追って猛然と急降下をはじめた。吐き気や目眩《めまい》をもよおすほどのスピードだった。息さえもつけない。ぼやけて見える地面がみるみる迫ってきた。戦場の間近まで降下すると、弾丸が空を切る、蜂の羽音のような音がそこらじゅうから聞こえてきた。そして突然、テメレアが急旋回で上昇に切り替え、地面から離れていくとき、しっぽで細いオークの若木を粉砕した。ローレンスは片手を交互に伸ばしてストラップをつたってテメレアの肩の端まで行き、下をのぞき見た。

竜のかぎ爪のなかにグランビーが横たわっていた。喘《あえ》ぎながら、鼻から流れ出る血を止めようとしている。

ローレンスは転がり起きて、中国刀に手をかけた。フランス人士官たちがまたもローレンスを狙っていた。最初に襲いかかってきた士官の顔面に、刀のつか頭を容赦なく叩きこむと、手袋をはめたこぶしに骨の砕ける感触が伝わった。鞘《さや》から刀身を抜き、もうひとりの士官に斬りかかる。テメレアから贈られた中国刀で生身の人間に一撃を加えるのは、これが初めてだった。さしたる抵抗もなく、すっぱりと、刀は士官の首を刎《は》ねた。

ローレンスは、しばし虚脱状態となって、首のない死体をぽかんと見つめた。死体の手がまだ剣を握りしめていた。そこでようやくアレンが跳ね起きて戦いに戻り、フランス軍士官たちの搭乗ストラップを切断した。ふたつの死体が落下していくと、ローレンスはわれに返った。あわてて刀の血をぬぐい、鞘に戻す。力が抜けたように重い体を引きずって、テメレアの首の付け根の定位置に戻った。

フランス空軍が、エロイカで成功した作戦をほかの編隊にもつぎつぎに試みていた。大型ドラゴンたちが一斉に編隊両翼に体当たりしてリーダーを孤立させ、斬りこみ隊を乗せた中量級ドラゴンが襲いかかるための手助けをしている。エロイカが落胆しきって、疲れたようすで飛び去っていった。だが、敵の捕虜になったのは、エロイカだけではなかった。プロイセン軍の大型ドラゴンのほかの三頭も、エロイカのあとにつづいていた。四頭ともひどくゆっくりと羽ばたくせいで、羽ばたきと羽ばたきのはざまに少しずつ高度が下がっていく。

リーダーを失った編隊のドラゴンたちは、運命の激変を受け入れきれず、あてもなく飛びまわっていた。本来ならば、リーダーを奪われた編隊のドラゴンはただちにほかの隊の掩護にまわるはずなのだが、リーダーなき大半のドラゴンが、敵に翻弄《ほんろう》されて互いの進路をじゃまし合っていた。フランス軍の重戦闘竜たちがふたたび集結し、残っているプロイセン軍のドラゴンたちを何度でも荒々しく追い散らし、その背に乗った射撃手がプロイセン軍のクルーを片っ端から狙い撃った。クルーたちが雹《ひょう》のごとくぱらぱらと落ちてゆき、その被害があまりに甚大《じんだい》だったため、何頭かのドラゴンがわめき叫び、キャプテンや残ったクルーを救おうと、斬りこみ隊員に乗りこまれないうちから切羽《せっぱ》詰まって投降した。

プロイセン軍の残る三組の編隊は、仲間の悲惨きわまりない状況にうろたえ、それぞれの隊で互いに寄り添いながら、リーダーを守っていた。だが編隊に割りこもうとする敵の動きは阻止できても、敵から距離を詰められ、陣地を明け渡していた。絶え間ない敵の攻撃にしだいに遠くへ追いやられ、テメレア自身の状況も危うくなりつつあった。敵からの銃撃はやむことがなく、絶えず身をよじり、あちこちに方向を変えねばならない。テメレアの背から射撃手《ライフルマン》たちが一斉射撃で必死の反撃を試み、全員が精いっぱい迅速に弾込めをした。その手順が乱れないように、リグズ空尉が射撃演習時にかける号令を叫んでいる。

テメレアの体を保護するうろこや鎖《くさり》かたびらは、流れ弾なら大半は跳ね返すことができた。しかし、それでも弾丸が一発、また一発と、翼の薄い膜を貫通したり、体表に刺さったりした。テメレアは戦闘のもたらす興奮から小さな怪我には気づかず、力を振り絞って捕虜にされまいと戦った。しかしローレンスには、早晩、自分たちにも戦場から逃げるか捕虜になるか、二者択一の運命が待ちうけていることが予感できた。苦々しいことだが、今朝から長時間つづく戦いが、テメレアの体力をしだいに奪い、動きに切れが失われつつある。

戦場から離れることなど、退却せよとの命令もなしに敵前逃亡することなど、ローレンスには想像もできなかった。けれどもプロイセン空軍じたいが退きはじめており、もしここで撤退しなければ、捕虜になるという最悪の事態を招くだけでなく、ドラゴンの卵までまず間違いなく敵の手に落ちることになってしまうだろう。かつてフランスからテメレアの卵を奪ったローレンスだが、その報復を受けるのはまっぴらだった。テメレアに引けと声をかけようとしたそのとき、ローレンスにとっては、自分の良心にそむかずにすむチャンスが向こうからやってきた。妙なる調べのようでも恐怖の旋律のようでもある高らかな咆吼が響き渡り、あっという間に敵のドラゴンが姿を消した。テメレアは数回ぐるぐると旋回し、ほんとうに危険が去ったのかどうかを確認した。それからようやく、前方でなにが起きているのかをローレンスが確認できるように、危険を承知で空中停止《ホバリング》した。

響き渡ったのはリエンの声、リエンがドラゴンたちにかけた号令だった。リエン自身は戦闘に参加していなかったが、いまはフランスのドラゴンたちが組んだ隊列の後方でホバリングしていた。ハーネスはつけず、クルーも乗せていない。ひたいを飾る大粒のダイヤモンドが夕陽を受けて炎のようなオレンジ色に染まり、毒々しい緋色の眼と同じくらい強い輝きを放っていた。リエンがふたたび声を響かせると、地上でそれに応えるように軍鼓が打ち鳴らされた。フランス軍の地上の隊列から信号弾があがり、山の頂では葦毛《あしげ》の軍馬に乗ったナポレオンが戦場を見わたしていた。その後方で、皇帝の身を案じる皇帝親衛隊の鎧《よろい》の胸当てが夕陽を浴びて黄金色に輝いている。プロイセン空軍の編隊は散開するか退却するかを余儀なくされており、空中戦ではフランス側が圧倒に優勢だった。そしていま、フランスのドラゴンたちはリエンの号令のもと、全頭が横一列に並ぶ隊形を組みつつある。地上では、ひと固まりになっていたフランス軍騎兵隊が、一斉に、二手に分かれ、戦場のそれぞれの端に向かった。どの馬も全力で疾駆《しっく》している。歩兵隊も同様に、マスケット銃を放ち、大砲による攻撃を継続しながらも前線から退いていく。

リエンが高度を上げて、大きく息を吸いこんだ。鋼《はがね》の冠《かんむり》の奥で冠翼が大きく立ちあがり、脇腹が強い風を受ける帆のようにふくらんだ。リエンがかっと口を開き、そこからすさまじい〝神の風《ディヴァインズ・ウィンド》〟がほとばしった。なにかを狙ったわけではない。敵ひとり倒していない。プロイセン兵にはただの一撃も加えていない。

しかし〝神の風〟のおぞましいほどの威力は、この世のすべての大砲が一斉に発射されたかのような耳鳴りをそこに居合わせた全員にもたらした。テメレアがまだ二歳にもなっていないのに対し、リエンは三十歳にはなっているだろう。体格はテメレアよりやや大きいだけだが、経験は比較にならないほど数多く積んでいる。リエンの〝神の風〟は、その体の大きさから生まれる底力だけでなく、ある種の反響を伴っていた。波のようなうねりを持つ響きが咆吼を永遠にも思えるほど引き延ばしていた。戦場のありとあらゆる隊で、兵士たちがよろめきながら後じさった。プロイセン軍のドラゴンたちは体を丸めて身を守った。〝神の風〟に慣れているローレンスやテメレアのクルーでさえ、本能的にさっと身を引き、搭乗ベルトがぴんと張りつめた。

それにつづいて訪れた完璧な静寂を乱すものは、驚愕の小さな叫びと、戦場に傷つき倒れている兵士たちのうめき声だけだった。だが咆吼の残響がやまないうちに、一列に並んでいたフランスのドラゴンたちが頭をもたげ、声をかぎりに吼え、大地に向かって急降下した。ドラゴンたちは地面に激突する寸前でさっと身をひるがえしたが、数頭のドラゴンが上昇に失敗し、投げ出されるように地面にぶつかり、苦悶の叫びとともに転がりながら、プロイセン軍の隊列を広範囲にわたって押しつぶした。激突をまぬがれた残りのドラゴンたちは、地面すれすれをかすめていくとき、かぎ爪を振るい、尾を打ちつけ、リエンの咆吼に肝をつぶして無防備になったプロイセン軍の歩兵をなぎ倒していった。ドラゴンたちがふたたび空の高みに戻ったとき、地上には血まみれの死体の山が築かれていた。

プロイセン軍に激しい動揺が走った。敵ドラゴンが前線の兵を襲撃しないうちから、後衛の兵士たちがパニックに陥り、とにかく戦場から逃れようとして大混乱に陥った。兵士たちは押し合いへし合い、てんでに逃げ出そうとした。フリードリヒ・ヴィルヘルム三世があぶみに足をかけて立っていた。狂乱状態になり後脚で立ちあがろうとする軍馬を、国王が落馬しないように、兵士が三人がかりで押さえつけている。

国王がメガホンをつかんでなにかを命じ、信号旗が打ち振られた。「〝退却せよ〟と」バーデンハウルがローレンスの腕をつかんで言った。感情を殺した声だったが、バーデンハウルの汚れた顔に涙の筋が光っていた。自分が泣いていることにさえ気づいていないようだ。眼下の戦場に、血まみれでぐったりとなりテントに運びこまれるブラウンシュヴァイク公の姿があった。

だが兵士たちの耳に命令は届かなかった。たとえ聞こえたとしても従う気もすでになかったことだろう。それでも一部の大隊はなんとか方陣を組んで防衛し、兵士たちが銃剣を立ててぎっしりと整列した。だが、ほかの大半の兵士は、たいへんな苦労の末に獲得した村や森を捨て、ただやみくもに走って逃げた。フランスのドラゴンたちが地上におり立ち、血の飛び散った脇腹を上下させながら、休みをとった。すると、高台から騎兵隊やら歩兵隊やらがぞくぞくとおりてきて、ドラゴンたちのかたわらを通り過ぎた。フランス兵たちが高らかに勝利の歓声をあげた。こうして、プロイセン軍の崩壊と敗北は決定的になった。

15　脱走と呼ばれるよりは

「いや、だいじょうぶ」宿営のテントのなかに寝かされたグランビーが、しわがれた声で言った。「かまわないでくれ。頭ががんがんするだけ。ちょっとまいってるだけだから」しかし言葉とは裏腹に、体が震え、気分が悪そうだった。携帯用の固形スープを溶かしたものを飲もうとしたが、すぐに吐いてしまった。そこでクルーたちはしかたなく、グランビーにもう一度ラム酒を与えることにした。グランビーは、ひと口かふた口飲んだだけで、眠りに落ちた。

ローレンスは、敵に捕獲されたドラゴンの地上クルーたちも、乗せられるだけテメレアに乗せて、ここを発つつもりだった。だが多くのクルーは事態を受け入れられず、同行を拒否した。この陣営は戦場からかなり北に隔たっていたため、誰ひとりその日の戦いを見ていなかったのだ。バーデンハウルが粘り強く説得にあたったが、みなの声がしだいに大きく、とげとげしくなった。

「ぎゃあぎゃあ騒ぐな」竜医のケインズがぴしゃりと言った。ケインズのかたわらで、テメレアの地上クルーが、丁寧に布でくるんだドラゴンの卵を、竜の腹側の装具に積みこんでいる。「カジリク種の卵は、もう言葉が理解できるほど成長している」ケインズが声を潜めてローレンスに言った。「なかにいる大事な竜の子を怯えさせることだけは避けたい。おどおどしたやつになっちまうからな」

ローレンスは険しい顔でうなずいた。そのとき、テメレアがのっそりと地面から顔をあげ、暮れゆく空を見あげた。「上空にフルール・ド・ニュイ〔夜の花〕がいる。羽ばたきが聞こえる」

「乗るのを拒否しているクルーたちに、ここに残ってずたぼこにされるか、いますぐテメレアに乗るか、ふたつにひとつだと言ってくれ」ローレンスはバーデンハウルに言うと、自分のクルーに搭乗するよう手振りで促した。こうして、テメレアにぎっしりと乗りこんだ一行は、冷えきって、疲れきって、イエナの北に位置するアポルダの町はずれにおり立った。

アポルダの町は、ほとんど廃墟《はいきょ》と化していた。窓ガラスが粉々に割れ、ワインやビールが側溝に垂れ流され、家畜小屋も納屋も家畜囲いもすべて空っぽだった。通りを歩いているのは酔っぱらった兵士ばかり。みな血まみれで軍服はずたずた、いまにも因縁《いんねん》をつけてきそうなほど険悪だった。ローレンスは、町でいちばん大きな宿屋の入口で、片腕に顔を埋《うず》めて子どものように泣いているひとりの兵士の横を通り過ぎた。兵士はもう一方の腕を失い、傷口をぼろきれで縛っていた。

宿屋には数人の下士官がいるだけだった。誰もが負傷するか、疲労でぐったりしていた。フランス語を話せる兵士がローレンスに言った。「ここを離れてください。明朝にはフランス軍がやってくるでしょう。国王陛下はゼメルダに行かれました」

ローレンスは宿屋の裏手にある貯蔵室で、無傷のワインボトルが並ぶ棚と、ビール樽をひとつ見つけた。プラットがビール樽を肩に担ぎ、ポーターとウィンストンが腕いっぱいにワインボトルを抱えて、みなで宿営に戻った。テメレアが落雷で枯れたオークの木を砕き、クルーがそれを薪にして、火をおこしていた。テメレアが焚き火を丸く囲むように身を横たえ、その脇腹にぎっしりと人がもたれている。

人間たちはワインを分け合い、ビール樽を割ってテメレアが飲めるようにしてやった。すぐまたここを発たなければならないとはいえ、ささやかな宴《うたげ》がせめてもの慰めになった。ローレンスは心を決めかねていた。テメレアは疲弊しきって、まぶたを重そうにしてビールを飲んでいる。その肉体の疲労こそが危険だ。もしいま、フランスの哨戒《しょうかい》ドラゴンに襲われたら、はたしてテメレアがすばやく上昇して逃げることができるのかどうか心もとない。「ここを出なければいけないんだ、テメレア」ローレンスは、ささやかな宴のあとで、やさしく尋ねた。「なんとか飛べそうかい?」

「うん、ローレンス。へっちゃらだ」テメレアはそう言いながら懸命に立ちあがったが、小さな声で尋ねた。「すごく遠くまで行くの?」

わずか十五マイルの飛行がいつもより長く感じられた。やがてゼメルダの町と町はずれの大きなかがり火が闇のなかからあらわれた。プロイセン軍のドラゴン数頭が地上から不安げに見あげるなか、テメレアはかがり火をたよりに、ドラゴンの宿営として使われている平原にどすんと着地した。

そこにはすでに、小型ドラゴンたちと数頭の伝令竜、中型ドラゴン二頭がいたが、全頭そろった編隊はひとつもなく、大型ドラゴンの姿はなかった。小さなドラゴンたちがこれは心強いとばかりに、テメレアの周囲にそそくさと集まり、夕食に与えられた馬の死骸の分け前をそっと押して寄こした。しかし、テメレアはほんの少し肉をかじっただけで、あまりの眠気にへたりこんでしまった。ローレンスはテメレアをそのまま眠らせておいた。たくさんの小型ドラゴンたちが、テメレアの脇腹にもぐりこんでいった。

ローレンスは駐屯地をもっと居心地よくするものがないかクルーにさがしにいかせ、自分はひとりで平原を突っ切って町まで歩いた。静かな美しい夜だった。秋霜《しゅうそう》がおりるほどの寒気に星々がさえざえと輝き、吐く息が白くなっていた。今回の戦いでは敵兵と斬り結ぶようなことはそれほど多くはなかったのに、体じゅうが痛んだ。首や肩のあたりに熱をもった痛みがあり、両脚がこわばって、足の運びがぎくしゃくした。歩きながら痛む部分をほぐしていった。馬小屋の横を通り過ぎるとき、柵囲いに詰めこまれた騎馬隊の疲れきった馬たちが、頭をもたげ、不安げにいないないた。ローレンスの体から竜の臭いがするせいだろう。

プロイセン陸軍のほとんどの兵士が、まだゼメルダに到着していなかった。大半の兵士は徒歩で逃げているので、今夜歩き通してようやく町にたどり着くのではないかと思われた。もちろん、ここに来るつもりがあればの話だが。ゼメルダの町はまだ略奪に遭っておらず、ある程度の秩序は保たれていた。負傷者たちのうめき声が聞こえ、小さな教会に野戦病院が設けられているのがわかった。町でいちばん大きな建物の外に、国王の護衛を務める軽騎兵隊がこんな状況でもきちんと整列していた。その建物は要塞ではなく、堅牢で見栄えのよい邸宅にすぎなかった。

ほかの飛行士はひとりも見つからなかった。キャプテン・デュエルンがエロイカとともに不運にも捕虜となったので、報告すべき上官もいない。戦いのさなかにはタウエントツィーン将軍率いる部隊の掩護に回ったり、ブリュッヒャー司令官の指揮下で動いたりもしたが、誰に尋ねても、両人ともゼメルダにはいないということだった。とうとうホーエンロー工将軍のもとにたどり着いたが、将軍は会議中だった。若手の副官が、彼の重責を思いやってもなお許しがたい横柄《おうへい》な態度で、ローレンスを会議の行われている部屋の前まで連れてゆき、ここで待つようにと廊下を指差した。椅子ひとつない廊下で、ローレンスは時折り洩れてくるくぐもった声を聞きながら三十分ほど待った。しかしとうとう壁にもたれ、床にすわりこみ、脚を投げ出し、眠ってしまった。

誰かがドイツ語で話しかけていた。「いや、もうけっこう」ローレンスは寝ぼけたままそう言って、目をあけた。女性が思いやりのこもった、だがどこかおもしろがるような表情でこちらを見おろしている。二名の近衛兵がそばに控えており、ローレンスはその女性がプロイセン王国の王妃であることにはっと気づいた。「あっ、失礼……」うろたえながらあわてて立ちあがり、フランス語で許しを乞うた。

「そのままでよい。気遣いは無用です」王妃がそう言って、ローレンスを興味ぶかそうに見つめた。「でも、あなたはここでなにをしているのです?」ローレンスが事情を説明すると、王妃は扉をあけてなかをのぞきこんだ。ローレンスは決まりが悪かった。王妃に言いつけたと思われるくらいなら、もっと待たされているほうがましだ。

ホーエンローエ将軍の声がドイツ語で王妃に答えると、王妃がいっしょに入るようにと手招きした。室内は暖炉が燃えて、壁にかけられた厚いタペストリーが、部屋の温もりが石壁に奪われるのを防いでいた。室内の暖かさがローレンスにはただただありがたかった。廊下に長くいたせいで、体がかちこちになっていた。プロイセン国王、フリードリヒ・ヴィルヘルム三世が、暖炉に近い壁にもたれて立っていた。ひどくやつれて見えた。王妃ほど顔立ちが整っているわけでも、生き生きとしているわけでもない。薄い唇の上に細い口ひげを生やし、面長で顔色が悪く、ひたいがかなり後退していた。

地図で埋めつくされた大きなテーブルのそばに、ホーエンローエ将軍が立っていた。

リュッヘル将軍、カルクロイト将軍、数名の参謀将校の姿もある。ホーエンローエがまじろぎもせずにローレンスを見つめてから、「なんと、まだここにいたのか」と絞り出すように言った。

ローレンスには一瞬、その意味が理解できなかった。ホーエンローエは、ローレンスがゼメルダに着いたことさえ知らなかったはずだ。だがいきなり合点がいき、怒りがこみあげた。「おじゃまだったようで失礼しました。わたしが任務を放棄して脱走すると踏んでおられたのなら、喜んでそうしましょう」

「いや、そういう意味ではない」ホーエンローエが、いくぶんおろおろして言い足した。「だが脱走したとしても、いったい誰がきみを責められようか」ホーエンローエは片手で顔をこすった。かつらがくしゃくしゃに乱れ、灰色に薄汚れていた。ローレンスは、身繕《みづくろ》いを忘れた伊達男《だておとこ》のことを少し気の毒に思った。

「報告にうかがっただけです、閣下」口調をやわらげて言った。「テメレアはたいした怪我は負っておりません。負傷者は三名、死亡者はなし。またイエナから地上クルー四十名ほどと、その装備を運んできました」

「ハーネスや鍛冶炉《かじろ》もか?」カルクロイト将軍がすかさず顔をあげて尋ねた。

「そうです、閣下。ですが炉のほうは、われわれチームの炉のほかにはふたつだけです。重すぎて、それ以上は運べませんでした」

「いや、それでも、大いに助かる。ありがたい」カルクロイトが言った。「こっちのハーネスの半分くらいは、壊れかけているんだ」

このせりふを最後に誰も口をきかなくなった。ホーエンローエは地図をひたと見すえているが、地図を見ながら案をめぐらしているようでもない。リュッヘル将軍はいつのまにか椅子にかけており、陰気な疲れた顔をしていた。王妃は国王のそばにいて、ドイツ語でひそひそと話している。ローレンスは退出を願い出るべきだろうかと迷ったが、一同が口をつぐんでいるのは自分がここにいるからでもなさそうだった。極度の疲労が重苦しい空気となって、部屋をどんよりと包んでいた。いきなり国王がかぶりを振り、一同に向き直った。「やつは、どこにいる?」

それが誰なのかは問うまでもない。「エルベ川の南のどこかです」若手の参謀将校がぼそりと言った。沈黙の支配する空間にその声がやたら大きく響き、将校はみなの鋭い視線を集めて顔を赤らめた。

「間違いなく今夜はイエナです、陛下」リュッヘル将軍はそう言いながらも、まだ将校をにらんでいた。

おそらくは国王だけが、若手将校の分《ぶ》をわきまえない発言を気にしていなかった。

「休戦を申し入れてくるだろうか」

「あの男がですか？　いいえ、あの男が、一瞬であろうと、休戦など望むものですか」ルイーゼ王妃が嫌悪もあらわに言った。「こちらの名誉を保つような協定を選ぶはずがありません。あの成りあがり者にひれ伏すくらいなら、ロシアの庇護《ひご》を受けたほうがましというものです」ホーエンローエのほうを振り向き、尋ねる。「つぎの手は？　なにかあるはずでしょう？」

ホーエンローエが気力を振り絞って地図をのぞき、いくつかの守備隊や分遣隊《ぶんけんたい》のいる土地を指差し、それらの予備軍を結集させるという方策を、フランス語とドイツ語を交えて語った。「ナポレオンの軍隊は何週間も行軍してきて、一日じゅう戦っています。したがって、フランス軍が追撃態勢を整えるまで、こちらには数日の猶予があるはずです。おそらくわがプロイセン軍の大半はイエナから脱出し、この経路でエルフルトに向かうはずであり、その兵を集めて退却し――」

石敷きの廊下に軍靴の重々しい足音が響き、荒々しいノックの音があり、ブリュッヒャー司令官が入室の許可も待たずに入ってきた。「フランス軍がエルフルトに侵攻しました」ブリュッヒャーはなんの前置きもなしに言った。ローレンスにも理解できるような、ぶしつけだが簡明なドイツ語だった。「ミュラ元帥がドラゴン五頭、兵士五百人とともにエルフルトにおり立ち、街を降伏させました。あのクソどもが――」汚い言葉を吐いたことにうろたえ、ひげのなかに埋もれた顔を真っ赤にした。王妃が部屋にいることにようやく気づいたのだ。

その部屋に居合わせた者たちは、ブリュッヒャーの不作法などより、その新しい情報で頭がいっぱいになった。みなが狼狽《ろうばい》してざわめき、参謀将校のあいだで散乱した書類や地図の奪い合いが起きた。会話の大半がドイツ語なので、ローレンスには話の内容まではつかめなかったが、一同が言い争っていることは充分に伝わってきた。

「騒ぐでない！」国王が声を張りあげた。争いの声が静まり、しんとなる。「わが軍の兵力は？」国王はホーエンローエ将軍に尋ねた。

それまでよりも静かに書類がめくられ、しばし時間が費やされて、さまざまな分遣隊の人員が集計された。「ザクセン＝ヴァイマル公国に一万の兵がいます。エルフルトの南あたりかと」ホーエンローエが書類に目を通しながら言った。「ハレに一万七千。ヴュルテンブルクが指揮する予備軍です。さらにここゼメルダには、イエナから逃れてきた兵が八千ほど。数はさらに増えつづけるでしょう」

「フランス軍に追いつかれていなければの話だがな」誰かがぼそぼそと言った。戦死したブラウンシュヴァイク公の参謀長、シャルンホルストだった。「敵の動きが速すぎます。ためらっている暇はありません。陛下、残った兵にすぐさまエルベ川を渡らせ、ただちに橋を焼き落とすべきでしょう。さもなくばベルリンを失います。いますぐにでも伝令竜を飛ばさなければ」

この発言によって、またもかまびすしい議論がはじまった。部屋にいるほぼ全員がシャルンホルストをこきおろした。誰もが相手を論破する行為に荒ぶる感情のはけ口を求めていた。誇り高き男たちの名誉が、その祖国の名誉が泥にまみれ、不倶戴天《ふぐたいてん》の敵から恐怖と恥辱の洗礼を受けたのだ。そんな苦境のなかで、みなが一様に荒ぶり、ひたひたと近づく敵の気配を感じとっていた。

ローレンス自身も、戦場から撤退して多くの土地をむざむざと敵に渡すことに、言い知れぬ屈辱を覚えた。フランス軍と戦わずして多くの土地を渡してしまうなど、もってのほかだ。ナポレオンという男が、まるごとむさぼりつくせる皿があるときに、ひと口だけで満足するようなことはない。あれほど多くのドラゴンを引き連れていたのだから、橋を破壊したところで、敵にとっては痛くも痒くもないだろう。それどころか、プロイセン軍が万策《ばんさく》尽きたことをさらけ出すようなものだ。

騒ぎのなか、国王がホーエンローエを手招きし、窓辺に連れていって話しはじめた。ほかの者たちが怒鳴り合いにかまけているあいだに、ふたりが話し合いをすませてテーブルに戻ってきた。「今後は、亡きブラウンシュヴァイク公に代わって、ホーエンローエ侯爵が総指揮をとる」国王が厳かな決然たる声音《こわね》で言った。「マグデブルクまで兵を引き、軍勢をひとつにまとめる。そこでエルべ川の防衛線をどう組織すべきか最善策を検討する」

これに応えて服従と同意の低い声があがり、国王が王妃を伴って部屋から出ていった。ホーエンローエ将軍が命令を下しはじめた。急送文書とともに部下を送り出し、上級将校たちが必要な差配のために出ていった。ローレンスはといえば、眠くてたまらず、待たされつづけることにうんざりしていた。室内に一部の参謀将校が残るばかりとなってもなお、なんの命令もなく、退出せよとも言われない。ホーエンローエがまたも地図をにらみはじめたので、ついにしびれをきらして進み出た。

「閣下」と呼びかけ、ホーエンローエを振り向かせた。「どなたに報告したらよいかご指示を。さもなくば命令を」

ホーエンローエが、またもぼんやりとローレンスを見つめた。「デュエルンもシュリーマンも敵の捕虜になった……」やや間をおいて、「アーベントもだ。ほかに残っている者は？」と尋ねながら、あたりを見まわす。側近たちは答えに窮《きゅう》していたが、ようやくひとりが口を開いた。「ゲオルクは……どうなったんでしょう？」

さらに議論が交わされ、問い合わせに出された者たちが、ゲオルクは捕虜になったという情報とともに戻ってきた。ホーエンローエがそこでまた口を開いた。「大型ドラゴン十四頭のうち、ただの一頭も残されていないのか？」

プロイセン空軍は、毒噴きも火噴きも持たないがゆえに、攻撃能力に特別秀でたドラゴンをみなで守るという英国式は採用せず、全体の攻撃力を最大限に生かすという方針で編隊を組んでいた。また、全編隊のリーダーを大型ドラゴンが務めており、フランス空軍はその編成の弱点を突くような攻撃を仕掛けてきた。大型ドラゴンは、斬りこみ作戦の先鋒を務める敵の中型ドラゴンより、とっさの動きが鈍かった。そのうえ、斬りこみ作戦が行われたのは、大型ドラゴンの体力やもともと乏しい敏捷性が一日じゅう飛びつづけてさらに低下しているときだった。

ローレンスは、戦場で五頭の大型ドラゴンが乗っ取られるところを目撃した。あの阿鼻叫喚《あびきょうかん》のあとに、残りの大型ドラゴンが同じように捕まっていたとしても、あわよくば遠くまで逃げていったとしても、少しも不思議ではなかった。

「どうにかして、夜のうちに何頭か戻ってきてほしいものだ」ホーエンローエが言った。「空軍全体を立て直さなければ」

ホーエンローエがそこまで言って押し黙り、ローレンスを見つめた。どちらも口を開かなかった。ただ一頭手もとに残された大型ドラゴンがテメレアであるという事実を、双方が意識しているからだ。目下の状況で再攻撃されれば、プロイセン軍は壊滅し、二度と立て直せないだろう。だがホーエンローエも、ローレンスたちを強制的にとどまらせることはできないと承知している。

ローレンスはふたつの思いに引き裂かれずにはいられなかった。自分の第一の任務はドラゴンの卵を守ることであり、いまの戦況を考慮すれば、二個の卵を一刻も早く英国に持ち帰る必要がある。しかし、いまプロイセン軍から抜けることは、この戦争に負け戦《いくさ》の判を押し、この国に救われる道はないと宣言するようなものだ。

「では、閣下――ご指示を」ローレンスは、いきなり結論を出した。いまここでプロイセン王国を見捨てることはどうしてもできなかった。

ホーエンローエは、感謝は口にしなかったものの、心なしか表情がやわらぎ、顔のしわがいくらかゆるんだ。「明朝、ハレに向かってもらいたい。そこに予備軍全隊がいる。彼らに退却するように伝えてくれ。予備軍のために銃器や大砲も運んでもらえるなら、さらにありがたい。そのあとで、きみたちにやってもらうことを見つけよう。仕事はいくらでもあるだろうからな」

「てっ！」テメレアの大声がした。ローレンスは目を開き、半身を起こした。そのとたん、背中と両脚の筋肉が猛烈に抗議した。寝不足のせいで頭がどんよりとしている。テントのなかはほの暗く、わずかな光しか射しこんでいなかった。しかしテントから這い出すと、ほの暗いのは早朝だからではなく、霧のしわざだとわかった。陣営はすでに活動をはじめており、ローレンスは立ちあがるのと同時に、自分を起こすように命じられたエミリー・ローランドがこちらに駆けてくるのに気づいた。

ケインズがテメレアによじのぼって、銃弾を摘出していた。戦闘のあと大急ぎで戦場から離れたために、傷の手当てが今朝まで引き延ばされていた。テメレアはかなりの痛手にも文句ひとつ言わなかったのに、いざ処置をするとなると縮みあがり、ケインズが弾を取り出すたびに、押し殺そうとしてもつい声が洩れてしまうのだ。

「いつもいつもこれだ」ケインズが辛辣に言った。「ずたずたにされても戦うのが楽しいと言うくせに、ちょっと縫い合わせてやろうとすれば、ひいひい悲鳴をあげる」

「だって、弾を取り出す前よりすごく痛いんだよ」テメレアが言った。「どうして取らなきゃいけないのかぜんぜんわかんないよ。入ったままでも気にならないのに」

「放っておいて敗血症にでもなれば、たっぷり気になるだろうさ。じっとしてろ、めそめそするな」

「めそめそなんかしてない」テメレアがぶつぶつと言い、「てっ！」とまた声をあげた。

鼻腔をくすぐる濃厚な香りが漂っていた。その朝、十数頭の腹をすかしたドラゴンのために陣営に届けられたのは、痩せこけた馬の死骸が三頭分だけで、その馬をめぐって熾烈《しれつ》な争奪戦がはじまる前に、ゴン・スーが馬をすべて確保した。ゴン・スーは馬の骨を炉でこんがりと焼いてから、肉とともに煮こんだ。ドラゴンたちの鎧《よろい》の胸当てが大鍋代わりに使われ、年少のクルー全員がかき混ぜる係を命じられた。ゴン・スーから無理やり食材さがしに送り出された地上クルーたちが、おそらくは詳しく聞かないほうがよいだろうと思われる手段で、肉以外の材料を見つけてきた。その種々雑多なものをゴン・スーはシチュー用に吟味した。

こういった食材が大桶《おおおけ》にあけられるのを、プロイセン空軍の士官たちは不安げに見つめていたが、ドラゴンたちはどれをシチューに入れるかで大騒ぎになった。それぞれが自分の意見を通そうと、こっちでは黄玉ねぎのひと山を鍋のほうに鼻で小突き、あっちでは好みではない米の袋をそっと遠ざけたりしている。ゴン・スーは、その米も無駄にはしなかった。ドラゴンたちのシチューをいくらかとっておき、肉や野菜くずが浮いた濃いスープに米を入れて別に調理した。そのおかげで飛行士たちは、野営地のほかの大半の者よりもいくらかましな朝食をとることができた。厳しい食糧事情のなか、飛行士たちはいささか珍奇な料理でもありがたく受け入れた。

ドラゴンたちのハーネスが、どれもこれも、敵のかぎ爪にやられて惨憺《さんたん》たるありさまになっていた。ハーネスを強化するために革に通された針金だけになったものも、完全に切断されてしまったものもある。とりわけ、テメレアのハーネスがひどかった。

修理する充分な時間も材料もなかったが、ハレに向けて出発する前に、応急処置だけはしておく必要があった。

「キャプテン、どんなに頑張ってもテメレアにハーネスをつけられるようになるまでには、月がのぼってしまいます」ハーネス匠のフェローズが損傷を調べ、部下たちを作業にとりかからせてから、ローレンスのもとに来て、すまなそうに言った。「たぶんテメレアが身をよじらせたからだと思うんですが、裂け目が広がっていて……」

「最善を尽くしてくれ」ローレンスは短く返した。フェローズたちをこれ以上急《せ》かしてもしょうがない。誰もが能力の限界まで働いていた。救出してきたほかの地上クルーも助っ人を買って出たので、人手は不足していなかった。作業が進められるあいだ、ローレンスはテメレアをなだめすかして眠らせ、体力を温存させようとした。

テメレアは眠りたがらず、料理用の炉から出たまだ温かい灰のそばに寝そべった。

「ねえ、ローレンス」ややあってテメレアが静かに尋ねた。「ぼくたち、負けちゃったの？」

「あの戦闘だけだよ、テメレア。戦争に負けたわけじゃない」そうは言ったが、正直に付け加えずにはいられなかった。「だけど、あれはものすごく重要な戦闘だった。

その戦闘で、おそらくはプロイセン軍の半数が捕虜になり、残りは追い散らされた」

鬱々とした気分でテメレアの前足にもたれかかった。これまでは目先の仕事に追われ、自分たちの境遇についてじっくりと考えることを先延ばしにしてきた。

「希望を失ってはいけない」テメレアだけでなく、自分にも言い聞かせるように言った。「まだ望みはある。もし、まったく望みがないとしても、運命を嘆いて手をこまねいているわけにはいかない」

テメレアが深々とため息をついた。「エロイカはどうなるの？　痛めつけられたりしてない？」

「それは、ぜったいにない」ローンレスは答えた。「たぶん、どこかの繁殖場に送られることになるだろう。二国間で協定がまとまれば、解放されることもある。それまではデュエルンが捕虜として牢屋《ろうや》に入れられる。かわいそうに、エロイカがどんなに悲しむことか」デュエルンの胸中がローレンスには余すところなく想像できた。祖国に貢献できなくなるばかりか、自分自身が、国家にとってこのうえなく貴重な戦力であるドラゴンを囚われの身にしておくための道具にされるのだ。どうやらテメレアもエロイカの立場について同じように想像したらしかった。前足を丸めてローレンスをさらに近くに引き寄せ、いくぶん不安そうに鼻づらをすり寄せた。だがそれで安心したのか、テメレアはようやく眠りについた。

ハーネス匠と仲間が奮闘して予定よりも早く修理を進めたおかげで、夜の十一時前には、留め具やリングも含めると、とんでもない重さになる革製ハーネスを、テメレアの助けを借りながら、テメレアに装着する作業にとりかかることができた。大きさも重さも半端ではない肩用ハーネスを持ちあげられるのは、テメレアしかいない。なにしろ革帯の幅が約三フィートもあり、胸側にはハーネス全体を安定させるための鎖かたびらが張り渡されている。

ハーネスの装着作業のなか、数頭のドラゴンが、ドラゴンにしか聞こえない音に反応してほぼ同時に空を見あげた。それから数分後、こちらに近づいてくる伝令竜の小さな姿が目視できるようになった。その飛び方は妙にふらふらとしていた。伝令竜は野営地のまんなかにどすっと着地し、四肢で体を支えきれず地面に倒れこんだ。脇腹に深い裂傷を負い、血を流していた。苦しげな声をあげながらも、首を後ろにねじってキャプテンの無事を確かめる。竜の背にはせいぜい十五歳にしか見えない少年がいて、搭乗ストラップをつけたまま気絶していた。伝令竜が敵ドラゴンからかぎ爪による攻撃を受けたとき、少年も同時に脚をやられたようだ。

みなで血まみれのハーネスを切断し、少年を伝令竜からおろした。ケインズは、伝令竜と少年が降下してくるのを確認すると同時に、焼きごてを熱い灰に埋めて準備していた。熱くなった焼きごてが、少年のぱっくりとあいた傷口にじゅっと押し当てられ、肉の焦げる胸の悪くなる臭いがあたりに漂った。「太い血管は切れてない。助かるぞ」ケインズが手当てしたあとを入念に調べてから言った。それから伝令竜にも同じ処置をほどこした。

少年は少量のブランデーを口に流しこまれ、気つけ薬を嗅がされて意識を取り戻すと、すぐに託された伝言をドイツ語で伝えようとした。ひと言発するたびに、大きく息を吸って吐いて、泣きだしそうになるのを懸命にこらえていた。

「ローレンス、ぼくたち、ハレに行くんじゃなかった?」少年の言葉に聞き耳を立てていたテメレアが言った。「フランス軍がハレを占領したって言ってる。今朝、攻撃されたって」

「もはやベルリンは守りきれません」ホーエンローエ将軍が言った。

国王はなにも返さず、ただうなずいた。

「フランス軍がベルリンに達するのに、あとどれくらいですか」と、王妃が尋ねた。顔は蒼ざめているが、両手を膝の上で軽く重ねて落ちつきを保っている。「ベルリンには、子どもたちがいるのです」

「一刻の猶予もないかと」ホーエンローエが言った。その答えだけで充分だった。しばし押し黙ったあと、いまにも泣きそうな声で言った。「妃殿下……どうかお許しを……」

王妃がさっと立ちあがり、ホーエンローエの肩に手をかけ、頬に口づけを与えた。「あんなやつ、打ち負かしてやりましょう」気迫のこもった声だった。「元気を出しなさい。では、東プロイセンでのちほど」

これでいくらか自制心を取り戻したホーエンローエが、今後の計画やその意図について語りはじめた。隊からはぐれた兵士を呼び集め、砲兵隊を東に向かわせ、中型ドラゴンで編隊をつくり直す。シュテッティン〔現ポーランドのシュチェチン〕の要塞に退却し、オーデル川で防衛する——。そのような計画が、語る本人でさえ信じていないのではないかと思わせる口調でえんえんと語られた。

ローレンスは一同と距離を置き、居心地悪く部屋の隅《すみ》に立っていた。というのも、先刻、ホーエンローエにハレ陥落の知らせを伝えた際、「国王陛下と妃殿下をお連れしてくれないか」と重苦しい声で頼まれたからだった。

「閣下、わたしたちはこちらで必要になるはずです」と、ローレンスは言った。「両陛下をお連れするなら、高速で飛ぶ伝令竜のほうが――」

だがホーエンローエはかぶりを振った。「ハレから来た伝令竜が、あのような目に遭ったというのにか？　だめだ。そんな危険は冒せない。そこらじゅうでフランス軍のドラゴンが哨戒活動を行っている」

その場に居合わせた国王がローレンスと同じ考えを述べ、ホーエンローエから同じ答えを返された。「両陛下を敵に渡すわけにはまいりません」ホーエンローエが言った。「そうなったら、もうおしまいです。やつは好き勝手な協定を押しつけてくるにちがいない。陛下、このような非礼な発言をお許しください。もし、もし万が一、陛下の御身《おんみ》になにかあれば、ベルリンにいらっしゃる皇太子も、おそらくはやつらが――」

「とんでもない！　子どもたちを、あの卑劣漢《ひれっかん》に渡すものですか」王妃が言った。

「ここでぐずぐず話している暇はありません。すぐに出発しましょう」王妃は部屋の扉まで行って、待機していた侍女に外套《がいとう》を取りにいかせた。

「ドラゴンは平気なのか?」国王が王妃にそっと尋ねた。

「まあ、わたくしが子どものようにドラゴンを恐れるとでも?」王妃が冷笑とともに返した。「伝令竜に乗ったこともあるんです。たいしたちがいはないでしょう?」だが、馬の二倍ほどしかない伝令竜と、この建物より大きな重量級ドラゴンとでは、別の生きものくらいにちがう。

「あの小山の上にいるのが、あなたのドラゴンですか?」ローレンスが国王夫妻を伴って宿営に近づくと、王妃が尋ねた。小山などどこにも見あたらなかった。ローレンスはすぐに、王妃はテメレアの背で眠っている中型のベルクヘクセ〔山の魔女〕種のドラゴンを指差しているのだと気づいた。

それを訂正するより早く、テメレアが頭をもたげて、ローレンスたちのほうを見た。

「まあ……」王妃の声がやや心細げになった。

テメレアがリライアント号の船室のハンモックにすっぽりとおさまるほど小さかったころを覚えているせいか、ローレンスにはテメレアがこれほどの巨体に成長したことをまだどこか実感できないところがある。「まったくおだやかな性格をしています」

王妃を安心させようと、ぎこちなく言ったが、苛烈な戦いを飽《あ》くことなくつづけた前日のテメレアを思い出し、よくもこんな嘘が言えたものだと内心で思った。だが、いまはこう言っておくほうが無難だろう。

国王夫妻が急ごしらえの宿営に足を踏み入れると、ドラゴン・クルーの全員が驚いて立ちあがり、ぎこちない気をつけの姿勢をとった。ここまで身分の高い人物と相対することにクルー全員が慣れていなかった。通常、要人を運ぶ任務には小型の伝令竜があたり、その場合には竜のほうから要人を迎えにいくことになっている。国王のほうも、落ちつき払っているとは言えなかった。ドラゴンたちがクルーの興奮ぶりを嗅ぎつけ、首を伸ばして国王夫妻をじろじろ眺めはじめたものだから、なおさらだった。だが国王は君主らしい洗練された物腰で王妃の腕を取り、一同のあいだをめぐってキャプテンたちに話しかけ、ねぎらいの言葉をかけた。

ローレンスはその隙に、あわててグランビーとフェローズを手招きした。「国王夫妻をお乗せするテントを装着できるだろうか」

「なんとも言えませんね、キャプテン。イエナから逃げるとき、すぐに必要ないものは全部置いてきました。のろまのベルが、自分の仕事道具を置く空間をつくるためにテントを捨てたんですよ。皮なめしの樽を後生大事にかかえこんで、ほかじゃ替えがきかないみたいに頑固になって」ハーネス匠のフェローズが焦って首の後ろをさすりながら言った。「ですが、一時間ほどいただけるならなんとかしましょう。ほかのドラゴンの地上クルーから余っている革を分けてもらえるかもしれません」

そうしてできあがったテントは、まさしく予備の革を二枚縫い合わせたことがまるわかりのしろもので、つぎはぎ細工の搭乗ベルトも用意されていた。まずまずの軽食がピクニック・バスケットに用意されていたが、空中でどうやって飛び散らせることなくワインをあけようというのか、ローレンスには見当もつかなかった。「陛下、ご準備が整いましたら」ローレンスはおずおずと切り出し、王妃がうなずくのを見て、腕を差し出した。「テメレア、おふたりを背中までご案内するように。粗相《そそう》のないよう頼む」

テメレアは国王夫妻が背中のテントに乗りこめるように、前足をそうっとおろした。王妃がいくぶん蒼ざめて、その足を見つめた。指の先端についた爪は、王妃の前腕ほどの長さがあり、磨きあげられた黒い角のような光沢を放っている。爪の両端は刃物のように鋭利で、しだいに細くなり、先端はまがまがしいほどに尖《とが》っている。「先に乗るべきか?」国王が声を潜めて言った。王妃は顎をつんと突き出した。「いいえ、もちろんわたくしが先に」そう言ってテメレアの前足の指のなかにおさまったが、頭の上にある爪に不安そうに視線を走らせた。

テメレアが興味しんしんで王妃を見やり、肩に乗せたあとに、ローレンスにささやきかけた。「王妃って、いっぱい宝石を付けてるんだろうって思ってたけど、ひとつもつけてない。盗まれちゃったのかな」

幸いにもテメレアは英語で話していたのだが、そうでなかったら、内緒話《ないしょ》にはならなかった。声を潜めたつもりでも、馬をまるごと一頭飲みこめるほど大きな顎を持つドラゴンが話しているのだから、小さな声になるはずがない。テメレアがドイツ語やフランス語で王妃の装いについてなにか言い出さないうちに、ローレンスは王妃を急いでテントのなかに誘導した。王妃は賢明にも、ドレスの上から厚い簡素な毛織りの外套を着こんでいた。外套には銀ボタンのほかに飾りはいっさいなく、その上に毛皮の裏打ちをしたマントに帽子といういでたちは、空の旅に実に適していた。

一方、国王のほうは、陸軍将校時代にドラゴンに接した経験が生きており、たとえわずかな躊躇《ちゅうちょ》があったとしても、いっさい顔には出していなかった。しかし、随行するはずの衛兵や従者たちはテメレアに近寄ることすら怖がった。彼らの蒼ざめた顔を見た国王が、ドイツ語で短く言葉をかけた。ローレンスは、彼らが恥じ入りつつも安堵の表情を浮かべるのを見て、国王がここに残ってもよいという許可を与えたのだろうと推測した。

テメレアが、いまこそドイツ語を使うチャンスとばかりに、ドイツ語で何事かを言い、ぎょっとする衛兵や従者たちに向かって、前足を差し出した。しかし、テメレアが狙ったと思われる効果はなく、多くの者がそこから立ち去った。結局、同行することになったのは近衛兵四名と、年配の侍女がひとりきりだった。侍女は大きく鼻を鳴らし、さっさとテメレアの指のあいだによじのぼり、背中まで運ばせた。

「彼らになんと言ったんだい？」ローレンスは、好奇心と失望を半々にして尋ねた。

「きみたちはすごく頭が悪いねって言っただけだよ」テメレアの声にも失望がにじんでいた。「もし、ぼくがみんなを痛い目に遭わせるつもりなら、背中にいるよりも、そこに立っていてくれるほうがずっと簡単だよって」

ベルリンの街は渾沌《こんとん》としていた。街の人々は軍服姿の兵士たちに冷ややかな視線を向けた。補給物資を求めて急ぎ足で街を行くと、あちこちの店や街角から「主戦派どもめ」と吐きすてる声がした。プロイセン軍大敗の知らせがすでに広がり、フランス軍が攻めてくるというのも周知の事実だったが、抗戦の機運は盛りあがらず、人々は悲嘆に暮れてもおらず、それどころか、自分たちの見立てが正しかったという、苦々しい満足感が漂っていた。

「国王は焚きつけられたんです。そう、王妃と、頭に血がのぼった若造士官どもに」街の銀行家はローレンスに言った。「連中は、ナポレオンを倒せるといきがり、それを証明してみせようとした。だが、失敗した。連中の高慢さのつけを払わせられるのは、こっちなんですからね！　多くの若者の命が戦いで奪われた。そのうえ、この戦争のあとに税金がどこまで跳ねあがることやら、考えたくもありません」

しかし、銀行家はこうした批判を並べつつも、かなりの額を金貨で貸し付けてくれた。「自分の財産は、腹をすかした軍隊がやってくるベルリンなんかより、あなたのお国のドラモンズ銀行に預金したいものですな」と、銀行家があけすけに言い、彼のふたりの息子が小さいが頑丈な金貨の箱を引きずり出してきた。

英国大使館も混乱のなかにあった。大使は伝令竜に乗ってとっくに出国し、ローレンスにとって有益な情報を提供できる、あるいは提供する意思のある者はほとんど残っていなかった。

「いいえ。ここ三年、インドではなんの反乱も起きていませんよ。近頃インドに大規模な戦力投入があったという話は聞いていませんね。いったいどうしてそんなことをお尋ねになるんです?」ついにローレンスが書記官を廊下で無理やり引き留めて尋ねると、書記官はじれったそうに言った。「こっちだって、さっぱりわかりませんよ。なぜ、英国航空隊がプロイセンに二十頭のドラゴンを送り出すという約束を果たさなかったのか。でもまあ、この大敗に英国がたいして関わらずにすんで幸いでした」

ローレンスは、このような政治的意見には与《くみ》したくなかったし、ましてや航空隊について悪く言われるのは腹立たしく、恥ずかしくもあった。だが、言い返そうと頭に浮かんだ言葉を呑みこんで、冷ややかに尋ねた。「安全な脱出経路をご存じですか?」

「もちろんですとも」と、書記官が言った。「シュトラールズントから船に乗る予定です。ですが、あなたの場合は、空から直接英国に向かったほうがいい。英国海軍が、ダンツィヒ〔現ポーランドのグダニスクにあった自由都市〕とケーニヒスベルク〔東プロイセンの中心都市。現ロシアの飛び地領土であるカリニングラード」を支援する軍事作戦に備えて、バルト海と北海にいます。空路をとるなら、海上に出てしまえば、安全に帰国できるはずですよ」

逃げの一手のみとは情けない話だが、少なくとも逃走に関しては心強い情報だった。しかし、期待していた英国からの返信は、大使館に一通も届いていなかった。手紙によってなんらかの状況説明があったなら、こんなふうに心を痛めずにすんだはずだ。そして、この先、ベルリンを離れてしまえば、自分たちに手紙が届く可能性は皆無《かいむ》になる。「新たな居場所を知らせることもできないんだ」ローレンスは宮殿に引き返す道すがら、グランビーに言った。「二日後、どこにいるかもわからない。ましてや一週間後にどこにいるのやら、神のみぞ知るだな。〝東プロイセン　ウィリアム・ローレンス〟とでも書くしかないだろう。いっそ、手紙を瓶に入れて海に流すほうが、よほどわたしに届くというものだ」

「ローレンス」グランビーが唐突に切り出した。「どうか臆病者だと思わないでください。でもやっぱり、書記官の言うように、ぼくたちは英国に戻るべきじゃないでしょうか？」そう話しながら、グランビーはまだらに頰を赤らめ、通りのまっすぐ向こうを見つめて視線を合わせるのを避けた。

ローレンスの頭にふいにある考えが浮かんで、ほかの懸案《けんあん》事項と交じり合った。つまり、このままプロイセンにとどまるという決断は、上層部から見れば、まるで自分が意図的に竜の卵を国外の戦場にとどめて、グランビーが孵化に立ち会えるチャンスをつくっていると映るのではないだろうか。「いま、大型ドラゴンが払底《ふってい》しているプロイセンとしては、わたしたちを手放したくないだろうな」グランビーにそう返したものの、ちゃんとした答えにはなっていなかった。

グランビーはなにも返さなかったが、ローレンスの部屋に戻りドアが閉じられてふたりきりになると、率直に言った。「そりゃもちろん、プロイセンは手放したくないでしょう。ですが、ぼくたちの帰国を阻止することもできないはずです」

ローレンスはブランデーを喉に流しつつ、しばらく黙っていた。グランビーの意見は否定できないし、批判することもできない。自分もほぼ同じ考えをいだき、ここに残るか英国に戻るかでずっと揺れていた。

グランビーがつづけて言った。「プロイセンは負けたんです、ローレンス。軍隊の半数を、そして国土の半分を失っています。もはやここにとどまっても意味がありません」

「プロイセンはまだ決定的に敗北したわけじゃない」ローレンスはグランビーの弱気の発言にさっと顔をあげ、厳しい口調で言った。「連戦連敗という最悪の流れだとしても、まだこの流れを変えられる可能性はある。兵士が確保できて、その兵士たちが希望を失わないかぎりは。そして兵士に希望を失わせないことが、士官たる者の務めだ。いまのような弱気の考えは胸のなかだけにとどめておくんだな」

グランビーが顔を真っ赤にして、やや激した口調で言った。「なにも、ひどい目に遭いたくないから逃げましょうと騒ぎ立ててるわけじゃありません。英国がいまこそぼくたちを必要としているはずだからです。ナポレオンがヨーロッパ大陸だけじゃなく、海峡の先も狙ってるのは確実なんですから」

「フランスの追撃や攻撃から逃げまわることが、ここにとどまった目的ではないはずだ」ローレンスは言った。「英国からできるだけ離れた場所でナポレオンと戦うほうが望ましいからだ。この考えはいまも変わらない。もしもまったく勝ち目がなくなったら、どんなに頑張っても成果が得られなくなったら、そのときは帰国しよう。だがいまは、わたしたちの助力次第で、この国の命運が変わる可能性がある。そんなときに逃亡することに賛成するわけにはいかない」

「プロイセンがこれまでよりもましな戦いぶりを見せると、本気で考えてるんですか？　ナポレオンは終始プロイセンを圧倒してます。しかも、いまのプロイセンは、戦いはじめたころよりもっとぐだぐだです」

それは否定しようがない。しかしローレンスは言った。「実に痛い経験ではあったが、この会戦からナポレオンの考え方や戦略がずいぶんつかめたのは確かだ。プロイセンの司令官たちも、もはや自分たちの戦略を改めないわけにはいかないだろう。ナポレオンと対戦するまで、彼らの戦略は過剰な自信に支えられたものだった」

「そりゃ、自信なら、なさすぎるよりはあったほうがいいんでしょうが――」グランビーが言う。「プロイセンのそういう自信がどこから出てくるのか、ぼくにはさっぱりわかりませんよ」

「わたしも、ナポレオンに逆襲する自信があると口にするような、軽率な人間ではありたくない。だが希望を持つだけの理由はちゃんとある。いまなお東には、プロイセンの予備軍がいる。加えてロシア軍もだ。両軍の数はナポレオンの軍勢の一・五倍はあるだろう。また、フランス軍にしても、通信ラインを確保するまではやみくもに前進できないはずだ。プロイセンには戦略上の要《かなめ》となる要塞が十数か所あり、そこには強力な守備隊が置かれている。つまり、フランス軍は、進軍していくためには、その要塞を落とし、そこに兵を置いて守りつづけなくてはならない」

だがこの話は、受け売りにすぎなかった。兵の数だけで勝敗の行方《ゆくえ》が決まるわけではないことぐらい、ローレンスにもよくわかっている。事実、〈イエナ・アウエルシュタットの戦い〉でも、ナポレオンの兵力はプロイセンに劣っていた。

グランビーがついに部屋から出ていくと、ローレンスは一時間ばかり部屋を歩きまわった。心の内はどうあろうと勝利を確信しているように見せること、そして自分に落ちこむのを許さないことが、キャプテンとしての務めだと思っている。上官の弱気は、否応なく部下に伝染する。だがいまは、自分の選択が正しいのだと胸を張って言えるわけではない。自分の決断の一部が、ある嫌悪感に根ざしていることはわかっていた。脱走への嫌悪だ。たとえ他者から押しつけられた状況から逃げるのだろうが、脱走という言葉にはあまりにも醜《みにく》く不名誉な響きがある。だが自分は、脱走行為をちがう名前で呼んで、いやな響きを取り除いて安心するような、そんなおめでたいやつではない。ローレンスはそう思っていた。

「ぼくだってあきらめたくはないけど、英国に帰りたいな」テメレアがそう言って、ため息をついた。「戦いに負けたり、仲間が捕虜になるところを見たりするのは、気分のいいものじゃないよ。そのせいで卵のなかの子がうろたえてなければいいんだけれど」テメレアは、ケインズがどんなに太鼓判《たいこばん》を押しても卵のことを心配し、木箱に入れられた卵にそっと鼻をすり寄せた。いま二個の卵は、宮殿のいちばん大きな中庭に突き出たひさしの下で、暖房用の火鉢ふたつにはさまれて積みこみを待っている。

国王と王妃が、王子たちと別れを惜しんでいた。王子たちは、東プロイセンのはずれに位置するケーニヒスベルクにある堅牢な要塞へ、いまから伝令竜に乗せて送り出されることになる。「子どもたちといっしょに行ってくれてもよいのに」国王が小さな声で言ったが、王妃はかぶりを振って、子どもたちにさっと別れのキスをした。

「ぼくも行きたくありません。母上、どうかいっしょにお連れください」九歳ながらしっかりした体つきの弟の王子が言い、最後は大声で抗議したが、無理やり伝令竜に乗せられた。

国王夫妻は、小型の伝令竜が空の彼方で小鳥ほどの小さな点になり、やがて見えなくなるまで見送っていた。それからようやく、東へ移動するためにふたたびテメレアに乗りこんだ。国王夫妻と行動をともにしようという勇気のある、わずかな数の従者だけが付き添っている。国王の一行にしては、少人数の侘《わび》しい一団だった。

昨夜はひっきりなしにベルリンに凶報が流れてきた。その知らせのおおかたは予想されていたもの、あるいは予想されてはいたが、これほど早く起きるとは考えられていなかったものだった。ザクセン＝ヴァイマル公国の分遣隊が、フランス軍のダヴー元帥に追いつかれ、一万人もの兵が殺されるか捕虜となった。ベルナドット元帥はすでにマグデブルクまで来ており、ホーエンローエ将軍の行く手をさえぎっていた。エルベ川の徒渉地点が、橋をひとつも破壊できないままフランス軍の手に落ちた。そして、ナポレオンがすでにベルリンを目指している――。その朝、テメレアが空に舞いあがると、ベルリンからそう遠くない地点に、進軍する軍隊から立ちのぼる煙や土ぼこりが見えた。隊列はどこまでもどこまでもつづき、その上空を無数のドラゴンが飛んでいた。

その日の夜は、オーデル川沿いにある要塞に一泊した。要塞の司令官やその部下たちは戦況を噂にすら聞いていなかったので、プロイセン軍が敗北したことを知らされ、動揺を隠せなかった。ローレンスは司令官が義務感のみで提供した、陰気な晩餐の席をなんとか持ちこたえた。すっかり気落ちした要塞の士官たちは鬱々とし、国王夫妻が同席することへの気後《きおく》れもあって、会話はすぐに立ち消えてしまった。要塞に付属する、塀に囲まれたドラゴン用の宿営は、殺伐《さつばつ》としてほこりっぽく、快適とは言えなかったが、そこに退散して、わらの寝床に横たわると、ようやくほっとした。

翌朝、太鼓を指先で連打するようなおだやかな音で、ローレンスは目覚めた。鉛色《なまり》の雨が竜の翼を叩く音だった。テメレアがローレンスたちを守るように、翼を差しかけていた。雨のせいで焚き火をおこせないので、ローレンスは屋内で一杯のコーヒーにありつき、地図に目を通し、その日の飛行計画を確認した。とにかく一刻も早く、東にいるプロイセンの予備軍を見つけ出さなければならない。レストック将軍率いる予備軍が、プロイセンが近年併合したポーランド領のどこかに駐屯しているはずだった。

「ポーゼン〔現ポーランドのポズナン〕に向かおう」憔悴《しょうすい》した顔で国王が言った。「昨夜はよく眠れなかったようだ。「レストックがまだ到着しておらずとも、分遣隊ぐらいはいるだろう」

雨脚《あまあし》は一日じゅう弱まることなく、眼下の峡谷には霧が帯のように垂れこめていた。ローレンスは、コンパスと砂時計を使って、テメレアの羽ばたきの回数から飛行速度を記録し、すべての形が曖昧になった鉛色の世界を突き進んだ。雨と霧という隠れ蓑《みの》は、むしろありがたかった。雨を顔に吹きつけてきた横風が弱まったので、革の上着のなかで身を縮めると、少しは温もることができた。田園地帯に暮らす人々は、一行が頭上を飛んでいくのを見つけると、身を隠した。ほかに生き物の気配はまったくなかったが、谷川を渡っているとき、谷の岩棚で風雨をしのいで五頭の野生ドラゴンが休んでいた。野生ドラゴンたちは、テメレアが通るのに気づき、頭を持ちあげた。

ドラゴンたちは岩棚から飛び立ち、テメレアに向かってきた。ローレンスは、アルカディやその仲間のドラゴンのように、けんかを吹っかけたり、しつこくつきまとうのではないかと心配したが、そのドラゴンたちは小柄で社交好きな性質だった。しばらくテメレアと並んで飛びながら、無言でからかうように後方宙返りや急降下など、自分たちの飛行能力を見せびらかしただけだった。しばらく飛んで谷のはずれまで来ると、突然、耳をつんざくような声で騒ぎだし、かまびすしく何事かを言い合いながら旋回し、自分たちの縄張りに帰っていった。

「なんて言ってるのかわからなかったよ」テメレアが振り返って、ドラゴンたちを目で追いながら言った。「あのドラゴンたちの言葉は何語なんだろう。ドゥルザグ語に似てるところもあったけど、だいたいはちがっていて、意味がわからなかった。少なくとも、あんなに早口じゃあね」

結局、その日のうちにはポーゼンまでたどり着けなかった。街まであと二十マイルほどのところで、一行は軍隊が野営している、小さくて心もとない焚き火を発見した。兵士らがびしょ濡れになって、みじめな露営を張っており、レストック将軍がそこまで国王と王妃を迎えにきていた。将軍は、国王夫妻を乗せるために伴ってきた輿《こし》の担ぎ手に、ドラゴンを恐れずにもっと近くへ輿を寄せるようにと命令した。おそらく、一行の到来は伝令竜によって伝えられていたのだろう。

ローレンスとクルーたちは、国王夫妻と同等に扱われないのは当然としても、兵士用の宿舎という最低限のもてなしすら受けられなかった。ローレンスたちへの配給を手配するよう任された将校は、ひどく無愛想で、早くその場から立ち去りたいという気持ちがありありと見てとれた。「だめです」ローレンスは苛立ちをつのらせて言った。「羊がたった半頭なんて、ぜったいに認められません。」テメレアはきょう、悪天候のなかを九十マイルも飛行してきたのです。それに見合う食事を与えられて当然でしょう。あなたの外見からして、こちらで食糧が不足しているとは思えませんが」ようやくその将校はしぶしぶ牛一頭を提供した。しかし、人間のほうにふるまわれたのは薄いオート麦の粥と乾パンだけで、肉のたぐいはいっさいなく、一同は空腹のまま雨に濡れそぼって夜を過ごすしかなかった。あの将校が文句を言われた腹いせに仕返しをしたのかもしれない。

レストック将軍の軍隊には、小規模なドラゴン部隊しかいなかった。大型に分類されるとしても、テメレアの大きさにはとてもおよばないドラゴン二頭がそれぞれ編隊を率いていた。編隊ごとに両翼を守る中型ドラゴンが四頭、頭数をそろえるための伝令竜が数頭。そのドラゴンたちもクルーも、ローレンスたちと同様、冷遇《れいぐう》されていた。クルーの大半がドラゴンの背に分かれて眠り、小ぶりのテントがほんの数張りだけ、士官のために用意されていた。

クルーが荷物をおろしたあと、テメレアは少しでも乾いた地面を見つけて体を休めようとした。あちこちさがしたが、徒労に終わった。宿営地の剝き出しの地面は、どこもかしこもぬかるみだらけだった。

「そのまま横になったほうがいいぞ」ケインズが言った。「しっかり泥のなかにもぐりこめば、体温を保っていられる」

「そんなことをして体にいいわけがないだろう」ローレンスは疑わしげに言った。

「あほらしい！」とケインズ。「からし湿布が泥みたいなもんだっていう事実をどう考えるんだ？　泥のなかに一週間も寝転がると言うんなら別だが、ひと晩ぐらいで体に障《さわ》りはせん」

「ちょっと、待ってね」そこに意外にもゴン・スーが口をはさんだ。ゴン・スーは徐々に英語を身につけつつあった。そうしないと孤立してしまうからだが、料理に関わることでなければ、いまだに英語で話すのを恥ずかしがった。ゴン・スーはあわただしく広口瓶や香辛料袋をさぐって、瓶入りの粉唐辛子を取り出した。ローレンスは、ゴン・スーがそれをほんの数つまみ使って、牛一頭に風味付けするのを見たことがある。ゴン・スーは手袋をはめてテメレアの腹の下にもぐりこみ、ふたつかみの粉唐辛子を地面に撒いた。それをテメレアが足のあいだから興味深そうにじっと眺めていた。

「さあて、これで温かくなる」ゴン・スーがそう言いながら腹の下から出てきて、瓶の蓋をしっかりと閉めた。

テメレアがおそるおそる、ぬかるみに身を伏せた。脇腹から泥がはみ出し、ぐちゃっと音をたてる。「うえっ」テメレアが言った。「中国のドラゴン舎が懐かしくてたまらないよ。これって気色悪い」もぞもぞと体を動かす。「確かに温かいけれど、すっごく変な感じだ」

ローレンスはこんなふうにテメレアを唐辛子液でマリネにするのは気が進まなかったが、今夜はこれ以上のことをしてやれる望みはほとんどない。確かに考えてみれば、ホーエンローエ将軍の率いる、もっと大規模な部隊に同行しているあいだも、こことたいして変わらない宿営地を割り振られていた。あのころはもっと気候がおだやかだったので、なんとかやり過ごせていただけなのだ。

グランビーやクルーたちは、ローレンスとは異なる受けとめ方をしたようで、肩をすくめて言った。「この程度のことには、慣れてますよ」とグランビー。「レティフィカトに乗務してインドに行ったときは、その日の戦場に寝かされることもありました。剣や銃剣の破片がそこらじゅうに散らばって、負傷兵がひと晩じゅううなっているような場所に。ぼくらのためにどこかを片づける手間を省きたかったんでしょうね。翌朝、キャプテン・ポートランドが隊を引き揚げるぞと脅しつけて、ようやく宿営地を変えてもらえました」

ローレンスは飛行士となってからは、きわめて快適なロッホ・ラガンの訓練基地と、長い歴史を持つドーヴァー基地で過ごしてきた。どちらの基地にも――中国人が適切と見なす水準ではないにしろ――木立で目隠しされた、水はけのよい宿営があり、クルーや空尉候補生には兵舎が、キャプテンや空尉には本部棟内に個室が用意されていた。ひょっとして、自分は贅沢を言いすぎているのだろうか、と思った。行軍中の軍隊とともに野にいるときに、快適な環境を期待するとは……。だがもっとましな環境を整えることはできるように思えた。たとえば、そう遠くない、十五分ほど飛べば楽々とたどり着ける距離に丘陵がある。あそこなら、ここまで地面がどろどろになってはいないだろうに……。

「さて、卵はどうしよう?」ローレンスはケインズに尋ねた。いまのところ、卵の大きな包みは、二個ともそろって輸送箱数個を並べた上に置かれ、油布で覆われている。

「この寒さにやられてしまわないだろうか」

「それをいま考えてるところだ」テメレアの周囲を歩きまわっていたケインズが、苛立たしげに言った。「夜中に卵の上に寝転がったりしないだろうな?」と、テメレアににじり寄って尋ねる。

「まさか！　そんなことするはずないじゃない！」テメレアが憤慨して言った。

「じゃあ、卵を油布でしっかりくるんで、テメレアの脇腹にくっつけておくといい。泥に埋めるようにするんだ」ケインズは、ぷんぷん怒って文句を言うテメレアを無視して、ローレンスに言った。「この雨のなかで焚き火は無理だからな」

クルーたちはすでにぐっしょりと濡れていたが、卵用の穴を掘り終えるころには、全身が泥まみれになった。だが力仕事のおかげで、体を温めることができた。ローレンスも作業のあいだ、ずぶ濡れになりながら立っていた。クルーと同じつらさを共有することが、自分の役目だと感じたからだ。「残りの油布を分けあって、テメレアの背で眠ろう」と部下たちに呼びかけた。卵が無事に泥のなかに収められると、ローレンスはいそいそとその夜の寝床までよじのぼった。国王夫妻が使っていたテントが、ローレンス用にテメレアの背にそのまま残されていた。

二日間の飛行で二百マイル近くもの距離を稼いだというのに、またもや歩兵隊の速度に合わせねばならないという、ありがたくない元の状態に戻ってしまった。歩兵隊よりさらに厄介《やっかい》なのがどこまでもつづく補給馬車の列で、少し進んではぬかるみに車輪をとられた。道もひどかった。一歩進むごとに砂や土が跳ね飛んで、ぬかるみがぐちゃぐちゃと音をたて、濡れ落ち葉に足を滑らせた。レストック将軍の軍隊は、ロシア軍との合流を目指して東へ進んでいた。これほどみじめな状態でも、そして味方の敗退の知らせに心を痛めながらも、隊の規律はゆるまず、行進の隊列もしっかりと保たれていた。

ローレンスは、あの配給担当の将校につらくあたりすぎたと気づいた。配給用の食糧がひどく不足していた。秋の収穫が終わったばかりなのに、田園地帯のどこからも食糧が入手できなかったのだ。つまり、プロイセン軍に回すような食糧はなかった、ということだ。食糧を売ってほしいと頼んでも、旧ポーランド領の農民たちは、いくら金を積まれてもなにもないと身振りで断った。そんなはずはないだろうと言うと、凶作だ、家畜が疫病にやられたと言い訳し、空っぽの穀物倉庫や家畜小屋を示した。

だが、そんな農家の畑の奥にあるうっそうとした木立から、豚や牛の輝く黒い眼がのぞいていることもあった。ときには強引な士官が、農家の地下室や隠し扉の奥に隠されたじゃがいもや穀物をさがしあてた。だが、農民の対応はどこに行っても同じだった。ローレンスが金貨を差し出したところで、子どもたちが痩せこけ、冬が迫っているのにろくな服を着せられない家でさえ、なにも売ってくれなかった。

あるとき、納屋とさして変わらない小さな農家で、ローレンスが憤慨して手のひらの金貨を倍にして差し出し、満足な上掛けもなくゆりかごに寝かされている赤ん坊をちらりと見て、咎《とが》めるような視線を母親に向けた。赤ん坊の若い母親は無言のままローレンスをにらみ返し、みずからの手を添えて手のひらを閉じさせ、家の扉を指差した。

ローレンスは自分の行為に恥じ入りながら、その家を出た。ろくに食べ物をもらっていないテメレアのことが心配だった。だが国土を分割され、占領されたことを恨みに思うポーランド人たちを責める気にはなれなかった。ポーランド分割という恥ずべき措置《そち》は、父親が属する政界でも非難の的《まと》になっていた。はっきりと覚えているわけではないが、確か英国政府は公式の抗議を行ったのではなかったか。だが、それでもたいした効果はなかった。領土拡大に躍起《やっき》になるロシア、オーストリア、プロイセンは聞く耳を持とうとしなかった。この三国は、近隣の弱小国の正義を求める叫びを無視して、じりじりと国境を押し広げ、ついには互いの国境がぶつかり合い、もはや三国のあいだに小国はひとつも残っていない状態にしてしまった。そうした三大国のひとつであるプロイセン王国の兵士が、この地で冷ややかな対応を受けるのは当然というものだ。

一行は二日がかりで二十マイル進んでポーゼンにたどり着き、そこでは身の危険さえ感じるほどの、いっそう冷ややかな扱いを受けた。プロイセン軍敗走の報は、すでにポーゼンにも届いていた。レストック将軍の部隊の到着で、おのずとイエナの大敗についても知れわたり、ほかにも新たな情報がぞくぞくと流れこんでいた。ホーエンローエ将軍が、壊滅状態となった歩兵隊の敗残兵ともども、ついに降伏し、それによって、オーデル川以西のプロイセン領は、トランプカードで組みあげた家のごとく、瓦解《がかい》の一途《いっと》をたどっていた。

一方、フランス軍のミュラ元帥が、エルフルトで功を奏した攻略法をプロイセン各地で実践し、無血の懐柔策《かいじゅうさく》で要塞をつぎつぎに落としていた。つまり、元帥みずから街の入口まで行って、降伏する気があるなら受け入れると宣言し、その要塞の司令官が門を開いて、なかに招き入れるのを待つという単純なやり方だ。だがイエナから数百マイル離れたシュテッティンの司令官は、イエナでなにが起きたかを知らなかったので、ミュラ元帥の虫のいい要請を憤然とはねつけた。するとフランス側が本性を剝き出した。二日後、ドラゴン三十頭に大砲三十門、兵士五千名が、街の周壁の外にあらわれ、せっせと塹壕《ざんごう》を掘り、これ見よがしに爆弾を積みあげて、総攻撃の準備をした。それを見た司令官は、おとなしく街の門の鍵と守備隊をミュラ元帥にゆだねたのだという。

ローレンスは、ポーゼンの市場《いちば》のある街区を一周するあいだに、このシュテッティンの話を五回ほど耳にした。この地の言葉はほとんど理解できないが、いつも同じ名前がいっしょに口にされ、その口調には愉快そうな響きはもちろん、勝ち誇る雰囲気すら漂っていた。居酒屋でひそひそと話し合っている男たちは、声が届くところにプロイセン兵がいないときには、「皇帝万歳《ヴィヴ・ランプルール》」と言って、ウォッカのグラスを掲げた。ウォッカのボトルの減り具合によっては、プロイセン兵がいるときでさえ、同じように乾杯した。街には敵意と希望とがないまぜになった空気が流れていた。

ローレンスは、市場の露店を片っぱしからのぞいた。さすがに商人たちは目の前に並べた品々を売るのを拒もうとはしなかったが、この街にも物資が豊富にあるわけではなく、その大部分がすでに私的に隠匿《いんぺい》されていた。あちこちさがしまわって入手できたのは、貧相な豚が一頭きりだった。通常価格の五倍ほどの値を払うと、すぐにこん棒で殴って気絶させ、テメレアの食事用にとハーネス係に手押し車で運ばせた。テメレアはあまりにも腹をすかしていたので、料理してもらうのを待てず、豚に食らいつき、食べ終えたあとも、かぎ爪を念入りに舐めていた。

「閣下」ローレンスは腹立ちをこらえて言った。「大型ドラゴンにふさわしい量の食糧が配給されていません。また毎日進むのは、テメレアの能力のわずか十分の一の距離――」

「だからなんなんだ?」レストック将軍はけんか腰に言った。「英国できみがどういう規律に従っているかは知らん。だが、わが軍と行動をともにするのなら、それに合わせてもらおう! きみのドラゴンが飢えているだと? うちの兵士だって全員飢えている。兵士を毎日五十マイルも進ませて、勝手に自分の口を養えと言ったら、さぞかしまとまった隊になることだろう」

「毎夕かならず、野営地で合流すれば――」ローレンスは言いかけた。

「毎夕? 当然だ」レストックが言った。「毎夕、毎朝、毎昼、いかなるときもプロイセン空軍と行動をともにしてもらう。さもなくば、きみを脱走兵と見なす。さあ、このテントから出ていけ」

「話し合いの結果は察しがつきますよ」グランビーが、戻ってきたローレンスの顔を見るなり言った。その日の宿は、打ち捨てられた羊飼いの小さな番小屋だった。ポーゼンから一週間、のろのろとみじめな行軍をつづけて初めて、乾いた場所で眠れることになった。ローレンスは手袋をはずして簡易ベッドに投げつけ、ベッドに腰かけ、足首まで泥まみれになったブーツを脱ごうとした。

「テメレアを連れて帰国するか」ローレンスは荒々しく吐きすてた。「あの老いぼれ将軍に脱走兵呼ばわりされようが、いっこうにかまわない。勝手にするがいい」

「どうぞ」グランビーが床からわらをつかんで、それを使ってブーツのかかとをしっかり押さえたので、ローレンスはようやくブーツから脚を引き抜くことができた。

「なにを言われようが、勝手に狩りに出て、戦いが近いと見たら、また隊に戻ればいいんじゃないですか」グランビーは両手をぬぐい、自分のベッドにまた腰かけながら言った。「それで門前払いをくらうことはまずないと思いますよ」

ローレンスはその案を検討しかけて、かぶりを振った。「それはよくない。だが、こんな状態がこのままつづくとしたら――」

だが、このままでは済まず、事態はさらに悪化した。行軍の速度はますます落ち、食糧はますます不足した。食糧よりも不足しているものがあるとすれば、それはよい知らせだけだった。野営地に数日間、フランスのほうから講和条約の申し入れがあったという噂が流れた。疲れきった部隊のほぼ全員が安堵のため息を洩らしたが、数日過ぎてもなんの沙汰《さた》もなく、講和の希望は潰《つい》えてしまった。

つづいてとんでもない協定についての、新たな噂が流れてきた。いわく、エルベ川から東に帯状に広がる、広大なプロイセン領がまるごとフランスに明け渡される。莫《ばく》大《だい》な額の賠償金を支払わされる。またけしからぬことに、プロイセン皇太子がパリに送られる――。その知らせは「フランス皇帝の庇護のもと、両国間の理解と友好関係を促進するための、全国民にとって望ましい措置である」という不気味な文言とともに伝わってきた。

「なんてこった。やつは、自分のことを東洋の独裁君主みたいに思いはじめているんじゃないでしょうか」この噂を耳にしたグランビーが言った。「プロイセンが協定を破ったら、やつはどうするでしょう？　まさか皇太子をギロチン台送りに？」

「アンギャン公〔ルイ四世の子、ナポレオンの命で冤罪により処刑された〕を、いともあっさりと処刑したようなやつだからな」ローレンスはそう言いながら、あの魅力にあふれた、勇ましいルイーゼ王妃の心中を思いやった。幼い子らの母である王妃を襲った新たな脅威が、その戦意にどう影響するだろうか。王妃は国王とともに先行し、ロシア皇帝と会見していた。少なくともその事実は、なにがしかの希望をいだかせてくれた。ロシア皇帝アレクサンドルは、この戦いの継続を全面的に約束し、すでにロシア軍がワルシャワでプロイセン軍と合流すべく進軍をつづけているということだった。

「ねえ、ローレンス」テメレアの声で、ローレンスはおなじみの悪夢から身震いしながら目覚めた。強風の吹きすさぶなか、初めて艦長を務めたベリーズ号の甲板に、いつのまにかひとりきりで立っているという夢だ。海は一面稲光《いなびかり》に照らされ、人影はどこにも見あたらない。しかも今回の夢には、ドラゴンの卵がひとつ、艦首側の開いたままの昇降口へごろんごろんと転がっていき、止めようとしても遠すぎて間に合わないというおまけまでついていた。卵は赤に緑の斑が散ったカジリク種のものではなく、青みがかった磁器のようなテメレアの卵だった。

顔をこすって悪夢をこそげ落とし、遠い響きに耳を澄ました。雷にしては音の間隔が一定だった。「いつから鳴っている?」ブーツに手を伸ばして尋ねた。空が白みはじめていた。

「数分前から」テメレアが答えた。

十一月四日、ワルシャワまであと三日の距離だった。その日の行軍中もずっと、東の方角から大砲の音が聞こえてきた。夜間には、赤い火の手がはるか彼方に見えた。翌日になると大砲の音は弱まり、午後には完全にやんだ。風向きは変わっていない。レストック将軍の部隊は、そのときから動くのをやめ、野営を張った。兵士たちは身じろぎもせず、全隊で息を詰めて知らせを待っていた。

やがて、その朝いちばんに隊から送り出された伝令竜があわただしく戻ってきた。キャプテンたちがすぐさま将軍の宿舎に向かったが、彼らがそこから出てくるより早く、伝令竜の持ち帰った知らせが隊に広まった。なんと、フランス軍はレストック将軍の部隊よりも先んじてワルシャワに達していた。そして、ロシア軍が敗走していた。

16 「ハーネスを準備しろ」

そこは、はるか昔に赤煉瓦で築かれた小さな城だった。幾多の戦争によって傷《いた》み、建築資材を求める農民に裸にされ、雨や雪であらゆる角が丸くなっていた。いまや廃墟も同然で、崩れかけたふたつの塔のあいだに、野原に臨む窓を持つ外壁だけが残っている。だがそれでも、ローレンスたちにはありがたい避難所になった。テメレアが崩れた外壁の角に丸くなって身を隠し、クルーたちは外壁の内側に沿ってつづく狭い通路に隠れた。通路のいたるところに赤煉瓦や漆喰《しっくい》のかけらが落ちていた。

「もう一日ここにいることにしよう」その朝、ローレンスは言った。それは決断というよりも、見るに見かねての発言だった。テメレアは疲れて元気をなくし、足を引きずっていた。クルーたちもそれと大差なかった。ローレンスは食糧調達のため〝狩り〟の志願者を募《つの》り、マーティンとダンを送り出した。

周辺ではフランス軍のドラゴンによる哨戒活動が活発になっていた。そこには、プロイセン王国の繁殖場から解放されたポーランドのドラゴンたちも加わっている。十一年前の最後の〝ポーランド分割〟からこのかた、繁殖場に閉じこめられていたドラゴンたちだった。十一年のうちに彼らを担っていたキャプテンの多くがプロイセンの獄中で、あるいは加齢や病気で死んだ。最愛のキャプテンを奪われ、プロイセンへの恨み骨髄《こつずい》に徹するドラゴンたちは、たやすくナポレオン側についた。キャプテンやクルーがいないので、戦いに参加できるほどの統制はないが、斥候や哨戒活動にあたらせるには適している。もしそのドラゴンたちがプロイセン軍の残党を見つけて、独断で始末したとしても、フランス軍からはなんのお咎めもないのだろう。

プロイセン軍はもはや残党としか言いようがない状態で、プロイセン王国の北部にある最後の砦に向かってばらばらに逃走していた。勝利の望みは潰《つい》えていた。将軍たちは、フランスとの和平交渉の際に少しでも立場をよくしようと、いくつかの陣地を守ることばかり議論していた。ローレンスには愚の骨頂に思えた。そもそも、フランス側が交渉の席などもうけようとするものだろうか。

ナポレオンの移動はつねにすみやかだった。ポーランドの水浸しの悪路で行軍の足を引っぱる補給馬車を一台も使用せず、すべての補給物資をドラゴンに運ばせていた。

食糧が尽きて兵士と竜が飢えはじめる前に、ロシア軍を捕らえて打ち負かすことにすべてを賭けた作戦だった。ナポレオンはこの一発勝負の賭けに挑み、そして勝った。ワルシャワに至る道に連なっていたロシア皇帝の軍隊は、まさかここまで早く追いつかれるとは予想していなかった。ナポレオンはその隙を突き、三日間にわたる三度の戦いで、分散していたロシア軍を叩きのめした。フランス軍は、プロイセン軍を慎重に避けて行軍をつづけていたのだろう。プロイセン軍は、ロシア軍をおびきよせるためにまんまと利用されたわけだが、気づいたときにはあとの祭りだった。

大陸軍《グラン・ダルメ》のぱっくりとあいた口が、プロイセン軍という料理の最後のひと口を呑みこもうとしていた。プロイセン軍は散りぢりになり、ひたすら北を目指してしゃにむに逃走した。ローレンスは大砲や弾薬が道ばたに放置され、補給馬車に鳥が群がり、飢えた兵士たちによる穀物の奪い合いのおこぼれにあずかっているのを目撃した。

レストック将軍がローレンスたちの野営に急送文書を送りつけ、道の十マイル先にある小村の補給所にドラゴンとクルーを移動させるようにと命令した。ローレンスはこのとき腹をくくった。命令書をくしゃくしゃに丸めて地面に投げ捨てた。このまま踏まれて泥まみれになればいい。こうして、クルー全員をテメレアに搭乗させ、入手できるかぎりの物資を積んで、北へ——テメレアの体力がつづくかぎりはるか北を目指す単独の逃走がはじまったのだ。

これほどの大敗が英国にどのような影響を与えるのか、それをいま考えてみたところでどうしようもない。ここで考えるべきことは、果たすべき目標は、ただひとつ。テメレアとクルー全員を、そしてふたつのドラゴンの卵を英国に連れ帰ることだ。いまの自分たちはとことん無力だ。英国の防衛線の一端を担わなければならないというのに……。さらなる餌食《えじき》を求める全ヨーロッパの覇者《はしゃ》から祖国を守らなければならないというのに……。もしも、もう一度あの丘に、あのクロイチゴの茂みに戻ることができたら、そしてすぐ手の届くところにナポレオンが立っていたとしたら、自分はどうするだろうか。バーデンハウルはあのとき銃撃を思いとどまった自分を責めてはいないだろうか。ローレンスは眠れぬ夜にときどき考えることがあった。

敗北の直後には怒りや悲愴感に襲われることもあったが、やがてそういった感情は薄れていき、望郷の念だけが最後に残った。それでもキャプテンとして、クルーやテメレアにはおだやかに接した。バルト海までの経路がわかる地図をなんとか入手し、あいた時間の大半を費やして、主要な街を迂回する方法や、哨戒ドラゴンのせいでやむをえず一時的に予定の経路をはずれたとき、どうやって元の道に戻るかを検討した。テメレアは歩兵隊よりもはるかに速く移動できたが、はるかに目立つ存在でもあり、身を潜めたり街を避けたりするうちに、結局、北への移動距離は地上を行く軍隊とそれほど変わらなくなった。田園地帯に徴発できるような食糧はほとんど残されておらず、分けられるものはなんでもテメレアに分け与えるので、クルー全員が飢えていた。

いま、古城の廃墟で、クルーたちは眠るか、だるそうに目をあけたまま壁にもたれている。みな、ぴくりとも動かない。マーティンとダンが、出ていってから小一時間ほどで、小ぶりの羊を一頭担いで戻ってきた。羊の頭部を銃弾がきれいに貫通していた。「ライフルを使いました……申し訳ありません、キャプテン。逃げられるのではと思って、つい」ダンが言った。

「人はひとりも見かけませんでした」マーティンがかばうように言い添えた。「一頭だけいたんです。群れからはぐれたんじゃないでしょうか」

「両人とも、よくやった」ローレンスはふたりの報告をあまり気にしなかった。たとえふたりがなにかをしでかしていたとしても、責めて現状がましになるわけではない。

「わたし、あずかります」ローレンスが羊をそのままテメレアに与えようとすると、ゴン・スーがローレンスの腕をつかんで、訴えるように言った。「まかせて、かさ増やしてみせる。みんなにスープをつくる。水もある」

「もう乾パンもあまり残ってないんだ」グランビーがゴン・スーの提案に、低い声でためらいがちに反論した。「肉の味がするものを口にしたら、飢えが増すばかりだろう」

「火を使うと見つかってしまうぞ」ローレンスはきっぱりと言った。

「いいえ、外でやらない」ゴン・スーが古城の塔を指差した。「なかで燃やす。煙はゆっくり、ここから出る」そう言って、すぐそばの、外壁の煉瓦の隙間を軽く叩いた。「燻製《くんせい》小屋みたいにね」

クルーたちは壁際の通路をあけなければならなかった。ゴン・スーだけが火をおこすために塔に入り、数分間後、咳きこみ、すすで顔を真っ黒にして飛び出してきた。煙は煉瓦づたいに薄くたなびくだけで、たいした量はあがらなかった。

ローレンスは地図の検討に戻った。地図はテーブルほども大きな、崩れた外壁の上に広げてあった。あと数日で海岸線にたどり着くので、そこからの方針を固めなくてはならない。海沿いに西に向かえばダンツィヒだが、フランス軍と遭遇するかもしれない。東にはケーニヒスベルクがあり、まだプロイセン王国の統治下にあることはほぼ確実だが、英国からは遠ざかることになる。いまになっていっそう、ベルリンの英国大使館で書記官に出会えたことをありがたく思った。英国艦隊がバルト海にいるという、きわめて貴重な情報をその書記官から入手できたからだ。テメレアが英国艦隊までたどり着くことができれば、そこからは安全が確保される。敵も、艦隊の大砲の射程に入ってまで、追いかけるようなことはしないだろう。

こうして三度目の飛行距離の計算にとりかかったとき、ローレンスは眉間にしわを寄せたまま顔をあげた。周囲のクルーもざわざわしていた。空耳かと思ったが、風向きが変わり、確かに歌声がとぎれとぎれに聞こえてくる。けっしてうまいわけではないが、澄んだ少女の声が一心になにかを歌っていた。ふいに、外壁の向こうに少女が姿をあらわした。農家の娘のようだ。ずっと歩いてきたらしく頬を赤く染め、髪をスカーフで覆って、一本の三つ編みが背中で揺れている。胡桃《くるみ》や赤いベリー、黄色や琥《こ》珀《はく》色の葉と枝をかごいっぱいに入れて運んでいる。少女が外壁の角を曲がり、歌がぴたりとやんだ。その子は驚きに目を大きく見開き、口をぽかんとあけて、ローレンスたちを見つめていた。

ローレンスは立ちあがった。ピストルは目の前の地図の隅に、重しがわりに置いてある。ダンとハックリー、リグズもちょうどライフルを手にして、弾を込め直す作業をしていた。大柄な武具師のプラットも、外壁にもたれ、手を伸ばせば少女に届きそうな場所にいた。ひと言でも発すれば、つかまえて口をふさぐことができる。ローレンスは手を伸ばし、ピストルに触れた。冷たい金属の感触が肌を刺したとき、いったいなにをしているのかと自問した。

背中を悪寒が駆け抜けた。はっとわれに返り、五感を強烈に意識した。苦痛を感じるほどの飢えも戻ってきた。女の子は半狂乱になって丘を駆けおりていった。手にしていたかごが放り出され、黄金色の葉が散らばっている。

ローレンスは、伸ばした手を引っこめず、そのままピストルをベルトにはさんだ。重しを失った地図がくるりと丸まった。「さあ、あの子はきっと、十マイル四方にいる人間をすべて連れて戻ってくるぞ」きびきびと言った。「ゴン・スー、シチューを運び出してくれ。ここを出る前にひと口ぐらいは飲めるだろう。テメレアも、クルーが荷物をまとめるあいだに食べられる。ローランド、ダイアー、ふたりであの胡桃を回収して、殻を割ってくれ」

見習い生ふたりが崩れた壁を乗り越えていき、女の子のかごから散らばったものを集めはじめた。プラットと、同じく武具師のブライズが塔に入り、大きなスープ鍋を運び出すのを手伝った。ローレンスは副キャプテンに声をかけた。「ミスタ・グランビー、ちょっとこっちでひと働きしてくれないか。あの塔の上に見張りを立てたい」

「了解」グランビーが立ちあがり、フェリスとともに、あちこちでぐったりしているクルーを起こしてまわり、崩れた石や煉瓦を塔の側面に階段状に積みあげる作業を開始した。クルーたちが疲労でぼんやりしていたために、最初こそはかどらなかったが、そのうち力仕事がみなの生気をよみがえらせた。塔の高さもそれほどではなかったので、ほどなく胸壁のはざまにロープが投げこまれ、マーティンが塔のてっぺんまでよじのぼった。マーティンがそこで見張りをしながら、「ぼくの分まで食べちゃわないでくださいよ！」と下にいる者たちに声をかけ、覇気《はき》を失っていた敗走部隊から過剰なほどの笑いがあがった。シチューの大鍋が一滴たりとも汁がこぼれないよう慎重に運び出されると、みなが待ってましたとばかりに、ブリキのカップや椀を持って集まってきた。

「すまないと思っている。ろくに休ませてあげられなくて」ローレンスはテメレアの鼻を撫でながら言った。

「平気だよ」テメレアがことさら元気そうに言い、鼻をすり寄せた。「ローレンス、あなたはだいじょうぶ？」

ローレンスは、自分の不安定な精神状態がテメレアにも伝わっていたのかと恥ずかしくなった。「ああ。虫の居所が悪くてすまなかった。ずっとつらい目に遭ってるのは、きみのほうなのに。こんな無謀な戦いにみんなを巻きこむべきではなかったな」

「でも、負けることはわからなかったじゃない」テメレアが言う。「プロイセンを助けようとしたことは後悔してない。逃げたりしたら、自分がとんでもない意気地なしに思えただろうから」

ゴン・スーが、まだ煮こみたりないシチューを、ちびちびと注ぎ分けた。ひとり分がカップ半分ほどだった。フェリスが乾パンを配った。古城はふたつの湖のあいだにあったので水は豊富にあり、紅茶は気がねなくたっぷりと飲めた。わずかなシチューは、できるかぎり咀嚼《そしゃく》を引き延ばして味わった。エミリー・ローランドとダイアーが採《と》れたばかりの胡桃という、思いがけないおやつを配ってまわった。その実はやや若くて苦いが、美味だった。紫色の実は生で食べるには酸っぱすぎたが、テメレアがかごからひと呑みで食べた。全員が分け前を食べてしまうと、ローレンスは見張りのマーティンをサリヤーと交代させ、マーティンに割り当てを食べさせた。それからゴン・スーが大鍋の羊の肉を関節からばらし、待ち受けているテメレアの顎へと、ひとつずつ投げこんだ。そうすれば肉汁は垂れ落ちず、すべて口のなかに入った。

テメレアもひと口にやたらと時間をかけた。しかし羊の頭と脚一本を食べ終わらないうちに、サリヤーが身を乗り出してなにか叫び、ロープをつたいおりてきた。「哨戒部隊です。中型ドラゴンが五頭、こちらに向かってきます」サリヤーが荒い息をして言った。思っていたよりも事態は深刻だった。哨戒部隊が近隣の村にいて、あの少女が直接そこに駆けこんだにちがいない。「距離は五マイルほどかと——」

食事をとったばかりで、しかも危険が迫っていると聞いて、全員に士気がみなぎった。備品一式が手早く積み戻され、ドラゴン用の軽い鎖かたびらが広げられた。防弾用の胸当ては数回前の脱出の際に置いてきてしまった。そのときケインズが「おい、待て、肉を残しておけ！」と緊迫した声で叫んだ。テメレアが最後のひと口を放りこんでもらおうと、ゴン・スーに向かって口を大きくあけたところだった。

「なんで残すの？」テメレアが不満いっぱいにケインズに尋ねた。「まだ腹ぺこなんだよ」

「こいつが孵化しそうだ」ケインズが言った。すでに卵から絹の覆いがはずされ、緑と赤と琥珀色のつぎはぎ模様のような、つやつやした表面があらわになっている。

「ぼさっと突っ立ってないで、こっちに来て手伝え!」

グランビーやほかの空尉たちがすぐにケインズのもとに駆けつけた。一方、ローレンスは急ぎ、残りのクルーを指揮して、布にくるまれたままのもうひとつの卵をテメレアの腹側の装具に運ばせた。それが最後の積み荷だった。

「いまはだめだよ!」テメレアが卵に向かって叫んだ。卵が大きく揺れだしたので、何人かの手で支えなければならなかった。そうしなければ地面をごろごろと転がっていきそうだった。

「ハーネスを準備しろ」ローレンスはグランビーに命じ、グランビーに代わって卵を支えた。つややかな卵殻がこちこちに硬くなり、妙に熱くなってきたので、用心して手袋をはめた。向かい側にいるフェリスとリグズは、おっかなびっくりで左右の手を交互に卵から離している。

「いますぐ出発しなきゃいけないんだから、まだ出てきちゃだめだ。それに出てきたって、食べるものはほとんどないよ」テメレアがさらに言ったが、効果はない。殻を内側からコツコツと突く音がしだいに大きくなった。「ぜんぜん聞いちゃくれない……」テメレアが情けなさそうに言い、腰を落としてすわり、大鍋に残った最後の肉を恨めしげに見つめた。

万一に備えて、だいぶ前にハーネス匠のフェローズがやわらかい革の切れ端で、竜の子のためのハーネスを縫っていた。だが、それは予備の革といっしょに、荷物箱の奥深くにしまいこまれていた。幼竜用ハーネスがようやく取り出されると、グランビーがいまにも震えだしそうな手でそれを広げ、留め具をはずしたりゆるめたりして準備した。「楽勝ですよ」フェローズがささやきかける。ほかの士官たちも、グランビーの背中を叩き、励ましの言葉をかけた。

「ローレンス」ケインズが声を落とした。「前もって考えておくべきだったな。できるなら、すぐにもテメレアを遠ざけたほうがいい。あいつ、機嫌を悪くするぞ、きっと」

「え?」とローレンスが聞き返すのとほぼ同時に、テメレアがきっとなって声をあげた。「なにしてるの?　どうして、グランビーがハーネスを持ってるの?」

ローレンスは最初、テメレアが仔ドラゴンをハーネスで拘束することじたいに抗議しているのかと思い、まずいことになったと思った。しかし、ちがった。「おかしいよ。だって、グランビーはぼくのクルーなんだから」テメレアが強く主張した。しかしそんなことを言い出したら、この場にいる全員が、担い手として不適格者になってしまう。例外はテメレアにとってまだなじみの薄いバーデンハウルやほかのプロイセン軍士官数名しかいない。「あんまりだよ、肉をあげて、おまけにグランビーまであげるなんて」

卵の殻に最初のひびが入った。まさにぎりぎりのタイミングだ。哨戒ドラゴンたちはこちらを警戒し、接近速度をゆるめていた。逃走する気配がないのを、城の外壁を盾に応戦しようとしているのだと勘違いしたらしい。だが敵が警戒して距離をとっているのも、時間の問題だと思われた。そのうち一頭が偵察にやってきて、すぐに攻撃がはじまるだろう。

「テメレア」ローレンスは孵化しかけている卵からやや距離を置き、テメレアの注意を卵から逸らそうとした。「考えてもみてくれ。仔ドラゴンはひとりぼっちだ。きみがクルーの大勢を独り占めするのは不公平だと思わないか？　竜の子の面倒を見る者が誰もいないなんて」そこで、ふとひらめいて付け足した。「きみが持っているような宝石も、ひとつも持っていないいんだよ。かわいそうな子だ」

「ふふん」テメレアが頭を低くして、ローレンスにぴったりと寄せた。「アレンにやらせるってのはどう?」こっそりと提案しながら、それが未熟な士官見習いのアレンに聞こえていないかどうか、背後をちらっとうかがった。アレンは人差し指で鍋のふちをなぞり、夢中で肉汁を舐めとっていた。

「おいおい、きみらしくもない」ローレンスはやんわりとテメレアをたしなめた。「これは、グランビーにとっては昇進のチャンスなんだ。きみだって、グランビーが出世する権利を奪うつもりはないだろう?」

テメレアは低くうなった。「どうしてもって言うんなら……」ぶすっとして言い、すねるように丸くなり、胸元を飾るサファイアのペンダントを前足に引っかけ、鼻を押しつけ、頬で磨きはじめた。

やっとテメレアを説得できた、とローレンスが思ったまさにその瞬間、卵が割れた。いや、割れたと言うより、雲のような蒸気を噴いて破裂し、卵殻のかけらや粘液を四方八方に飛び散らせた。「ぼくは、あんなふうに、ぐちゃぐちゃしたものは飛ばさなかった」テメレアがぶつぶつ言いながら、自分のところまで飛んできて体表に張りついた殻のかけらを払い落とした。

仔ドラゴンが、かじった殻のかけらをぺっぺと吐き散らしていた。苦しげに息をつき、シューッという音を喉から出した。その姿は、まさにカジリク種の成体のミニチュア版だった。成体と同じように、体のいたるところに棘《とげ》状の突起があり、体色は鮮やかな緋色《ひいろ》、腹部に鎧《よろい》のような厚いうろこが重なり、そこだけつややかな紫色をしている。小ぶりだが、みごとな角も生えていた。ただし、成体にある緑色の、豹《ひょう》のような斑紋だけがまだなかった。

仔ドラゴンは、怒っているような、ぎらりと光る黄色の眼で一同を見あげ、けほっ、けほっと二回咳をした。それから、脇腹を風船のようにふくらませ、思いっきり息を吸いこんだ。体じゅうの突起からシュッと蒸気が洩れる。つぎの瞬間、仔ドラゴンは口をあけ、火焔《かえん》を五フィートほど噴きあげた。そばにいるクルーたちが驚いて飛びのいた。

「あら、失礼」竜の子はおもしろがって、後ろ足立ちになった。「だいぶ気分がよくなったわ。じゃ、ちょうだい、肉」

日焼けした顔を蒼くするほど緊張したグランビーが、竜の子に近づいた。竜の子からよく見えるように、右腕にハーネスをかけている。「ぼくはジョン・グランビー。もし、よろしければ——」

「はいはい、ハーネスね」竜の子がさえぎった。「テメレアから聞いてるわ」

ローレンスは振り返ってテメレアをにらんだ。テメレアがばつの悪そうな顔をして、ペンダントの疵《きず》をこすりだす。この分でいくと、ほかになにを教えこんだか知れたものではない。なにしろテメレアは二か月近くも卵の番をしてきたのだから。

竜の子は首を長く伸ばし、グランビーの匂いを嗅いでいた。頭を右に左にかしげて眺め、それから上から下までとっくりと観察した。「あなたが、テメレア・チームの副キャプテン?」身もとをただすような口ぶりで言った。

「そうです」グランビーはかなり取り乱していた。「名前はいりませんか? 名前があるって、すごくいいものですよ。ぼくに名前をつけさせてくれたら、ぼくはすごくうれしく——」

「あら、もう決めてあるの」竜の子がそう言って、グランビーや仲間の飛行士たちをいっそう驚かせた。「イスキエルカ。さっき女の子がイスキエルカって歌ってたから」

ローレンスがテメレアにハーネスをつけたのは、計画されていたことではなく、むしろ偶然の導きによるものだった。あれ以来、ほかのドラゴンの孵化に立ち会ったことはない。なので、ドラゴンの孵化がどのように進行するのか実体験から学んできたわけではないが、クルー全員の驚きの表情から見ても、これは異例のなりゆきなのだろう。仔ドラゴンがさらに言った。「でも、あなたをキャプテンにしてあげる。ハーネスをつけていいし、英国を守るために戦ってあげてもいい。ただし、さっさとやってほしいの。めちゃくちゃおなかがすいてるんだから」

哀れなグランビーは言葉を失った。七歳で航空隊の見習い生になって以来、どれほどこの瞬間を夢見てきたことだろう。厳粛《げんしゅく》な儀式にしたいと念入りに計画し、おそらく名前も考えてあったにちがいない。頭のなかが真っ白になってしまったらしく、まわりが固唾《かたず》を呑んで見守るなか、グランビーは笑いを爆発させた。「わかった、きみはイスキエルカだ」そう言うと、みごとに気持ちを立て直し、ハーネスの首輪の部分を差し出した。「ここに頭を通してくれるかい？」

イスキエルカはハーネスの装着にまずまず協力的だったが、グランビーが大急ぎで最後の何個かの留め金をかけているあいだ、じれったそうに鍋のほうに首を伸ばしていた。そしてようやく解放されると、まだ熱い大鍋に頭と両の前足を突っこみ、テメレアの夕食の残りをがつがつとむさぼり食った。早く食べろと急かす必要などまったくなかった。イスキエルカは鍋を揺らしながら、最後の一滴まで肉汁をきれいに舐めとった。「すごくおいしかった」鍋から頭をあげると、小さな角から肉汁が垂れ落ちた。「でも、もっとほしい。狩りにいきましょう」イスキエルカが試すように翼をぱたぱたさせた。翼はまだやわらかく、くしゃくしゃと背中に張りついている。

「ええと、それはあとにしよう。いまは、ここを出なきゃいけないからね」グランビーがイスキエルカのハーネスをしっかりと握ったまま言った。突然、頭上で激しい羽ばたきの音がした。ついに哨戒ドラゴンのなかから一頭がやってきて、壁越しにローレンスたちのいる場所をのぞきこんだのだ。テメレアが立ちあがって吼えると、斥候《せっこう》ドラゴンはあわてて逃げ出した。だがそれですむはずがなかった。斥候ドラゴンは早くも仲間に呼びかけていた。

「乗りこめ！　搭乗順にかまうな！」ローレンスは命令を叫んだ。クルー全員がテメレアのハーネスに飛びついた。「テメレア、きみがイスキエルカを運んでくれ。背中に乗せてもいいね？」

「自分で飛べるわよ」イスキエルカが言った。

「戦いがはじまるの？　いまから？　どこで？」飛べるという言葉どおり、少しだけ宙に浮いたが、グランビーがハーネスを握りつづけていたので、ぴょんぴょん飛び跳ねるだけに終わった。

「だめだよ、いまは戦わない」テメレアが言った。「どっちみち、きみはまだ小さすぎて戦えない」そう言うと、頭を低くして、イスキエルカの体を口にくわえた。金切り声で抗議する竜の子にかまわず、テメレアは鋭い前歯と奥歯の隙間にうまくその体をはさんで、地面から持ちあげ肩におろした。ローレンスは、グランビーがイスキエルカのもとへ駆けつけられるよう、ハーネスによじのぼるのを下から助けてやった。そして自分もあとにつづいた。クルー全員が乗りこみ、テメレアが勢いよく飛び立つのとほぼ同時に、哨戒ドラゴンたちが壁を越えて突入してきた。テメレアが咆吼とともに敵のまっただなかに突っこみ、体当たりで敵をなぎ払った。

「あらっ！　攻撃してくるじゃない！　さっさと殺しちゃおう！」イスキエルカが血に飢え、いきり立ち、宙に飛び出そうとした。

「だめだ。頼むから、おとなしくしてくれ！」グランビーが必死でイスキエルカを押さえつけ、もう片方の手でイスキエルカのハーネスのカラビナを、テメレアのハーネスに留めつけようと奮闘した。「きみが飛べる速度より、もっと速く飛ぼうとしてるんだ。だから我慢して！　あとで好きなだけ飛ばしてあげる。だからいまは待ってくれ」

「だけど、これ、戦闘でしょ！」イスキエルカが身をくねらせて、敵ドラゴンを振り返ろうとした。イスキエルカの体には棘状の突起があるため、押さえこんでおくのはむずかしい。イスキエルカが、かぎ爪でテメレアの首やハーネスを引っ掻いた。かぎ爪はまだやわらかく、テメレアがふんふんと鼻を鳴らして頭を振っているところからすると、どうやらくすぐったいらしい。

「じっとして！」テメレアが振り返って言った。テメレアは、一時的な敵ドラゴンの混乱に乗じて一気に加速した。北にある厚い雲まで行きつけば、なんとか身を隠すことができる。「きみのせいで、飛びにくいったらないよ」

「いやったらいやっ！」イスキエルカがけたたましく叫んだ。「戻って、戻って！戦場はあっち！」本気を示すように、また火焔を噴射し、あわやローレンスの髪を焦がしそうになった。イスキエルカが苛立ってどすどすと地団駄《じだんだ》を踏み、グランビーはその体をつかまえているだけで精いっぱいだった。

哨戒ドラゴンたちがあっという間に追いついてきた。テメレアは雲に突入したが、速度を落としても、声をかけ合って互いの位置を確認し、なおもしつこく迫ってきた。小さなイスキエルカは雲のなかの冷たい湿気が苦手らしく、グランビーの胸や肩にきゅっと体を巻きつけて暖をとろうとした。そうやってグランビーを締めあげたり鋭い突起で刺しそうになったりしながら、敵から逃げることにまだぶつぶつと文句を言った。

「しーっ、イスキエルカ」グランビーが竜の子を撫でながら言った。「こっちの居場所がばれてしまうからね。これは隠れんぼさ。静かにしてなくちゃ」

「ぶちのめしちゃえ。冷たい雲のなかでじっとしてなくてすむもん」だが、イスキエルカはそう言いながらも、ようやく戦うのをあきらめた。

そのうち哨戒ドラゴンたちの翼の音が聞こえなくなったので、思いきって雲から抜け出してみた。どうやら敵を振り切ったようだ。だがここで新たな問題が浮上した。イスキエルカに食事を与えなければならない。「やむをえない」ローレンスは言った。こうして一行は周囲を警戒しつつ、深い森や湖のある地域から離れて農村地帯に近づき、望遠鏡で地上をうかがった。

「ああ、牛……みんな、おいしそうだなあ」ややあって、テメレアがものほしげに言った。ローレンスは急いで望遠鏡を遠くに向け、牛を発見した。肥えた牛の群れが、丘の斜面でのんびりと草を食《は》んでいた。

「ありがたい」ローレンスは言った。「テメレア、地上におりてくれないか。あのくぼ地がいいだろう」指差しながら言い足した。「暗くなるのを待って、捕まえよう」

「えっ、牛を?」テメレアが降下しながら、あたりをきょろきょろ見まわした。「でもローレンス、あれは誰かの所有物じゃないの?」

「ええと、そうだ、そうだろうな、たぶん」ローレンスはどぎまぎして言った。「だが目下の状況では、例外的な行動をとらざるをえない」

「でも、イスタンブールでアルカディたちが牛を襲ったときと、〝目下の状況〟とどうちがうの?」テメレアが問いただす。「あのときアルカディたちはおなかをすかしてた。いまのぼくらもそうだよ。まったく同じじゃないか」

「わたしたちは、イスタンブールでは客人だった」ローレンスは言った。「それにオスマンも同盟関係にあると思っていたし」

「てことは、所有している相手が敵だったら、盗みじゃなくなるの?」テメレアが言った。「でもそうすると――」

「いや、ちがう、そうじゃない」勘違いさせるとこの先まずいことになりそうだと思い、ローレンスはあわてて言った。「だがいまは、その、戦時下の緊急事態で……」

なんとか説明しなければと思うが、言葉は尻すぼみになった。そうだ、これは窃盗と大差ない。地図上ではプロイセン領であり、理屈のうえでは徴発と呼べなくもない。だが徴発と窃盗のちがいを説明するのはむずかしそうだ。この逃走期間の食べ物は盗んだものばかりだし、プロイセン軍の配給食糧だってほとんどが盗品のようなものだった。だが、そんなことをテメレアに教えるわけにはいかない。

しかし、窃盗だと正面切って認めるにせよ、もっと当たり障りのない言葉で呼ぶにせよ、ここを乗り切らなければならないことは確かだ。生まれたばかりの竜の子に、飢えを我慢しろと言ったところで理解できるはずもなく、飢えはますますつのるばかりだろう。テメレアが生まれてからぐんぐんと成長した数週間のあいだ、どれだけたくさんの食べ物を平らげたかはよく覚えている。それに、イスキエルカを黙らせることも、ぜったいに必要だ。充分な食事を与えれば、生後一週間は、食べているとき以外は眠って過ごしてくれるだろう。

「いやあ、手に負えない子ですね」グランビーが、イスキエルカのつややかな体表を愛しげに撫でながら言った。イスキエルカはすきっ腹をかかえつつも、一行が夜を待つあいだ、うたた寝をしていた。「卵から出てきたとたんに火を噴くなんて。これからが、とんでもなくたいへんでしょうね」その口調は不満を言っているようには聞こえなかった。

「だよね。早く分別をわきまえてほしいもんだよ」テメレアが言った。イスキエルカに対して、まだ憤懣《ふんまん》やるかたないようだ。小さな仔竜から臆病者呼ばわりされ、戻って戦えと要求され、機嫌を損ねたままなのだ。無理とわかっていても、テメレアもドラゴンの本能として戦いたかったのだろう。献身的に卵の面倒を見ていたテメレアだったが、それがただちに竜の子への愛情につながるわけでもないらしい。それとも、イスキエルカに夕食の肉をとられたことを、いまだ根に持っているのだろうか。

「まだほんの子どもだからね」ローレンスはテメレアの鼻を撫でながら言った。

「ぼくはあんな分《わ》からず屋じゃなかった。卵から孵ったばかりでもね」そう言うテメレアに、ローレンスはあえてなにも言わないでおくことにした。

日没から一時間後、ローレンスたちは斜面にいる牛に風下から忍び寄り、こっそりと襲いかかる計画を立てた。全員が搭乗していれば、そのまま牛をつかんで空に逃げればすむはずだった。万事これでうまくいく――。ところが頭に血がのぼったイスキエルカが、体を拘束していたハーネスにかぎ爪を引っかけて、そこからするりと抜け出し、そのまま柵を飛び越え、眠っている牛の背に飛び乗ってしまった。仰天した牛が大声で鳴いて、群れもろとも逃げだした。

イスキエルカは牛にしがみついたまま、四方八方に火焔を吐いた。もはや泥棒ではなく、サーカスの曲乗り師のようだった。農家の明かりが灯り、農夫たちがたいまつや旧式のマスケット銃を手に飛び出してきた。キツネかオオカミが来たと思ったにちがいない。彼らが柵のそばで呆然《ぼうぜん》と立ちつくしたのも無理はなかった。牛が恐慌状態で振り落とそうとしているにもかかわらず、イスキエルカは牛の首まわりについた脂肪にがっちりとかぎ爪を立て、興奮と鬱憤《うっぷん》が半々の金切り声をあげて、なおも小さな顎で牛に咬みつこうとしていた。

「見てよ、あのざま」テメレアが予想どおりだと言いたげに鼻を鳴らすと、片方の前足でイスキエルカと牛を、もう一方の前足で牛をさらに一頭引っつかんで、宙に舞いあがった。「起こしちゃって、牛までもらっちゃって、ごめんなさい。でもこれは盗みじゃないんだよ。だって戦時下なんだから」テメレアが空中停止《ホバリング》しながら農夫たちに言った。農夫たちはテメレアの恐ろしげな巨体を見あげたまま、真っ青になって凍りついていた。テメレアの言葉を理解できなかったのは、言語の壁というより、むしろ恐怖のせいだ。

罪悪感に駆られたローレンスは、あわてて財布をさぐり、金貨を何枚か投げ落とした。「テメレア、イスキエルカを捕まえているな？　頼む、ここからすぐに離れてくれ。通報を受けて、敵が追っ手を差し向けてくるぞ」

テメレアはイスキエルカをしっかりと捕まえていた。その証拠に、飛行を開始すると、くぐもってはいるが、まぎれもない仔竜のわめき声が下から聞こえてきた。「あたしの牛！　あたしのだったら！　あたしが最初につかまえたの！」その声のおかげで、ひそかに逃げ出すことがますます困難になった。振り返ると、闇に浮かぶ狼煙《のろし》のごとく、村全体が明るくなっていた。一軒、また一軒と明かりが灯っていく。あれなら数マイル先からでも見えるだろう。

「やれやれ。真っ昼間に、突撃ラッパでも吹き鳴らして捕まえにいったほうが、まだましだったな」ローレンスはうめいた。これはきっと、盗みをはたらいた天罰《てんばつ》だ。

とにかく竜の子に肉を与えて黙らせるのが先決と、やむをえず、村からそう遠く離れていない場所におり立った。イスキエルカは最初、牛を放そうとしなかった。牛はテメレアのかぎ爪に突かれて死んでいたが、イスキエルカは皮を裂いて食べはじめることができずにいた。「あたしのだもん」と言いつづけるイスキエルカに、とうとうテメレアが言った。「うるさい！　みんな、きみのために牛を解体してあげようとしてるのに。さっさと放せよ。それにもし、きみの牛がほしいのなら、ぼくはとっくに取ってるよ」

「取れるもんなら、取ってみな！」イスキエルカが言った。テメレアは頭をぐっとおろし、低くうなった。イスキエルカが悲鳴をあげて、グランビーに飛びついた。いきなり竜の子に胸に飛びこまれて、グランビーはそのまま後ろにどさりと倒れた。「ふんっ、ずるい！」イスキエルカはグランビーの肩に巻きつき、怒りをぶちまけた。

「こっちが小さいからってばかにして！」

テメレアが素直に恥じ入って、口調をやわらげた。「ねえ、きみの牛を取る気なんてぜんぜんないんだ。自分の分はちゃんとあるからね。きみはもっとお行儀よくしたほうがいい。だって、まだ助けてもらわなくちゃならない子どもなんだから」

「いますぐ大きくなりたい」イスキエルカがふくれっ面で言った。

「ぼくらに肉を切り分けさせてくれなきゃ、大きくなれないよ」グランビーの言葉に、イスキエルカが顔をあげた。「牛を解体するところを見せてあげるよ。どう？」

「見てあげてもいい」イスキエルカはしぶしぶ言って、グランビーとともに牛の死骸に近づいた。ゴン・スーが牛の腹を裂き、まず心臓と肝臓を取り出した。それを、捧げ物でもするようにイスキエルカに差し出した。「いちばん初めのいちばんおいしいところ――これで、小さいドラゴン、大きくなる」

イスキエルカが「あら、そうなの？」と言い、前足のかぎ爪でひったくり、大喜びで食べはじめた。両の前足にそれぞれ持った心臓と肝臓を、交互に食いちぎって呑みこむと、顎の両端から牛の血がだらだらと垂れた。

どんなに頑張っても、イスキエルカがそのあと食べられたのは脚が一本きりだった。満腹になった仔竜はばったり倒れて眠りこみ、一同は心からありがたく思った。テメレアが自分の牛をむさぼるあいだに、ゴン・スーが、イスキエルカの食べ残しをすばやく切り分けて鍋にしまった。こうして、地上におりてから二十分後には飛行を再開することができた。仔ドラゴンは、さっきまで騒いでいたことが嘘のように、グランビーの腕のなかでぐっすりと眠っていた。

闇に目を凝らすと、あの明かりの灯った村の上空に、旋回するドラゴンたちの姿が見えた。そのうちの一頭が振り向いてこちらのほうをうかがったとき、ローレンスたちははっとした。白い眼が発光していた。ドラゴンのなかでは稀少《きしょう》な夜行性種、フルール・ド・ニュイ〔夜の花〕だ。「北へ向かう」ローレンスは険しい声で言った。「全速力で、まっすぐ北を目指すんだ、テメレア。海へ向かおう」

ローレンスたちは夜を徹して飛びつづけた。フルール・ド・ニュイの低くて奇妙な、荘重《そうちょう》な金管楽器の音色のような咆吼が、つねに背後から聞こえていた。中型ドラゴンたちがそれに応える、甲高い声もあとにつづいた。テメレアは追っ手よりも重い荷を積んでいた。いつもの装備と飛行士たちに加えて、地上クルー全員と補給物資、さらにイスキエルカもいる。ローレンスの目から見て、イスキエルカは孵化のときよりも歴然と大きくなっていた。テメレアはなんとか敵に追いつかれずに飛びつづけていたが、追っ手との距離はわずかで、振り切るのはむずかしそうだった。夜気は冷えて澄みきり、満月からわずかに欠けた月があたりをしらじらと照らしている。

それでも懸命に飛びつづけているうちに、眼下のヴィスワ川の流れがまっすぐになった。海に近づいているのだ。川面《かわも》は黒々としているが、時折りさざ波がきらめいた。ローレンスたちは銃に弾を込め直し、閃光粉《せんこうふん》も準備した。

竜の腹側に乗っていた武具師のフェローズたちが予備の鎖かたびらを手に、テメレアの脇腹をよじのぼってきて、イスキエルカをその鎖かたびらで保護しようとした。フェローズたちが鎖かたびらをイスキエルカの体にかけて、小さなハーネスのリングに留めつけているとき、竜の子はむにゃむにゃと寝言を言って、グランビーに身を寄せた。

ローレンスは最初、その音を聞いて、はるか後方から敵が射撃を開始したのかと思った。だがまた音がとどろき、その正体を知った。それはライフル銃ではなく、大砲の音だった。大砲を撃つ音がどこか遠くから聞こえてくる。テメレアが空中停止《ホバリング》し、音がした西に体を向けた。ローレンスの目の前に、黒いバルト海が開けた。砲声はダンツィヒの街の塁壁《るいへき》を守るプロイセン軍から聞こえていた。

17　黒い雲を抜けて

「われわれといっしょに籠城《ろうじょう》させることになって申し訳ない」カルクロイト将軍がそう言いながら、上等なポートワインをローレンスに勧めた。ここ一か月間ほど薄い紅茶と水で薄めたラム酒ばかり飲みつづけ、鈍ってしまった味覚にはもったいない一級品だった。

それは、安堵のあとの一杯だった。数時間ぐっすりと眠り、軽食をとった。テメレアにも存分に食べさせることができた。いまのところ、ダンツィヒの街に配給制は敷かれておらず、街の倉庫には物資があふれている。ここは塁壁に囲まれた堅牢な要塞都市で、守備隊は強く、統率がとれていた。当分、飢えや士気の低下が原因で敵に降伏することはないだろう。敵もダンツィヒ陥落を急いではおらず、フランス軍による街の包囲は長期化する可能性があった。

「われわれは、敵にとって恰好《かっこう》の囮《おとり》なのだ」カルクロイトが、ローレンスを南向きの窓に案内した。夕暮れの日差しのなか、ダンツィヒを囲むフランス軍の野営が見えた。プロイセン軍の大砲の射程には入らない距離を保ち、ヴィスワ川や街道をまたぎ、ゆるい弧《こ》を描くように、いくつかの野営が連なっている。「毎日のように、レストック将軍の師団の生き残りが南からやってきては、敵の手に落ちる。もう少なくとも五千人は捕らえられたにちがいない。敵は兵士からマスケット銃を取りあげ、恭順宣誓《きょうじゅんせんせい》をさせるだけで、家に帰している。そうすれば捕虜を養わなくてすむからだ。ただ士官以上は捕虜にされているようだが」

「敵の規模はどれくらいでしょう？」ローレンスは尋ねながら、テントの数をざっと数えてみた。

「きみは、ここから敵に突撃しようと考えているのだな。わたしも、それは考えた」カルクロイトが言った。「だが敵陣が遠すぎる。突撃隊は味方から切り離されてしまうだろう。敵が本気で包囲攻撃を仕掛けようともっと近づいてきたら、行動を起こしてもいいかもしれないが。まあ、それで益があるわけでもないがね、ロシア軍がナポレオンに和睦《わぼく》を申し入れてしまったいまとなっては――」

ローレンスの驚きの表情を読んで、カルクロイトがつづけた。「知らなかったのか。

結局、ロシア皇帝はこれ以上プロイセン王国に兵力を注ぎこまないと決めた。残りの人生をフランスの虜囚《りょしゅう》となって過ごしたくなかったんだろう。両国の休戦が決まり、目下、ワルシャワで平和条約の交渉が行われている。ロシアとフランスの皇帝が親しき友として会談中というわけだ」カルクロイトが野太い声で笑った。「だから敵も高《たか》をくって、われわれをここからおびき出そうとしない。フランスのやつらめ、ひと月とたたないうちに、わたしもフランス市民になるだろうと思っているにちがいない」

カルクロイト将軍が、壊滅したホーエンローエ侯爵の部隊とかろうじて運命をともにせずにすんだのは、伝令竜がもたらした命令によって、ダンツィヒに赴《おもむ》き、包囲攻撃に備えて、この要塞都市を守ることになったからだった。「ここに着いて一週間もしないうちに、なんの前触れもなく、やつらがすぐそこにあらわれた。だがそれ以来、新しい情報はすべて入ってくる。憎々しいことに、敵の元帥め、自分に届いた急送文書の写しをわたしに送りつけてくる。味方の伝令竜がここまで入ってこられないので、それを叩き返してやることもできない始末だ」

テメレアは、からくも敵の包囲網をくぐり抜け、街の塁壁の内側に入ることができた。敵ドラゴンの大半が海に至る道を封じるために街の北側にいたこと、またテメレアの出現が突然で、敵兵が地上から大砲で攻撃する余裕がなかったことなどが幸いした。とはいえ、街に入ってしまったばかりに厄介なことになった。今朝から敵の大砲のなかに対ドラゴン用の胡椒砲《こしょうほう》が数門加わった。高く飛ぶ臼砲《きゅうほう》もいたるところに置かれている。

この要塞都市からバルト海に臨む港までは、およそ五マイルの距離がある。ローレンスは、カルクロイトの居室の北の窓から、海に向かって最後の曲線を描くヴィスワ川の輝きを眺めた。川は海に近づくにつれて川幅を広げていく。冷ややかな深い藍《あい》色のバルト海に、英国艦隊の戦列艦の白い帆が点在していた。望遠鏡をのぞけば、艦の数まで数えられる。六十四門艦が二隻、戦隊司令官旗を掲げた堂々たる七十四門艦が一隻、護衛役の小型フリゲート艦が二隻。

それらの戦列艦は、岸から少し離れた沖合に錨《いかり》をおろしていた。艦隊によって守られた港には、無骨な大型輸送艦が何隻か停泊している。ロシアから援軍を運んでくるために待機していたのだが、ロシアとフランスが和睦したいま、もはや援軍を迎えにいくことはありえない。街から港までたかだか五マイルとはいえ、そのあいだにフランス軍の大砲や空軍が立ちはだかっていては、その五マイルは千マイルの隔たりにも等しかった。

「英国艦のほうも、わたしたちがここにいて身動きがとれないことを知っているにちがいない」ローレンスは望遠鏡をおろしながら言った。「きのう、わたしたちが街に入るところを見逃すはずはないだろう。フランス軍が大騒ぎしたからな」

「運が悪かったですね、ここまで追いかけてきたのが夜行性のフルール・ド・ニュイ種だったのは」グランビーが言った。「そうでなけりゃ、新月の夜を待って英国艦まで突き進むように進言するところです。だけど、フランス軍もこっちがそういう行動に出るのを警戒しています。街の塁壁を越えもしないうちから、全軍を差し向けるでしょう」グランビーの言うとおりだった。その夜から、街の北にあるフランス軍の野営には、月影のこぼれるバルト海を背に、一頭の巨大なドラゴンの濃い青のシルエットが浮かびあがるようになった。フルール・ド・ニュイだった。ほとんど後ろ足立ちになり、街を油断なく見張っている。その大きな青白い眼は、ほとんどまばたきもせずに、街の塁壁をひたと見すえていた。

「こりゃあ、すばらしいもてなしようだ」ルフェーヴル元帥が上機嫌で言った。元帥はやわらかく調理された鳩《はと》を遠慮なくもう一羽皿に取ると、それにかぶりつきつつ、山盛りのじゃがいもにも手を出した。フランス軍元帥らしからぬ、近衛軍曹あたりにふさわしい作法だったが、現にそのとおり、ルフェーヴルは粉屋の息子として生まれ、近衛兵卒からはじめて元帥までのぼりつめた、叩きあげの軍人だった。「この二週間というもの、茹《ゆ》でた雑草と鴉《からす》の肉に、乾パンで食いつないできましたからな」

ルフェーヴル元帥は純朴そうな丸顔で、髪粉をはたいていない灰色の巻き毛のかつらをかぶっていた。元帥が使者を立てて交渉を開始しようではないかと申しこんできたとき、カルクロイト将軍は、もし元帥自身が街にやってきて食事をともにしながら和睦について話し合うのなら、交渉に応じるのもやぶさかではないと、厳しい条件をつけて返事した。ところが元帥はためらうことなくその要求を呑み、数名の騎兵以外には護衛もつけずに街の門に馬で乗りつけたのだった。

「こんなにごちそうしてもらえるなら、もっと危険を冒してもいいくらいだ」あるプロイセン軍士官がぶしつけに元帥の勇気について感想を述べると、ルフェーヴルはそう言って高らかな笑い声をあげた。「実際のところ、わたしを地下牢に閉じこめたって、哀れな妻を嘆かせるくらいで、なんの効果もありません。皇帝はいくらでも人材をかかえておられますから」

ルフェーヴルはすべての料理を平らげ、肉汁の最後の一滴までパンでぬぐいとって味わうと、ポートワインが回されるあいだは椅子で居眠りし、コーヒーが出されると同時に目を覚まし、「ああ、生きかえりますなあ」と言って、たてつづけに三杯飲みほした。「さてと」間髪《かんぱつ》を容《い》れずにきびきびと話を進める。「あなたは良識ある人物で、優れた軍人とお見受けするが、どうあっても現状を長引かせるおつもりですか？」

降伏の提案を検討すると決めつけられては心外とばかりに、カルクロイト将軍が冷ややかに返した。「もちろん、誇りを持って自分の持ち場を死守します。プロイセン国王陛下より、変更のご命令が下されないかぎりは」

「ははあ、そりゃあ無理というものです」ルフェーヴルはしれっと言った。「プロイセン国王陛下は、いまのあなたと同じようにケーニヒスベルクで籠城しておられますからな。ここを明け渡したところで、なんの恥にもなりません。ナポレオン閣下を気どるつもりはないが、攻城砲でこの街を落とせる確率は二対一と読んでおります。わたしは人命を無駄にしたくないだけなのです。あなたとわたしの兵の両方の人命を」

「わたしはインゲルスレーベン大佐とはちがう」カルクロイトが気色《けしき》ばみ、ミュラ元帥の脅しに屈してシュテッティンの街を早々と明け渡した人物の名を引き合いに出した。「戦わずして自分の隊を引き渡すようなまねはぜったいにしない。これでわれわれがご想像よりも御《ぎょ》しがたい相手であることがおわかりかな?」

「あなたがたを敬意をもってお迎えします」ルフェーヴルは、カルクロイトの挑発には乗らなかった。「あなたも士官の方々も解放します——今後一年間はフランス軍と戦わないという恭順宣誓をしていただけるのであれば。もちろん兵士も同様です。ただしマスケット銃は没収します。これが最大限の譲歩ですが、撃たれたり捕虜になったりするよりは、よほどましな運命ではありませんか?」

「ご親切な申し出に感謝します」カルクロイトが立ちあがりながら言った。「だが、お断りだ」

「非常に残念ですな」ルフェーヴルも動じることなく立ちあがり、椅子の背に無造作に引っかけていた剣を腰に吊るした。「この提案が永遠に有効とは言いません。ですが、心に留め置いてください」ルフェーヴルがきびすを返そうとして、ふと、ローレンスのほうを見やった。ローレンスはテーブルのやや下座にすわっていた。「残念ながら、いまの条件は英国軍人には適用されません。どんな身分であろうと」ルフェーヴルはローレンスに弁解がましく言った。「皇帝陛下の英国人に対するお考えはつねに同じなのです。それに、あなたたちに関しては、特別な命令を受けている。もし、あなたが過日、あの大きな中国種のドラゴンに乗って、わたしたちの頭上をまんまと通過していった人物ならばの話ですがね。はっはは！　してやられました」

自嘲《じちょう》交じりの笑いとともに、ルフェーヴルは足音高く退出し、護衛の兵を指笛で呼び寄せ、街の塁壁の外へと馬で駆け去った。その上機嫌ぶりに座の一同はすっかり呑まれてしまった。ローレンスは、自分たちのために下された〝特別な命令〟とはなんだろうと考えた。リエンがナポレオンを説《と》きつけ、テメレアの処遇に関して恐ろしい命令を出させたのではないか。そう考えて、命令の内容をあれこれ想像してしまい、眠れない一夜を過ごした。

「キャプテン、言うまでもないだろうが、ルフェーヴル元帥の申し出を受け入れる気はさらさらない」翌朝、カルクロイト将軍が朝食の席にローレンスを呼んで、みずからの決意を念押しした。

「閣下」ローレンスは落ちついて返した。「わたしはテメレアという一頭の竜を担っており、これは敵の捕虜になるのを恐れる充分な理由になりえます。ですが、だからといって、わたしたちが捕虜となる運命から逃れるために、一万五千もの兵士が戦いで命を落とすことになってもいいとは考えません。それに、戦闘がはじまったら、どれほど多くの市民が犠牲になることか。敵が攻城砲を並べて攻撃してきたら、いったいいつまで抵抗できるでしょうか。結局は、この街を明け渡すか、瓦礫《がれき》の山にされるか、ふたつにひとつです。そして、いずれの場合も、わたしや部下は殺されるか捕まるか――」

「いやいや、まだなにが起きるかわからない」カルクロイトが言った。「フランス軍の攻城戦準備はもたつくばかりだろう。地面は凍りつき、兵士の体力を奪う厳冬《げんとう》がまもなくやってくる。きみもルフェーヴルの話を聞いただろう？　敵陣には物資が乏しくなっている。おそらくやつらは、来年三月まではたいした行動は起こすまい。それだけの時間があれば、どんなことだって起きる」

カルクロイトの見立てはあながちはずれてもいなかった。望遠鏡で敵陣をさぐると、フランス兵たちが物憂《ものう》くつるはしや鋤《すき》で地面を掘り返していた。錆《さ》びて傷んだ古い道具が硬い地面に弾《はじ》き返され、作業は遅々として進まない。

まだ本格的な冬ではないが、土地が川に近いせいで湿気の多い地面が凍りついている。海からの突風が雪片を運び、毎日夜明け前には窓ガラスや洗面器のふちに霜がおりた。ルフェーヴル元帥に焦るようすはまったくなかった。時折り、元帥自身が掘りはじめたばかりの浅い塹壕《ざんごう》におりる姿が見えた。副官数名を引き連れ、口笛を吹いているかのように唇をすぼめ、この状況もまんざらではないというようすだった。

しかし、この膠着《こうちゃく》状態に満足できない者もいた。ローレンスとテメレアがダンツィヒに着いて二週間とたたないうちに、リエンがあらわれた。

リエンは午後遅く、南方からやってきた。乗り手はおらず、護衛役の中型ドラゴン二頭と伝令竜一頭だけを従え、力強く羽ばたいて、フランス軍の野営に着地した。やがて吹きはじめる冬の強風をかろうじてかわした到着だった。そのわずか三十分後から、冬の突風が街や野営地に激しく吹きつけるようになった。冬の嵐は二日間つづいた。リエンの姿を最初に認めたのは街の見張りだけだったので、もしや見間違いではなかったかと、ローレンスはかすかな希望をつないだ。しかし嵐が過ぎ去った朝、晴れわたったまぶしい空にこだまする、リエンの身の毛もよだつ咆吼で、鼓動《こどう》を速くして目覚めた。

外は身を切るように寒く、雪がくるぶしまで積もっていたが、ローレンスは就寝用のシャツにガウンを引っかけて外に飛び出し、街の塁壁にのぼった。早朝なので雪もまだ取り除かれていなかった。浅黄《あさぎ》色の日差しを浴びて、雪に覆われた真っ白な平原と、リエンの大理石のように白い体が、目も眩《くら》むほどまぶしく輝いていた。リエンはフランス軍の前線のはずれで地面を調べていた。ローレンスや愕然《がくぜん》とする守備兵が見守るなか、深々と息を吸いこんでふたたび空に舞いあがり、大地に向かって咆吼した。猛吹雪《もうふぶき》のように雪煙が舞いあがり、黒い土くれが飛び散った。が、リエンの咆吼にどんな効果があったかは、フランス兵がつるはしやシャベルを手におそるおそる作業を再開するまでわからなかった。咆吼を浴びた地面が凍土の下まで、何フィートもの深さにわたってゆるんでいた。掘削《くっさく》作業がはるかに迅速に進むようになった。わずか一週間で、それまでの成果に匹敵するほど作業が進展した。リエンの存在は大きかった。リエンはしばしば作業現場にあらわれ、前線を行きつ戻りつし、手抜きがないかどうかを監督した。そのかたわらで、兵士たちが猛烈な勢いで地面を掘り返していた。

フランス軍のドラゴンたちが、ほぼ毎日、ダンツィヒの街の守備隊に戦いを挑んできた。だがその目的は、フランス軍の歩兵隊が塹壕を掘り、堡塁《ほうるい》を築くあいだ、プロイセン軍の関心を引きつけておくことにあったようだ。たいていは街の塁壁に設置された大砲がドラゴンたちを追い払ったが、ときには大砲の射程を超えて上昇し、塁壁に爆弾投下を試みる敵ドラゴンもいた。それほどの高さからでは標的に命中することはめったになかったが、街の通りや住居に落ちて悲惨な被害をもたらすこともたびたびだった。街の住民はドイツ系よりスラヴ系が多く、この戦争になんの意気ごみもなかったので、守備隊が早くどこかへ行ってくれないものかという空気が街に漂いはじめていた。

カルクロイト将軍は毎日砲兵隊に弾薬を補給し、フランス軍に反撃させた。しかし、そのおおかたは、砲弾の届かない距離で行われている敵の塹壕掘りに打撃を与えることはなく、ただ自軍の士気を保つために使われているようだった。それでも思いがけず砲弾が敵の大砲に命中したり、作業中の兵士を何人かなぎ払ったりすることがあり、あるときはフランス軍旗を直撃し、王冠を頂くイヌワシの紋章もろとも吹き飛ばしたので、プロイセン軍は大喜びした。その夜、カルクロイトは兵士全員に酒を配給するように命じ、士官たちを夕食に招待した。

また潮と風の条件がそろったときには、英国海軍の戦列艦が岸に近づき、街の北側に駐屯するフランス軍に向けて一斉砲撃を行った。だがルフェーヴル元帥もぬかりなく、その射程を避けて前哨隊を置いていた。ローレンスもテメレアも、港で起きる小競り合いをときどき目撃した。フランス軍のドラゴンたちが、港にいる輸送艦を爆撃しにいくのだが、英国艦は散弾や胡椒弾による対空砲火ですばやく応戦し、ドラゴンたちを追い返した。どちらが優勢に立つわけでもなく、両軍五分五分だった。フランス軍も時間の余裕さえあれば、砲台を築いて英国艦を追い払おうとしたのだろうが、ダンツィヒ攻略という肝心の目的をおろそかにするわけにはいかなかった。

テメレアが全力を尽くして空から街を攻撃するドラゴンを撃退していたが、ダンツィヒには、テメレアのほかには小型の伝令竜二頭と仔ドラゴン一頭しかおらず、一頭きりで応戦するには体力にも即応力にも限界があった。フランス軍のドラゴンたちは交替で街に飛来し、塁壁沿いにしつこく回りつづけ、テメレアの注意力が鈍ったり、砲兵が気をゆるめたりした隙を狙って、ちょっとした損害を与え、大急ぎで飛び去った。そのあいだもフランス兵たちは、もぐらの大群のごとく、せっせと穴を掘りつづけ、塹壕の幅が広がり、長さが伸びていった。

リエンはこうした小競り合いにはいっさい加わらず、ただ静かに体を丸めて、まばいるようだった。リエンの仕事は攻城堡塁を築く作業が着々と進行するように支えることだった。〝神の風《ディヴァインズ・ウィンド》〟を用いれば、塁壁にいる兵士たちを大量に殺傷できたはずだが、リエンは自分があえて戦場に出るまでもないと考えているようだった。

「言わせてもらえば、あいつはとんでもない腰抜けだね」テメレアがリエンのいる方角を見やり、鼻を鳴らして言った。「ぼくなら、仲間が戦っているとき、あんなふうに引っこんでいるようなことはしない」

「あたし、腰抜けじゃないもん！」イスキエルカが目を覚まし、口をはさんできた。もちろん、誰もイスキエルカが腰抜けだなどとは思っていない。体格差は日々縮まりつつあるとはいえ、自分の二十倍はあろうかという成竜と戦いたがり、飛んでいこうとするので、拘束するための頑丈な鎖が必要になっていた。イスキエルカの成長が新たな悩みの種になっていた。大きくなってはいるが、一人前に空中戦をこなす力量はまだない。ここから脱出するときには、テメレアにとって大荷物になるだろう。

イスキエルカが新しい鎖を猛烈な勢いでガチャガチャと鳴らした。「あたしも戦う！　これ、はずして！」

「もっと体が大きくなったら戦えるよ。リエンくらい大きくなるといい」テメレアはすかさず言った。「羊をお食べ」

「大きくなってるのに」イスキエルカは腹立たしげに言い返したが、羊を骨だけ残して食べてしまうと、すぐに眠りについた。これでしばらくは騒ぎ立てないだろう。

ローレンスは、テメレアほどリエンのことを甘く見てはいなかった。紫禁城《しきんじょう》でのテメレアとの一騎打ちを思い返せば、リエンが豪胆《ごうたん》さにも戦う技術にも欠けたところがないのは明らかだった。リエンは、天の使い種《セレスチャル》が戦闘行為に加わることを禁じる中国の習慣にまだどこかで縛られているのだろうか。いやそれよりは、司令官にふさわしい狡猾《こうかつ》な自己抑制がリエンに働き、それが戦いの前線から身を引かせていると見るべきだろう。フランスの陣地にいるかぎり身の安全が保証される状況で、小さな戦功のために危険を冒すには、あまりにも貴重なドラゴンだという自覚を持っているのだ。

リエンがほかのドラゴンたちを自然に支配していること、またどうやったらドラゴンたちを効率よく利用できるかを直観的に理解していることは、毎日の行動を観察していればよくわかった。ナポレオンが元帥という異例の地位をリエンに与えたのは、非常に具体的な利点を見越していたからにちがいない。ドラゴンたちはリエンの指示に従い、編隊飛行訓練をやめていた。塁壁への頻繁《ひんぱん》な来襲はつづいていたが、小競り合いがないときには塹壕掘りを手伝い、作業を大いにはかどらせた。兵士たちはドラゴンたちと働くことに落ちつかないようすだったが、ルフェーヴル元帥がみずから範《はん》を示して、兵士たちをうまく動かした。ルフェーヴルは働いているドラゴンのあいだを歩きまわり、横腹をぴしゃぴしゃと叩いて、クルーと大声で冗談を交わした。だがあるときリエンにそういった態度をとると、リエンははっと驚いたようにルフェーヴルを見やった。まるで、気位の高い公爵夫人が作男《さくおとこ》に頰をつねられたかのような態度だった。

フランス軍の強みは、数々の電撃的勝利のあとの抜群の士気の高さと、厳寒期の前に塁壁を越えて街に入りたいという兵士たちの切実な動機のふたつだった。「ただ、見落としてならないのは、身近にドラゴンがいる環境で育つ中国人でもないのに、あそこまでドラゴンに慣れられるという点だ。フランス兵たちはもうすっかり慣れてしまった」ローレンスは、バターを塗ったパンを急いで口に運びながら、グランビーに言った。テメレアが、早朝に襲来した敵を追い払ったあと、小休止のために街の北にある城塞の広場におりてきていた。

「ええ、でもそれは、プロイセン兵も同じですよ。テメレアやイスキエルカと、ここに押しこめられてるわけですから」グランビーがそう言いながら、すぐ横でふいごのように上下しているイスキエルカの脇腹をぽんぽんと叩いた。イスキエルカがうっすらと片眼をあけて、グランビーに向かって満足げにむにゃむにゃとなにか言い、体の突起から蒸気をシュッと噴き、また眼を閉じた。

「慣れないわけないじゃない」テメレアが、胡桃の殻のように羊の脚の骨をボリボリと噛み砕きながら言った。「よほどの阿呆《あほう》じゃないかぎり、もうぼくらの存在を認めてるし、ぼくらが悪さをしないことくらい、わかってるはずだよ。イスキエルカがうっかりなにかしでかしちゃうのは別として」最後はいくぶん声の勢いが落ちた。近頃のイスキエルカは、肉を食べる前に炎を噴射して肉の表面を炙《あぶ》ることを覚え、それも近くに人がいるかどうかをろくに確かめもせず、いきなり火焔を噴射するというはた迷惑ぶりだった。

カルクロイト将軍はもはや、まだなにが起こるかわからないとも、これは長期戦になるだろうとも言わなくなった。兵士たちは毎日演習を行い、いつはじまってもおかしくないフランス軍の一斉攻撃に備えた。「フランス軍がわれわれの射程に入ったら、夜を待ってただちに出撃しよう」カルクロイトがある日、険しい顔で言った。「さしたる戦果は得られないとしても、少なくとも、敵の注意を逸らして、きみたちが脱出するチャンスをつくることができる」

「感謝いたします、閣下。心からありがたく思います」ローレンスは言った。そのような決死の試みは死傷者を出す危険を伴うが、それでも自分とテメレアがむざむざと敵の手に落ちないためには、強く推《お》すべき計画だった。リエンがここにあらわれたのは、ほぼ間違いなく、自分とテメレアがいるからだ。フランス軍にとっては要塞都市の攻略が主眼なので、ルフェーヴル元帥は気長に事を進めてもかまわないと思っているのかもしれない。しかし、リエンはちがう。ナポレオンやリエンが英国を打ち負かすためにどのような計画を練っているにせよ、テメレアへの死刑宣告が確実なまま、無力な捕虜としてナポレオンやリエンの前に引きずり出されるのは、考えうるかぎりもっとも恐ろしい運命に思えた。リエンの手に落ちることだけは、なんとしてでも避けたい。

だが思うところあって、ローレンスは言い添えた。「閣下、わたしたちを助けようとして、必要以上の危険を冒されませんように。敵はわたしたちを逃がしたことに憤り、名誉ある降伏を受け入れなくなるかもしれません。敵の勝利はどうやら――いや、残念ながら、確実に近づいています。あとは時間の問題かと……」

カルクロイトはかぶりを振ったが、それはローレンスの言葉を否定したのではなく、申し出を拒むしぐさだった。「ルフェーヴルの提案を呑んだところで、どうなると言うのだ？　たとえ解放されたとしても、そのあとは？　兵士は武器を没収されて解散させられ、士官たちは恭順宣誓に拘束されて一年間は身動きがとれない。名誉を失わずに解放されたところで、無条件降伏と比べてなにが得だというのか。どのみち、われわれの部隊は、ほかの隊と同様、完全に解体される。やつらは全プロイセン陸軍を壊滅させた。大隊は残らず消滅し、士官たちは囚われの身となった。軍を立て直せるような材料は、なにも残っておらんだろう」

沈みこんで地図を見ていたカルクロイトは視線をあげて、ローレンスにゆがんだ笑みを向けた。「きみたちのためにあとひと踏ん張りすることなど、なんでもないことだ。われわれはすでに壊滅的な敗北を見てしまったのだから」

ローレンスたちは脱出の準備をはじめた。自分たちを迎え撃つ砲列や、行く手に立ちふさがる三十頭以上のドラゴンのことをあえて口にする者はいなかった。言ったところで打つ手はなにもない。出撃の日はこれより二日後、新月の夜と決められた。暗闇が、フルール・ド・ニュイ以外の敵の目からこちらの姿を隠してくれるだろう。武具師のプラットが銀の大皿を叩き伸ばして、防弾用の胸当てをつくった。キャロウェイが閃光粉を爆弾に詰めた。

テメレアは敵に脱出計画をさとられないように、ローレンスを乗せて、いつものように街の上空で空中停止《ホバリング》した。だがここで、計画を中断せざるをえないかもしれない事態が発生した。テメレアが突然、沖を示して言った。「ローレンス、ドラゴンが何頭も近づいてくる!」

ローレンスは望遠鏡を伸ばし、まぶしい太陽に目を細めながら、テメレアの示す方角を見た。海の彼方に、こちらに近づいてくるドラゴンの一団がかろうじて見えた。二十頭はいるだろう。群れをなし、ものすごいスピードで、海面近くを飛んでくる。それ以上のことはまだわからない。ローレンスはテメレアを広場に降下させ、守備隊に敵の来襲に備えよと警告した。テメレアには大砲を備えた塁壁の陰にいったん身を隠させた。

ローレンスの声を聞きつけ、広場で眠るイスキエルカのそばにいたグランビーが緊張の面持ちで立ちあがった。「脱出計画はこれで取りやめか」と言いながら、ローレンスのあとについて塁壁にのぼり、望遠鏡を借りて海のほうを見た。「このうえ、さらに二十頭ものドラゴンをかわして逃げなきゃならないんなんて、勘弁し――」

グランビーがふいに口をつぐんだ。空にいたフランス空軍のドラゴン数頭が、近づいてくるドラゴンたちに対して、あわてて防御体勢をとっている。テメレアがもっとよく見ようと塁壁に前足をかけ、後ろ足立ちになったので、見張りについていた兵士たちがぎょっとして飛びのいた。「ねえ、ローレンス、戦ってるよ！」テメレアが浮かれたように叫んだ。「仲間かな？　マクシムスやリリーかな？」

「やっほう！　なんてタイミングだ！」グランビーが大喜びした。

「そんなはずはないだろう」ローレンスは言った。しかしそう言ったそばから、英国が派遣すると約束していた二十頭のドラゴンのことを思い出し、胸に希望の火が灯った。それにしてもどうしていまごろ、よりによってダンツィヒにやってきたのか……。ドラゴンたちは英国艦隊のいる海側からやってきた。そして現に、フランス軍のドラゴンと戦っている。まったく隊形は組んでいないし、小競り合いをしているだけだが、それでもちゃんと交戦している──。

奇襲に驚いたフランス軍の小規模なドラゴン戦隊が、入り乱れながら陸のほうに徐々に後退している。仲間のドラゴンが救援に飛び立つより早く、謎のドラゴン軍団はフランスの防衛線を突破し、街に飛来し、けたたましい調子っぱずれな遠吠えをあげながら、城塞の大きな広場につぎつぎに舞いおりた。色とりどりの翼が乱舞するなか、得意満面のアルカディがテメレアの目の前に着地し、どんなもんだい！　と言わんばかりに頭を反らしてみせた。

テメレアは歓喜の叫びをあげた。そのあと、「だけど、なんでここにいるの？」と尋ね、同じ質問をドゥルザグ語で繰り返した。

アルカディが待ってました！　とばかりに話しはじめるが、それがまただらだらとまとまりのない説明で、ほかのドラゴンたちも少しでも自分のことを話に織り交ぜようと、あっちこっちから口をはさむ。その騒がしさたるや尋常《じんじょう》ではなく、さらには仲間内でつまらない言い争いをはじめ、吼えるやらうなるやら殴り合うやらの大騒ぎとなって、ドラゴンに慣れている飛行士たちでさえ、あまりの五月蠅《うるさ》さにうんざりさせられた。哀れなプロイセン兵たちは、せっかく行儀のいいテメレアと眠ってばかりのイスキエルカに慣れてきたというのに、みな取り乱した目つきになっている。

「招かれざる客でなければよいのですが」そのとき、騒ぎの外から落ちついた声がした。ローレンスが振り返ると、目の前にサルカイが立っていた。風になぶられて髪や服が乱れているが、あのどことなく人を食ったような顔つきは変わっていない。こんな登場のしかたは日常茶飯事《さはんじ》だとでも言いたげな涼しい顔をしていた。

「サルカイ、きみが招かれざる客のわけがないだろう。アルカディたちを連れてきてくれたのか？」ローレンスは問いかけた。

「ええ。おかげで、たっぷりとひどい目に遭いました」サルカイはさらりと言いながら、ローレンスやグランビーと握手した。「これを思いついた自分は、なんて頭がいいんだろうと思っていました――彼らを連れて大陸を渡る旅をはじめるまでは。旅を終えたいまは、ここまでたどり着けたのは神のご加護だと言うほかありません」

「まあ、想像はつくよ」ローレンスは言った。「隊を離れたのはこのためだったのか？　なにも言わなかったじゃないか」

「なにひとつ目論見《もくろみ》どおりには進みませんでした」サルカイが肩をすくめる。「ただ、プロイセン王国が英国のドラゴン二十頭を要求していたので、アルカディたちを連れてきて帳尻《ちょうじり》を合わせればいいかと思いまして」

「それでアルカディたちが？」グランビーがドラゴンたちをまじまじと見ながら言った。「こんな話は聞いたことがありませんよ。野生の成竜がハーネスの装着を受け入れるなんて。どうやって説得したんです？」

「虚栄心と食い意地につけこんで」サルカイが答えた。「アルカディは、テメレアを〝救出する〟のも悪くないと思ったようです。わたしがそう言って説明しましたから。ほかのドラゴンたちは、山ではせいぜい痩せた山羊《やぎ》か豚くらいにしかありつけませんが、オスマン皇帝の丸々と肥えた牛を食べて、味に目覚めたようです。あなたに仕えれば、各自が一日につき牛一頭もらえると約束しました。無理なご相談でなければいいのですが」

「ドラゴン二十頭にそれぞれ牛一頭？　それぞれに牛の群れを与えると約束してくれてもよかった」ローレンスは言った。「だが、ここにいることがどうやってわかったんだ？　わたしたちはここまで来るのに、地球半周分くらいさまよっていた気がするのに」

「わたしも同じように感じました。旅の途中、あのドラゴンたちのせいで聴覚をやられなかったのが不思議なくらいです。イエナ近くであなたがたの足取りを見失い、その後二週間ばかりは、ドラゴンたちのせいでプロイセン王国の田舎を恐怖に陥れたあと、ベルリンに行き、あなたに会ったという銀行家を見つけました。彼の話では、まだ捕らえられていなければ、たぶんプロイセン軍の残存部隊とともに、ここかケーニヒスベルクにいるだろうということでした。その情報のおかげで、われわれはこうしていま、あなたの目の前にいるわけです」

サルカイは、種々雑多なドラゴンの集団を片手で示した。ドラゴンたちは広場のいちばん居心地のよい場所をとろうと、押し合いへし合いしていた。イスキエルカはこの大騒動のさなか、兵舎の厨房《ちゅうぼう》の外壁のそばという、ぽかぽかと気持ちよい特等席で、奇跡的に眠りつづけていた。

アルカディの補佐役を務める一頭が、かがみこんでイスキエルカを鼻でどかそうとした。「あっ、まずい」グランビーが声をあげ、イスキエルカの身を案じて広場につづく階段を駆けおりたが、心配するにはおよばなかった。イスキエルカは、眼をぱちりと覚まし、灰色の大きなドラゴンの鼻に向かって火焔をシュッと噴射した。驚いたドラゴンが大声をあげて飛びのいた。ほかのドラゴンたちはただちにイスキエルカに敬意を払い、小さな仔竜のためにその体に見合わぬ広々とした場所をつくってやった。やがてめいめいが建物の屋根や広場やテラスなど、手頃な場所を見つけておさまると、今度はドラゴンに驚く街の住民たちの悲鳴がつぎつぎにあがりはじめた。

「二十頭も？」カルクロイト将軍が小柄なガーニを見つめながら言った。ガーニはカルクロイトの居室のバルコニーですやすやと眠っていた。その細いしっぽが、バルコニーの扉から室内の床まで伸びて、時折りぴくぴく動き、床をぱしりと叩く。「人間に従うのか？」

「ううむ、テメレアにはだいたい従います。群れのリーダーの言うことも、おそらくは聞くでしょう」ローレンスは言葉を選んで答えた。「それ以上のことは、なんとも言えません。なにしろ彼らが理解できるのは自分たちの言語か、わずかなオスマン語の方言だけですから」

カルクロイトは押し黙り、机の上のペーパーナイフをもてあそんだ。木製机の表面で刃先をねじり、疵《きず》がつこうがおかまいなしだった。「やめよう」ようやく彼が口にしたひと言は独白のようだった。「避けようのない運命を、ただ先に延ばすだけだろう」

ローレンスは無言でうなずいた。それまで数時間かけて、新たな空中戦力を投入して敵に突撃する戦法や、フランス軍を街から遠ざけたうえで戦うにはどうしたらよいかを検討していた。だが敵のドラゴンの数は三対二の割合で勝っている。野生ドラゴンをどこまで戦力としてあてにできるかもわからない。個別の小競り合いには使えるとしても、訓練された兵と同じように考えれば、痛い目を見るだろう。

カルクロイトがつづけた。「だがキャプテン、あれだけの数がいれば、きみたちはここから安全に出ていけるだろう。それだけでも、あのドラゴンたちに感謝する。きみはわれわれのために尽力してくれた。行ってくれ。無事を祈る」

「お役に立てず残念です。お心遣いに感謝します」

こうして机のそばにうなだれたまま立ちつくすカルクロイトを残し、ローレンスは広場に戻った。「テメレアに鎧をつけよう、ミスタ・フェローズ」地上クルーの長に静かに伝え、フェリス空尉にうなずいた。「日が落ちたら、すぐに出発する」

クルーたちは無言で作業にとりかかった。こんな状況で出ていくことを喜べる者などひとりもいなかった。すでに防衛隊として要塞の各所に配されている二十頭の野生ドラゴンのほうを見ずにはいられなかった。あの二十頭のドラゴンも全部連れ去ってしまうことになるのだ。危険を承知で計画してきた決死の脱出作戦が、いまは利己的なものに感じられる。

「ねえ、ローレンス」テメレアが唐突に切り出した。「待ってよ。どうして、こんなふうにプロイセン軍を置いていかなくちゃいけないの?」

「わたしだってこんなことはしたくないんだ、テメレア」ローレンスは重苦しく答えた。「だが、ここを守りきることはできない。わたしたちがどうあがこうと、この要塞はいずれ陥落する。ここにとどまって、プロイセン軍といっしょに捕らえられたところで、彼らにはなんの益もない」

「そういう意味じゃないよ」テメレアが言った。「ドラゴンがたくさん増えてるじゃない。プロイセン軍をいっしょに連れていったらどうかな」

「そんなことが可能だろうか?」カルクロイトが尋ね、みなでこの決死の脱出計画に関する数字をあわただしくはじき出した。ローレンスの見立てでは、港に停泊する英国海軍の輸送艦に、プロイセン軍の兵士をぎりぎり全員詰めこめるはずだった。ただし船倉から艦首水よけ仕切り板まで隙間なくびっしりと押しこまなければならないが。「水兵たちはさぞかしびっくりするでしょうね。突然人間がどっさり空からやってくるなんて」グランビーがまだ半信半疑のようすで言った。「敵と間違えられて撃たれなければいいんですが」

「よほど気が動転しているのでないかぎり、攻撃するのに、そんな低空飛行でやってくるはずがないと考えるだろう」ローレンスは言った。「わたしがまずテメレアと輸送艦まで行って説明する。テメレアは艦の上空にとどまれるから、ロープを使って兵士をおろせる。ほかのドラゴンは甲板におりなければならないが、幸いそれほど大きなドラゴンはいない」

脱出計画のため、街の貴族の館から絹のカーテンやリネンのシーツがことごとく徴発された。街にいるお針子全員が集められ、将軍公邸の舞踏会用の広間で、フェローズが監督し、兵士輸送用ハーネスの縫製《ほうせい》が進められた。「キャプテン、恐縮ながら、あんな紐ごときで人を吊り下げられるなんて、わたしにはとても保証できません」フェローズは言った。「中国でどうやってこんなものをドラゴンに装着していたのか、さっぱりわからないんです。われわれがつくっているのは、ドラゴンの装具としても、人間の運搬具としても、かつてなく珍妙なしろものですよ」

「最善を尽くしてくれればいい」カルクロイト将軍がきびきびと言った。「残りたい者は残って、捕虜になってもよし」

「もちろん、馬や銃器は載せられません」ローレンスは言った。

「兵士だけでかまわん。馬や銃なら取り替えがきく」カルクロイトが言った。「何回、輸送艦と街とを往復することになるだろうか」

「ぼくは最低でも三百人は乗せられる。鎧をつけていなければだけど」テメレアが言った。一同は広場で討議をつづけた。そこならテメレアも意見を出せるからだ。

「でも、小型ドラゴンは、そんなにたくさんは運べないだろうね」

最初に完成した輸送用ハーネスが、試着のために広場に運ばれてきた。それを前にしたアルカディが不安そうに後じさったが、テメレアが厳しい口調でなにかを言うと、戻ってきて輸送用ハーネスをつけさせた。野生ドラゴンの長《おさ》はすぐに胸をぐっと突き出してハーネスを装着させ、それ以上面倒を起こさなかった。ただ、自分の背中でなにが起きているかを見ようと、何度か振り向いたせいで、ハーネス係が数人、作業の途中で落下した。

ハーネスの装着が終わると、アルカディァはさっそく大いばりで仲間の前を歩きはじめた。その姿はとんでもなく滑稽《こっけい》だった。ハーネスの一部は貴婦人の寝室から仕入れてきたとおぼしき模様付きの絹の布で仕立てられており、アルカディァは自分が華麗に装っていると思いこんでいた。仲間のドラゴンたちが褒めそやすようにざわざわした。

野生ドラゴンに輸送用ハーネスを装着するよりも、兵士たちをアルカディァに搭乗させるほうが、ひと苦労だった。しまいには、カルクロイト将軍がどいつもこいつも腑《ふ》抜《ぬ》け野郎だと容赦なく罵倒《ばとう》して、みずからドラゴンの背中によじのぼってみせた。すぐさま側近たちがわれ先にとつづき、誰が最初に乗りこむかで口論まではじまった。ぐずぐずしていた兵士たちも、こうしたお手本を見せられて恥じ入り、乗せてくれと騒ぎはじめた。その大騒動を見守っていたサルカイが、取り澄ました顔で、ある意味では人も野生ドラゴンもそう大差ないですね、と感想を述べた。

アルカディァは、その資質でのぼりつめた長であり、群れのなかでいちばん体が大きいわけではなかったが、それでもゆうに百人を超える人数をぶらさげ、やすやすと離陸することができた。「アルカディァの群れ全体で二千人近く運べるだろう」ローレンスは兵士たちの試乗が成功したあとで言った。そして見習い生のエミリー・ローランドとダイアーに石板を使って筆算させ、正確な人数を割り出した。エミリーたちは、こんなに目立つ場面で算数などという子どもじみた仕事をやらされるのは心外だと感じたらしく、不満そうな顔をした。

「兵士を積みすぎる危険を避けるためだ」ローレンスは言った。「脱出の最中にわたしたちが捕まっても、アルカディたちが逃げられるようにしておかなければならないからな」

「フルール・ド・ニュイへの対応策も考えておかないと、やつに捕まってしまいます」グランビーが言った。「いっそ今夜、やつと交戦しては――？」

ローレンスはかぶりを振った。グランビーの提案を却下したわけではなく、答えを決めかねていたからだ。「敵は、貴重な戦力であるフルール・ド・ニュイが攻撃にさらされないよう、細心の注意を払っている。やつに近づこうとすれば、敵の大砲の射程に入らなければならないし、敵のただなかに飛びこむことにもなる。わたしたちがここに着いてから、やつはあの北の陣営から一歩も出ていない。あの高台からこっちを監視するだけで、後方に陣取ったままだ」

「今晩やつをおびきだすことにこだわったら、敵はなにかあると勘ぐるのではないでしょうか。フルール・ド・ニュイが見つけなくとも、われわれの明日の夜の行動に気づかれてしまうのではありませんか?」サルカイが指摘した。「やつをなんとかするのは、行動開始の直前のほうがよいでしょう」

誰も異を唱えなかったが、その手段をどうするかで、しばらく意見が割れた。そして最後に意見の一致を見たのが陽動作戦だった。小型のドラゴンを使って街の北に位置するフランス軍の最前線を爆撃し、閃光弾でフルール・ド・ニュイの視力を奪い、その隙にほかのドラゴンが南へ抜け出し、フランス軍の南の野営を大きく迂回して海へ出るというものだ。

「ですが、速攻勝負になりますね」グランビーが言う。「もたもたしてちゃ、フランス軍全軍とリエンを相手にしなきゃならなくなる。テメレアも、三百人もの人間を脇腹にぶら下げていては、とてもリエンと戦えませんよ」

「そういった攻撃を行えば、野営全体が目を覚ます。遅かれ早かれ、誰かが脱出に気づくだろう」カルクロイトが、グランビーに同意した。「だがそれでも、すぐに警戒態勢に入られるよりは、少しだけ時間が稼げる。兵士をひとりも助けられないよりは、半数でも助けられるほうがいい」

「でもそんなに遠くまで行って迂回すると、すごく時間がかかりそうだね。あんまりたくさんの兵士は運べないと思うな」テメレアが反対した。「やつをこっそり仕留めたら、フランス軍に計画を気づかれる前に逃げられるんじゃないかな。せめてあたりに注意を払えないよう気絶させるとか――」

「肝心なのは」ローレンスはそこで口をはさんだ。「やつに脱出のじゃまをされないように、こっそり処理するということだな。薬を盛ってはどうだろう？」一同が考えこんでいるので、つづけて言った。「フランス軍は今回の戦いでずっと、阿片《アヘン》を飲ませた家畜をドラゴンに与えてきた。だから徹底的に薬を仕込んだ家畜を、もう一頭食べさせたところで、変な味がすると気づかれることはないんじゃないだろうか」

「薬でふらふらになった牛を、やつのキャプテンがそのまま食べさせるとは思えませんが」グランビーが言う。

「フランス兵が茹でた雑草を食べているのなら、ドラゴンだって好きなだけ食糧をもらえているわけではないだろう」ローレンスは言った。「夜間に牛が目の前を通りかかったら、やつは、食べる前にキャプテンの許可を求めるより、あとで許してもらうほうを選ぶのではないだろうか」

それで意見がまとまり、サルカイが実行役を引き受けた。「厚手木綿のズボンと、だぶだぶのシャツを用意してください。それから、変装の小道具として食事を詰めたかごも」とサルカイが言った。「わたしならきっと野営地内を堂々と歩きまわれるでしょう。もしも誰かに呼びとめられたら、外国語交じりのフランス語をしゃべって、上級士官の誰かの名前を繰り返します。薬を仕込んだブランデーを何本か持たせてくださると、兵士に飲ませられますから、なおいいですね。見張りの兵士にも阿片チンキを一服盛らない手はありません」

「だが、ここに戻れるだろうか?」グランビーが尋ねる。

「戻るつもりはありません」サルカイは言った。「つまるところ、われわれの目的はここから出ていくことです。わたしの足なら、みなさんが脱出作戦を終えるまでには、港に着いていられるでしょう。港で漁師を見つけて、英国艦まで乗せてもらいますよ。港の住民たちは目下、英国艦相手の商売に精を出しているでしょうから」

カルクロイト将軍の側近たちが、広場を這いずりまわるようにして、敷石にチョークで地図を描いた。野生ドラゴンにもわかるようにとびきり大きくした地図で、彼らが思わず食い入って見てしまうほど色彩豊かで趣向に富んでいた。明るい青で帯状に描かれたヴィスワ川が、脱出作戦の経路となる。ダンツィヒの街なかを流れる川が、塁壁の北側でヴィスワ川に流れこんでいた。川はそこで大きなカーブを描き、途中フランス軍の北の野営地を通過し、海までつづく。

「一列縦隊で、川の上空を進もう」ローレンスは言った。「アルカディたちにもしっかり叩きこんでおいてくれ」いささか不安を覚えて、テメレアに言った。「くれぐれも静かに。警戒心の強い野生動物に忍び寄るかのように」

「ちゃんと、もう一度伝えておくよ」テメレアが請け合い、かすかなため息を洩らした。「アルカディたちが来てくれて、うれしくないわけじゃないけど」声を潜めて言う。「みんな、こんなふうに指図されたことがないにしては、ほんとうによく言うことを聞いてくれるんだけど……でもね、ここにマクシムスやリリーがいてくれたらって考えてしまうんだ、そう、エクシディウムもね。そうしたら、どんなに心強いだろう。気心の知れた仲間なら、なにをすべきかちゃんとわかってる」

「それは否定できないな」ローレンスは言った。アルカディたちを統率するむずかしさはさておいても、大型のリーガル・コッパーであるマクシムスなら、一頭で六百人以上は運べたはずだ。ややあって、ためらいながらも尋ねた。「なにか気になることがあるなら、言ってくれ。いざとなってアルカディたちが動転するんじゃないかと心配しているのかい?」

「えっと。そうじゃないんだ」テメレアはそう言って眼を伏せ、夕食の残りをつついていたが、唐突に切り出した。「ぼくたち、ここから逃げ出すってことだよね?」

「そんなふうには言いたくないな」ローレンスはびっくりして言った。テメレアは脱出計画に全面的に賛成しているものだとばかり思っていた。プロイセン軍の守備隊を伴っての脱出なのだから、自分にしてみれば、称えられてしかるべき作戦行動だと思っていた——もちろん、成し遂げられればの話だが。「いったん退却し、将来の戦いに備えて兵力を温存する。勝利への希望を新たにする。なにも恥じ入るところはないはずだよ」

「ぼくが言いたいのはね、もしここでぼくらが逃げたら、ナポレオンの勝ちが決まってしまうんじゃないかってことなんだ」テメレアは言った。「英国はこの先もずっと戦いつづけなくちゃならないだろうね。だって、ナポレオンは、この戦いを終えたら、英国を征服するつもりなんだから。そうなると、ぼくらは英国政府にドラゴンの扱いについて、なにも改善を求められなくなる。ナポレオンを打ち負かすまで、ぼくらドラゴンは言われたことをやるしかない」わずかに肩をすぼめてつづけた。「ちゃんとわかってるよ、ローレンス。己《おの》れの本分を尽くすって、文句ばっかり言わないって約束する。ただ、ぼくは残念なだけなんだ」

テメレアのまっとうな意見を聞いて、ローレンスはいささか気まずい思いで、その正しさを認め、いま一度、脱出を決意するに至った心境の変化を伝えようとした。すると、まだ納得のいかないテメレアが、これまでローレンスが逃走という結論にどれほど抵抗してきたかを蒸し返した。それによって、さらに気まずくなった。

「わたしの立場は、本質的には変わっていないと思いたい」ローレンスは、テメレアを説得するだけでなく、自分も心から納得できるような正当性を絞り出そうとした。

「——自分がそう思っているだけかもしれないけどね。ナポレオンは今回の戦いで、人とドラゴンの緊密な協力関係が現代的な軍隊にどれほど有益であるかを全世界に見せつけた。英国に戻ることは、国防の任に復帰するだけでなく、きわめて重要な情報を故国にもたらす意義もあるんだ。つまり今後、人とドラゴンの関係の改善を求めることは、わたしたちのたんなる願いではなくて、己れの果たすべき本分になる」

テメレアにそれ以上の説得は不要だった。テメレアの顔が喜びにぱっと輝くのを見て、一時的にせよ、ローレンスのばつの悪さは薄まった。しかしつぎは、事はそう簡単には運ばないだろうと、テメレアに警告しておく必要があった。ドラゴンに自由と権利を与えようという提案が、英国内でどれほど激しい反発を招くかということを。

「誰からどう思われようが、ぼくは気にしない」と、テメレアは言った。「長いことかかってもいいんだ。ローレンス、ぼくはすごく幸せだよ。もう英国に戻っているんだったらいいのになあ」


夜を徹した輸送用ハーネスの製作が、翌日の昼までつづいた。騎兵隊の馬具が集められ、鋲《びょう》が取りはずされ、材料に使われた。皮なめしの工房も漁《あさ》り尽くされた。夕闇が迫ってもなお、ハーネス匠のフェローズが部下とともにドラゴンの体の上を這いまわり、大量のリング状の輸送用ハーネスを竜ハーネスに縫いつけた。その輪にはありとあらゆる材料——革、ロープ、絹の組み紐など——が使われていたので、ドラゴンたちはまるでリボンや蝶結びやひだ飾りでおしゃれをしているかのように見えた。

「宮廷用のドレスにも劣らない出来ばえですね」とフェリスが言うと、控えめな笑いがあがった。作業がようやく終了し、全員にラム酒がふるまわれていた。「このままロンドンに飛んでいって、妃殿下にお見せしたいくらいです」

フルール・ド・ニュイがいつもの時間に、いつもの位置に腰を落としてすわり、夜間警備の任に就いた。夜が更《ふ》けるにつれて、濃い藍《あい》色の体はしだいに闇に溶け、巨大な皿のような眼が見えるだけになった。乳白色の眼は、フランス軍の野営の焚き火を映して輝いていた。時折り身じろぎしたり、振り返ってバルト海を見たりするとき、その眼は一瞬闇に消えたが、かならずまた浮かびあがった。

サルカイがひそかにダンツィヒの街から抜け出したのは、数時間前のことだ。残った者たちは不安に苛《さいな》まれつつ、フルール・ド・ニュイの眼を観察しつづけた。鼓動が速まり、待っている時間が永遠にも感じられた。しかし実際には、三十分計の砂時計を二度返すだけの時間にすぎなかった。ドラゴンたちは最初に運ぶ兵士たちをすでに乗せて、全員が整列し、すぐにも飛び立てる準備ができていた。

「このまま、なにも変化がないようなら――」ローレンスが小声でそう言ったとき、フルール・ド・ニュイの青白く光る眼がまばたきした。一回、二回……。三回目は閉じている時間が少しだけ長くなった。こうしてまばたきを繰り返すほどに閉じている時間が長くなり、まぶたが徐々におりていき、眼そのものがゆっくりと気怠《けだる》げに地面に近づき、最後は細いふたつの裂け目となって闇のなかに消えた。

「計測開始」ローレンスはテメレアの背から、砂時計を手に緊張の面持ちで広場に立つエミリーとダイアーに呼びかけた。テメレアは、積荷の重さにやや手こずりながらも、空に舞いあがった。ローレンスにとって、テメレアの背にこれほど大勢の赤の他人がひしめいているのを見るのは、そのなかに自分がいるというのはもちろん初めての経験で、妙な気分になった。神経を昂《たかぶ》らせた兵士たちの、ざらついた荒い呼吸音が聞こえる。くぐもった悪態や小さな悲鳴はすぐに周囲の者たちに制止された。お互いの体の温もりが身を切るような風の冷たさを少しだけやわらげている。

テメレアは川の下流に向かって飛び、塁壁から抜けだした。川の流れの音で羽ばたきの音をごまかせるように、水面上の低い位置を保って飛んだ。岸辺に繋留《けいりゅう》された舟のロープがきしんだり、舟どうしがぶつかり合ったり、さまざまな音がした。港のクレーンが、背を丸めたハゲタカのような不気味な巨体を海面に突き出している。眼下の川は黒くのっぺりとしていた。かすかにきらめいているのは、フランス軍の野営の焚き火が低く波立つ川面に揺らめく黄色い光を落としているからだ。

いまや両岸に、フランス軍の野営地がある。ランタンの明かりで、ドラゴンの体の起伏やたたまれた翼があちこちに見えた。薄明かりのなかに、大砲のおぼろげなシルエットも浮かびあがっている。大勢の兵士たちが質素な天幕のなかで眠っていた。ごわごわした毛布やコートにくるまって、あるいはわらのマットを敷いただけで、互いに身を寄せ合い、焚き火のほうに脚を突き出している。野営地からなにか音が聞こえていたとしても、ローレンスには聞こえなかった。野営地のあいだを滑空していくとき、心臓の鼓動がやたらと大きく耳に響いていたからだ。テメレアの羽ばたきは気怠いほどにゆっくりだった。

焚き火やランタンの明かりが後方に遠ざかると、ローレンスたちはようやく息をついた。野営地のそばを無事に通過し、あと一マイルほど湿地帯を進めば海だった。前方から波の音が聞こえてきた。テメレアが猛然と加速し、翼が風を切る音が笛のように小気味よく響いた。吊りさげられている輸送具で嘔吐する者がいた。

すでにバルト海の上にいる。英国戦列艦のランタンが一行を差し招いているように見える。明るさを競う月もなく、その光は目にまぶしい。近づいていくと、七十四門艦の艦尾窓に燭台が見えた。その明かりが、艦尾に金文字で記された艦名を照らしていた。ヴァンガード号。ローレンスは身を乗り出し、テメレアにその艦を目指すよう指示した。

士官見習いの信号手、ターナーが、テメレアの肩の端まで這っていき、艦の甲板から見える位置に夜間信号用ランタンを吊るし、味方であることを伝えた。ランタンの小窓に光の色を変える四角い薄布をあてがって、最初に青を長く一回、つぎに赤を短く二回。それから無音での応答を求めるために、白い光を短く三回送った。さらに近づいたところで同じ信号を繰り返す。応答が、ない。見張りに信号が見えなかったのか。あるいは、旧式の信号を送ってしまったのか。ローレンスはかれこれ一年ほど、新版の信号解説書を読んでいなかった。

だがこのとき短く、青・赤・青・赤と、甲板から信号が返ってきた。艦の明かりがしだいに増えていく。「おおい！」ローレンスは丸めた両手を口のまわりにあてがって呼びかけた。

「おおい！」当直士官らしき者からとまどったような返事があった。声がはっきりせず、聞きとりにくい。「いったい、なに者だ?」

テメレアは艦の上空で、背中の荷に細心の注意を払って空中停止《ホバリング》した。長く太いロープの端が甲板に投げ落とされた。ロープには一定間隔で結び目がつくってある。ロープの端が甲板に当たる鈍い音がするのと同時に、輸送用ハーネスにぶらさがっていた兵士らが、われ先にと輪から逃れて甲板におりはじめた。「テメレア、慎重におりるように言ってくれ」ローレンスは厳しい声で言った。「あのハーネスは乱暴に扱ったら切れてしまう。まだこのあとも仲間の兵士が使うんだ」

テメレアが低い声のドイツ語で警告すると、おりていく者たちの騒ぎがやや静まった。ひとりの兵士が手を滑らせて絶叫しながら頭から転落し、メロンのつぶれるような音とともに叫びがとだえると、騒ぐ声がぴたりとやんだ。そのあとはもっと用心深くおりるようになり、甲板では先におりたプロイセン軍士官たちが、大声ではなく、手や棒を使って兵士らを移動させ、つぎにおりる者たちのための場所をあけさせた。

「全員おりた？」テメレアがローレンスに尋ねた。テメレアの背にはもうクルーしか残っていなかった。ローレンスがうなずくと、テメレアは慎重に高度を下げて、水しぶきもほとんどあげずに艦の横に着水した。

甲板がまた騒がしくなりはじめていた。英国の水兵とプロイセンの兵士が緊迫した声で、それぞれの言語で、通じもしないのに話しかけている。士官たちは大勢の兵士たちの騒がしさに、互いに声を届かせるのがむずかしくなっていた。そのうえ、艦の乗組員たちはいたるところでランタンを振りまわしていた。

「しーっ！」舷側《げんそく》から頭を突っこんだテメレアが全員に警告した。「明かりを消して。こっそりやろうとしてるのが、なんでわからないのかな。でかい子どもみたいに聞きわけがなかったり、うるさく騒ぎたてたりするやつは、つまみあげて海に放りこむからね」それでは言い足りないと思ったのか、調子を変えて付け加えた。「本気だぜ」

「艦長はどちらに？」ローレンスは静寂のなか、乗組員に声をかけた。テメレアの脅しが抜群の効果を発揮していた。

「ウィル？　ウィリアム・ローレンスか？」就寝用のシャツにナイトキャップ姿の人物が、舷側から身を乗り出してローレンスを見つめた。「こりゃ驚いた。よっぽど海が恋しくなったのか？　ドラゴンを艦《ふね》に仕立ててご登場か。で、それは何門艦だ？」

「ジェリー」ローレンスはにやりと笑った。「頼まれてくれないか。艦載艇を全部出して、ほかの艦に伝達してほしい。プロイセン軍の守備隊を脱出させているところだ。朝までに全員を艦に乗せなくてはならない。さもないと、フランス軍が全軍あげて、わたしたちの捕獲に動き出すだろう」

「なんだと？　守備隊まるごとか」ジェリー・スチュアート艦長が言った。「何人いる？」

「一万五千人ほど。なんとか頼む」ローレンスは、スチュアートが焦ってなにか言いはじめる前に言った。「とにかく全員を移乗させてもらわないと。そしてせめて、スウェーデンまでは連れていってほしい。とても勇敢な兵士たちばかりだ。置いていくわけにはいかない。街に戻ってまた運んでこなければならない。いつフランス軍に気づかれるかわからない状態なんだ」

ダンツィヒの街に戻る途中、兵士たちを乗せてやってくるアルカディとすれちがった。野生ドラゴンの長は、群れの若いドラゴン二頭が経路から逸れないように、二頭のしっぽを口にくわえていた。すれちがいざま、自分のしっぽの先だけ振ってテメレアに挨拶した。テメレアは体を長く伸ばし、できるだけ音をたてないように全速力で飛んだ。広場は人でいっぱいだったが、秩序は保たれており、閲兵式並みの整然とした隊列を組んで守備隊が割り振られたドラゴンに向かい、粛々《しゅくしゅく》と乗りこんでいた。

各ドラゴンの定位置があらかじめ敷石にペンキで印されていたのだが、すでにかぎ爪やブーツでひっかき傷がつき、踏み荒らされている。テメレアが所定の広い一角に舞いおりると、守備隊の軍曹や士官が、兵士たちにすかさず搭乗を促した。兵士たちはテメレアの脇腹をよじのぼり、いちばん高い位置にある輪から埋めていった。輪に頭と肩を通して腰かけ、両手で輪を握ったり、自分の上にいる兵にしがみついたり、下の輪に足がかりをさがしたりしている。

ハーネス係のウィンストンが、息を切らしてすっ飛んできた。「修理が必要なところはありますか、キャプテン？」ないという返事を聞くと、すぐさまつぎのドラゴンのほうへ駆けていった。フェローズとその部下数名も切迫したようすで駆けまわり、輸送用ハーネスのゆるんだり切れたりした部分を補修している。

テメレアが再度離陸する準備を終えた。「これまでの所要時間は？」ローレンスは尋ねた。

「一時間十五分です」ダイアーの甲高い声が返ってきた。思っていた以上に時間がかかる。ほかのドラゴンたちも、テメレアとともに二回目の運搬にかかろうとしているところだ。

「やっているうちに手際がよくなるよ」テメレアが動じずに言い、ローレンスも「そうだな。できるだけ迅速にやろう、さあ――」と返事して、また離陸した。

二回目に乗せた兵士たちを港に停泊する輸送艦におろしているとき、サルカイがローレンスたちを見つけた。その輸送艦で待機していたサルカイは、テメレアから垂れた兵士たちがおりるロープを逆方向に、ロープの結び目をたぐりながらのぼってきた。「フルール・ド・ニュイは羊を食べました。ですが、まるごと一頭ではありません」サルカイはローレンスの横までたどり着くと、声を潜めて言った。「半分だけ食べて、残りを隠したんです。ひと晩じゅう眠らせておけるかどうか、わかりませんね」

ローレンスはうなずいた。それについてなにも打つ手はない。とにかく使える時間をめいっぱいつかって、作業をつづけるしかない。

東の空がほのかに色を変えつつあったが、まだ大勢の兵士が街の通りにあふれて搭乗を待っていた。群れのドラゴンたちに発破《はっぱ》をかけてスピードをあげさせ、自分もすでに八往復をこなしている。テメレアがやっと七回目の運搬に飛び立つのと同時に、アルカディが、土壇場《どたんば》に強いところを見せていた。アルカディがつぎの兵士を乗せるために広場に戻ってきた。テメレアは大人数を乗せられるので、搭乗させるにも艦におろすにも、ほかのドラゴンより時間がかかる。

ほかの野生ドラゴンたちも、みごとに任務をこなしていた。かつて雪崩《なだれ》のあとにケインズが破れた翼を縫い合わせてやった、多色模様の小さなドラゴンが、とりわけ健《けな》気《げ》に取り組んでいる。わずか二十名というささやかな積載人数ながら、小さな体で高速を出し、懸命に飛んでいた。

テメレアが英国艦に兵士をおろしているとき、同じようにほかの艦に兵士をおろしているドラゴンは十頭で、そのほとんどが群れのなかでも大型のドラゴンだった。ローレンスは、このドラゴンたちともう一往復すれば、街から兵士はほぼいなくなるだろうと考えた。日の出がはじまっている。つぎの飛行は時間とのぎりぎり勝負になるだろう。

そのときいきなりフランス軍の野営から、煙とともに青い閃光《せんこう》が放たれた。その光が川に向かって飛んでいくのを見て、ローレンスはぎくりとした。川の上空を飛んでいた三頭のドラゴンがギャッと声をあげ飛びのいた。その勢いで輸送用ハーネスから兵士がふたり振り落とされ、叫びながら川の流れに呑みこまれた。

「飛びおりろ！　早くっ、飛べっ！」ローレンスは、テメレアからロープをつたいおりる兵士たちに怒鳴った。「テメレア!」

テメレアがドイツ語で同じことを叫んだが、その必要はほとんどなかった。すべてのドラゴンから兵士たちが身を踊らせていた。その多くが海に落下し、艦の乗組員たちが大わらわで回収しはじめた。まだ数人の兵士が輸送用ハーネスに引っかかっていたり、ロープにしがみついたりしていたが、テメレアはそれ以上は待たなかった。ほかのドラゴンたちもテメレアにつづいて飛び立った。フランス軍の野営地からあがる怒号や、いまや煌々《こうこう》と輝くランタンの明かりのなかを突っ切り、一丸《いちがん》となって街に急行した。

「地上クルー、乗りこめ!」テメレアが最後の輸送作業のために中庭におり立つと、ローレンスはメガホンを使って叫んだ。塁壁の外から、まだ控えめながらも、フランス軍の最初の大砲のとどろきが聞こえてきた。プラットがドラゴンの卵をかかえて走ってきた。緩衝材で覆われ油布で包まれた卵が、テメレアの腹側の装具に押しこまれる。フェローズと部下たちも、輸送用ハーネスの応急処置を途中で放り出した。地上クルー全員が慣れた身のこなしでロープをつたってつぎつぎに乗りこみ、テメレアのハーネスにすばやく体を固定した。

「搭乗完了！」フェリスがテメレアの背の後方から声を張りあげた。声を届かせるにはメガホンが必要だった。頭上では塁壁の歩兵隊が応戦していた。射程の短い攻城野戦砲のくぐもった発射音が聞こえる。臼砲の砲弾がヒュッという高音とともに落下してくる。中庭ではカルクロイト将軍と側近たちが、もはやはばかることなく大声をあげて、最後に残った大隊の搭乗作業を指揮していた。

テメレアがイスキエルカをくわえて首の付け根に放りあげた。イスキエルカはあくびし、寝ぼけた顔で頭を持ちあげた。「あたしのキャプテンは……？　あらっ！　みんな戦ってるの？」頭上をつぎつぎに通過しては落下する砲弾の音に、イスキエルカがすっかり目を覚ました。

「だいじょうぶ、ここにいる。心配しないで」と、声をかけながら這いのぼってきたグランビーが、いまにも飛び立とうとするイスキエルカをすんでのところで捕まえた。

「将軍！」と、ローレンスは叫んだ。カルクロイトは〝行け〟というしぐさで搭乗を拒んだが、側近たちが全員でカルクロイトの体をかかえあげ、無理やりテメレアに押しあげ、兵士たちがハーネスから手を離して将軍をリレーした。

こうしてカルクロイトはローレンスの隣におさまった。息があがり、薄くなった髪が乱れている。かつらはのぼってくる途中で、どこかに落としたようだ。鼓手《こしゅ》の打ち鳴らす軍鼓《ぐんこ》が全軍撤退を告げている。塁壁上の兵士たちが大砲を置いて駆けおりてきた。小塔や壁の出っ張りから直接ドラゴンたちの背に飛びおり、やみくもにつかめるものをさがす兵士もいた。

太陽がすでに東の塁壁の彼方に昇り、長く細くたなびく雲が夜空を端のほうから消していきつつある。葉巻たばこを並べたような青っぽい雲は、それぞれの底辺がオレンジ色の曙光《しょこう》に照らされている。もう、時間がない。

「行くぞ！」ローレンスが叫ぶと、テメレアが耳をつんざくような咆吼をあげ、後ろ足で力強く地面を蹴って空に飛び出した。おびただしい数の兵士たちが輸送用ハーネスからぶらさがっている。もがきながら叫びながら広場の敷石に落ちる者もいた。ほかのドラゴンたちも飛び立ち、テメレアのあとを追った。さまざまな咆吼や色とりどりの翼がしばし宙《ちゅう》に入り乱れる。

フランス軍のドラゴンたちが野営から飛び立ち、追撃にかかった。竜の背でクルーたちがあわただしく戦闘準備に入っている。テメレアが減速し、仲間のドラゴンたちを先に行かせ、首を回して言った。「さあ、火を噴いてやれ！」イスキエルカが甲高い歓喜の叫びをあげ、首をねじり、テメレアを追ってきた敵の顔面めがけて強力な火焔を噴射した。

「いまだ、急げっ！」ローレンスは叫んだ。敵をわずかに引き離すことができたが、その後方にリエンの姿があった。フランス軍の野営地から飛び立ち、大声で命令を下している。それまで乗り手の混乱から、いたずらに旋回していたドラゴンたちが、リエンの指示を受けて、ただちに戦列を組んだ。リエンにはもはや取り澄ましたところはなかった。ローレンスたちが逃げ去ろうとしているのに気づき、猛烈な勢いで羽ばたき、ほかのドラゴンたちを引き離し、追跡を開始し、小柄な伝令竜たちだけが死に物狂いでリエンに追いすがっている。

テメレアは体をまっすぐに伸ばし、冠翼を寝かせ、後ろ足を閉じて、全速力で飛んでいた。翼がオールのように懸命に空を掻く。それでもリエンを引き離せない。それどころか距離がしだいに縮まっていく。英国艦隊の大砲のとどろきが聞こえた。味方の片舷斉射《かたげんせいしゃ》の射程に入れば、どうにか逃げ切れるはずだ。硝煙が目や鼻をちくちくと刺激した。リエンがかぎ爪をいっぱいに伸ばした。だがまだテメレアには届かない。小さな伝令竜たちが必死にテメレアの両脇につき、かぎ爪で数人の兵士をもぎとった。

イスキエルカが負けじと火噴きでやり返した。

硝煙の黒雲のなかに突っこみ、いきなりなにも見えなくなった。そこを抜けても、ローレンスの目からまだ涙があふれつづけた。フランス軍の野営が遠ざかる。だがまだ速度をゆるめるわけにはいかない。羽ばたくごとに、ダンツィヒの街と薄れゆく街の灯が遠ざかる。低空をかすめて飛んで、港に入った。海に落ちた最後の兵士たちが輸送艦に引き揚げられている。砲音がたてつづけにとどろいた。ローレンスたちの後方で、弾《たま》がヒュンヒュンと飛び交い、リエンたちを食い止める壁となっている。

雨あられと降り注ぐ灼熱《しゃくねつ》の砲弾をものともせず、硝煙を突き抜けようとするリエンに、小型で速力の出る伝令竜たちが金切り声をあげて取りすがった。リエンの背にしがみつき、大砲の射程から引き離そうとする小さな竜もいた。リエンが大きく体を揺すって、ドラゴンたちを振り払い、追跡をつづけようとした。が、そのとき、勇気ある小型竜の一頭が叫びながらリエンを追い越し、リエンの前に飛び出した。つぎの瞬間、赤黒い血しぶきがリエンの白い胸に散った。盾となった竜が肩を撃ち抜かれていた。それにはっとして戦意を削《そ》がれたのか、リエンはようやく追跡をあきらめ、落下していく小型竜を受けとめにいった。

こうして、司令官の身を案じる護衛役の伝令竜たちを引き連れ、リエンは撤退した。それでも砲弾の届かない、雪に覆われた海岸の上空まで飛んだところで、いま一度ローレンスたちを振り返り、空中停止《ホバリング》しながら、猛々《たけだけ》しい無念の叫びを天も裂けよとばかりにひと声あげた。その声は港を走り、テメレアを追いかけ、ローレンスたちの耳にこびりつき、いつまでも離れなかった。しかしいま前方を見やれば、そこには雲ひとつない突き抜けた紺青《こんじょう》の空が広がり、風と海の道が果てしなくつづいている。ヴァンガード号のマストに信号旗がひるがえっていた。「順風ですね、キャプテン」英国艦隊の上を通り過ぎるとき、信号手のターナーが信号を読んで言った。ローレンスは半身を前に乗り出した。大気は澄みきり、冷たい海風が心地よく肌を刺す。風はテメレアの脇腹のあらゆるくぼみに入って、硝煙の残滓《ざんし》を吹き飛ばし、薄墨《うすずみ》色の煙が後ろにたなびいて消えた。リグズがすでに射撃手《ライフルマン》たちに銃をおさめよと命じていた。ダンとハックリーが海綿で銃身と火薬入れの口をぬぐいながら、いつもの悪態の応酬をはじめている。

英国までの道のりは長い。一週間はかかるだろう。向かい風が吹くこともあるだろうし、今回は飛行速度の遅いドラゴンを大勢引き連れての帰還になる。それでもローレンスの心の目には、すでにスコットランドのごつごつした海岸線が見えていた。茶と紫に色づくヒースの茂み。緑の丘陵を抜けると、雪を頂いて広がる山岳地帯がある。あの丘陵が、あの峻厳《しゅんげん》とそびえる山々が、恋しかった。収穫期を迎えて黄金色に変わる広々とした農地。冬に備えて丸々と肥えて、たっぷりと毛をまとった羊たち。テメレアの宿営をみっしりと囲む、松とトネリコの豊かな木立。

前方をゆくアルカディが行進曲のような歌を歌いはじめ、ほかのドラゴンたちもそれに唱和し、空に歌声を響かせた。テメレアも歌に加わった。幼いイスキエルカが、テメレアの首を引っ掻きながら問いかけた。「ねえ、どういう意味？　ねえ、なんて歌ってるの？」

「〝いざ、わが家へ〟」テメレアは訳してやった。「〝いざ、天翔《あまがけ》て、ともに帰らん〟」